SOKOPS RACHE

Birgit Lohmeyer

SOKOPS
Rache

HINSTORFF

Der Mensch ist dem Menschen ein Tier.

Wecken um sechs – wie immer. Er ist schon wach – wie immer. Diesmal hat er gar nicht geschlafen. An der Tür das Rasseln und Klacken der Schlüssel.

»Sokop, mitkommen.« Der Abteilungsbeamte wartet neben der Tür. Henry wirft die Kippe in die Toilette, hängt die beiden Leinenbeutel über die Schultern, hebt den Karton mit den Aktenordnern hoch und nimmt den Koffer. Den Fernseher hat er dem Zellennachbarn überlassen.

Sein Herz flattert in der Brust, sein Puls rast. Es ist der erste Morgen, an dem er von der Zelle aus auf einen leeren Gang tritt. Sonst kommen alle zugleich heraus, nehmen ihr Frühstück vom Wagen des Hausarbeiters entgegen, werfen sich kurze, raue Bemerkungen zu. Er hat gestern, im Abschlussgespräch mit dem Anstaltsleiter, auf das heutige Frühstück verzichtet.

»Ich werde doch nichts runterkriegen«, hat er prophezeit und sein Gegenüber fast entschuldigend angelächelt. Der Händedruck, den die beiden Männer am Ende getauscht haben, wirkte so vertraut, als verabschiedeten sich alte Freunde voneinander. Manchmal hat Henry sich, um den Alltag hinter Gittern auszuhalten, vorgestellt, Justizangestellter zu sein, versucht, innerlich in die Rolle eines Psychologen, Arztes oder

Schließers zu schlüpfen. Es ist ihm mal mehr, mal weniger gut gelungen.

Der Beamte – es ist der kurzatmige Schröder, der in seiner Freizeit Bass spielt – schließt die Zelle von außen wieder ab. Henry geht langsam voraus. Vor der großen Gittertür zum Treppenhaus bleibt er stehen, vergegenwärtigt sich, dass in wenigen Minuten die Welt der Türen ohne Klinken für ihn Vergangenheit sein wird. *Unfassbar!*

Schröder schließt auf, lässt den Gefangenen vorbei, folgt ihm und schließt hinter ihnen ab. Aus den anderen Stockwerken ertönen metallisches Gerassel, müde Stimmen, das Quietschen von Gummirädern auf dem Bodenbelag. Henry atmet tief ein, saugt ein letztes Mal dieses Aroma von schwarzem Tabak, Putzmitteln und kalt gewordenem Essen ein, das olfaktorische Sinnbild seiner letzten fünfzehn Jahre.

Unverhofft schießt ihm die Angst vor dem, was sein wird, in die Knie. Er strauchelt, lässt beinahe den Karton fallen. Es gilt, die Balance zu finden – in seinem neuen Leben wie auch hier, auf seinem letzten Gang in Waldeck. Eine Welle von Kraftlosigkeit erfasst seinen Körper. Schröder brummelt etwas Aufmunterndes.

Henry fängt sich, dank derselben Fähigkeit zur Beherrschung, mit der er die sich in die Endlosigkeit dehnende Zeit seiner Gefangenschaft überstanden hat. Das Äußere und das Innere – zwei Seiten seiner Persönlichkeit, von der nur die eine für andere sichtbar ist. Sein Inneres gehört ihm ganz allein, alles andere ist ihm genommen worden. Er strafft die Schultern, denkt an seinen Plan, der ihn die Zeit hier drinnen hat überleben lassen und für den er jetzt seine ganze Kraft und Intelligenz braucht. Während die anderen Gefangenen hier drinnen von erinnerter Vergangenheit und erträumter Zukunft leben, ist für ihn nichts geblieben als unbändiger Hass und die Verheißung sein verpfuschtes Leben rächen zu können, an demjenigen, dem er alles zu verdanken hat, das zu verüben, was er verdient: Blutrache.

Zwanzig Minuten später öffnet sich die unauffällige Glastür, die Besuchern und Angestellten der Anstalt vorbehalten ist, mit einem Summen. Bevor Henry den Koffer aufnimmt und hinaustritt, hebt er die Hand zu einem militärischen Gruß an eine imaginäre Mütze, nickt den hinter Sicherheitsglas sitzenden Pfortenbeamten knapp zu – ganz so als wäre er ihr Vorgesetzter. Das Lächeln, das sie mit ihm tauschen, stimmt ihn vage optimistisch.

In diesem Augenblick beginnt sein drittes Leben.

* * *

Sonja lässt die Tasche fallen, tritt sich die Pumps von den schmerzenden Füßen und steuert den Kühlschrank an. Sie zieht eine angebrochene Chablisflasche aus dem Türfach und tappt hinüber ins kombinierte Wohn-Arbeitszimmer. Gegenüber, auf der fiesen Seite ihrer Straße, die aus unbegreiflichen Gründen das hochtrabende Wort Promenade im Namen trägt, ist trotz des frühen Nachmittags eine Party im Gange. Sonja spürt fast so etwas wie Neid auf diese Hemmungslosigkeit, während sie die Gestalten dort drüben beobachtet. Die gardinenlose, eng möblierte Neubauwohnung, direkt über dem Friseursalon mit dem lächerlichen Namen *Haaroase* gelegen, bietet Einblick wie eine Theaterbühne. Das Theater des Lebens. Ein schwammiger Kerl in weißem Unterhemd zieht die wirrhaarige Wohnungsinhaberin auf seinen Schoß, gestikuliert dabei mit einer Zigarette durch die verqualmte Luft. Die Flaschenarmee auf dem niedrigen Couchtisch gerät ins Schwanken, was niemanden kümmert. Im Hintergrund kämpft ein weiterer Mann an einem überdimensionierten, rot und blau blinkenden HiFi-Rack schlingernd um sein Gleichgewicht, ganz so als stehe er an Bord eines Schiffes. *Ob es der Wirrhaarigen einen Lustgewinn verschafft, sich mit solchen Typen abzugeben? Vermutlich geht es eher um Geld oder um Alkohol.*

Sonja kehrt dem Fenster den Rücken, leert ihr Glas und schenkt sich nach. Schaudernd denkt sie an Redaktionsleiter Schubert zurück, der ihr vorhin in seinem Schweriner Büro kalt lächelnd die Pistole auf die Brust gesetzt hat. Kurz war die Möglichkeit in ihr aufgeblitzt, einfach hinzuschmeißen, ihm ein *Man sieht sich auf dem Arbeitsamt!* entgegenzuschmettern. Doch sie braucht jeden Euro, den ihr diese läppischen Artikel über städtische Bauvorhaben, Kunsthandwerkermärkte oder zankende Lokalpolitiker einbringen. Um die Aufträge der ohnehin vor der Pleite stehenden Lokalzeitung nicht schon jetzt zu verlieren, hat sie sich mit dem erneut gesenkten Zeilen- und Fotohonorar einverstanden erklärt.

Sie schaltet den Fernseher ein – ohne Ton –, nur als Verbindung zur Welt da draußen, außerhalb ihres mickrigen kleinen Lebens in der Mecklenburger Provinz. Dabei hatte alles so gut angefangen. Onkel Klaus hatte ihr das Volontariat bei dem renommierten Hamburger JOURNAL verschafft. Dort hat sie alles gelernt, was eine gute Journalistin ausmacht, und nebenher Seminare im Journalistikstudiengang der Universität besucht. Doch dann ging es einfach nicht weiter. Eine Stelle gab es nach dem Ende des Volontariats nicht und auch kein anderes Blatt wollte sie haben. Also ist sie zurück nach Mecklenburg, in ihre Heimatstadt Wismar gekommen, lebt als sogenannte Freie vom Lokaljournalismus und verkauft ab und zu einen Artikel oder eine Reportage an überregionale Blätter. In manchen Monaten weiß sie nicht, ob sie die Miete für ihre kleine Wohnung hier im Wismarer Wohnviertel Friedenshof zusammenbekommen wird.

Mit einem Mal merkt sie den Wein, erinnert sich, außer einer während der Autofahrt nach Schwerin verzehrten Banane heute nichts gegessen zu haben. In der Küchennische belegt sie ein Brötchen vom Vortag mit Salami und trägt es zum Schreibtisch. Kauend startet sie den Rechner, wählt den Ordner *Lebenslang* und überfliegt die Unterordner: *StVollG, Waldeck, Santa Fu, Knastalltag, Bewährungshilfe, Biografien, Interviews, Schriftverkehr.* Ein doppelter Mausklick auf *Interviews* öffnet das Verzeichnis der Tondokumente *Eugen, Henry, Mario* und *Sven – Ihre Männer.* Sie schiebt den letzten Bissen in den Mund, setzt Kopfhörer auf. Dann öffnet sie *Henry_24.07.08* und hört ihre eigene Stimme.

»Erzählen Sie einfach drauflos. Wie ist Ihr Leben bis zu Ihrer Verhaftung verlaufen? Was war Ihnen wichtig?« Stille, dann ein Knistern. Das Rad eines Feuerzeugs wird angerissen.

»Ich heiße Henry Sokop, bin vierzig Jahre alt und seit vierzehn Jahren inhaftiert.«

Sonja gleitet tief in ihren kunstledernen Chefsessel, genießt den sonoren, honigweichen Klang. Sie erinnert sich, dass ihr an ihm als Allererstes diese leise, verhaltene Stimme, ja überhaupt die verhaltene Stille aufgefallen ist, die von ihm ausging – obwohl ihn zugleich etwas Abenteuerliches zu umwehen schien, das nicht zu diesem Sanften, Leisen passen wollte. Sein Tonfall war vorsichtig, abwartend, abwägend. *Ob er jemals laut werden kann? Kaum vorstellbar. Vielleicht,* hat sie damals überlegt, *ist er trotzdem brutal, so ein leiser, perfider Quäler, der sich lautlos an den Qualen ergötzt, die er anderen zufügt.* Jedenfalls ging von ihm nicht diese fade Langweiligkeit aus, die sie von sanften Männern kannte. *Er ist die leise, drängende Stimme, die im Hintergrund Mordaufträge gibt,* hat sie damals gedacht – *unbeteiligt, ohne Skrupel, eiskalt.* Da kannte sie ihn noch nicht.

»Ich will versuchen, mich auf die wichtigsten Daten zu beschränken. Ich bin Einzelkind, wuchs bei meiner Großmutter in Hamburg auf. Mein Vater war deutlich älter als meine Mutter. Sie hat uns verlassen, als ich fünf Jahre alt war. Mein Vater war Gebrauchtwagenhändler in Berlin. In den Schulferien habe ich ihn manchmal besucht, Autos gewaschen, in der Werkstatt geholfen. Er ließ niemanden an sich heran, war durch seine Erfahrungen in der NS-Zeit – er war Halbjude, hatte vier Jahre KZ überlebt – wie versteinert. Vielleicht hat sich Diane, meine Mutter, deshalb von ihm getrennt. Sie brachte mich bei ihren Eltern in Rahlstedt unter, während sie als Dolmetscherin durch die Welt reiste. Rahlstedt, das ist so ein Spießbürgereldorado am Ostrand von Hamburg. Betuliche alte Villen, billige Neubauten, pseudodörfliches Ambiente. So als würde man in Wismar das Dahlbergviertel mit dem Friedenshof kreuzen.«

Sonja erinnert sich, wie sie bei diesem Vergleich zusammengezuckt ist, aus Furcht, dass er wissen könnte, wo sie wohnt. Zum Zeitpunkt der Aufnahme war sie ihm gegenüber noch auf der Hut gewesen, ängstlich bemüht, diesen kurz vor der Freilassung stehenden Mörder nicht allzu viel von sich wissen zu lassen.

»Diane bekam ich fortan kaum noch zu Gesicht. Ich erinnere auch kaum, wie mein Großvater aussah. Irgendwie dunkel, mit dichten, borstigen Brauen und einem kalten Zigarrenstummel im Mundwinkel. Er war Schuster, aber ich habe kein Bild von seinem Laden oder der Werkstatt im Kopf. Er ist früh an Lungenkrebs gestorben. Im Krankenhaus habe ich ihn ein, zwei Mal besucht. Dann durfte ich nicht mehr mitkommen. Und nach ein paar Wochen stand Oma laut weinend mit dem Telefonhörer in der Hand in unserem Flur. Ich wusste sofort, was das bedeutete.«

»Noch Kaffee?«, hört Sonja sich fragen. Das Geräusch des Einschenkens, das Zuschrauben einer Thermoskanne, Schlürfen, das Klacken von Bechern, die auf einer Tischplatte abgestellt werden.

Die Rostocker Anstaltsleitung hat ihr Interviewprojekt sehr unterstützt. Sonja bekam, so häufig sie es wollte, Besuchstermine, durfte ihrem Interviewpartner Zigaretten mitbringen – nur unangebrochene Packungen – und im Besuchsraum, den sie für sich allein hatten, wartete stets eine Kanne Kaffee. Resozialisierungsunterstützend, hatte der Abteilungschef in der JVA Waldeck ihre Besuche genannt. »Er hat ja sonst niemanden draußen.«

»Sie haben gar keinen Kontakt mehr zu ihrer Mutter?«

»Als ich aufs Gymnasium kam, ist sie zu ihrem neuen Mann in die USA gezogen. Den letzten Brief, der mir erklären sollte, weshalb sie mich nicht in ihr neues Leben mitnahm, habe ich aufbewahrt. Ich zeige ihn Ihnen, wenn Sie das nächste Mal kommen.« Seine Stimme, sonst ruhig, fest und ohne große Schwankungen, scheint einen Moment lang zu brechen. Erst nach einer längeren Pause nimmt er den Faden wieder auf.

»Inzwischen hege ich keinen Groll mehr gegen sie. Sie kommt mir nur noch bemitleidenswert vor, eine Getriebene, auf der hektischen Suche nach Glück, mit tickender Lebensuhr im Nacken. Sie muss jetzt Anfang sechzig sein – falls sie noch lebt.«

Es knistert, das Feuerzeug ratscht, hörbares Einatmen und dann Ausstoßen des Rauchs. Aus der Ferne gedämpftes Männergeschrei, metallisch hallende Schläge.

»Das letzte Mal sah ich sie 1985, als meine Oma starb. Ich war gerade achtzehn. Wir trafen uns auf der Beerdigung wie zwei Fremde – die wir ja auch irgendwie waren. Beim Leichenschmaus hat sie mir ihre Visitenkarte zugesteckt. Die habe ich gleich dort, auf der Restauranttoilette, zerrissen, die Schnipsel weggespült. Ich weiß nicht einmal, wie ich diese Frau nennen soll. Das Wort Mutter kommt mir schwer über die Lippen. Wenn ich an sie denke, nenne ich sie beim Vornamen. Doch das kommt nicht oft vor.«

Sonja, in ihren Schreibtischsessel gekuschelt, hüllt sich ein in den Melodiekokon dieser Stimme, die sie an geschmolzene Butter denken lässt. Henry, ihr Lieblingsgefangener. Sie blickt auf die Datumsanzeige in der Bildschirmecke. Morgen wird ihre Welt im Sonnenschein liegen.

Die Idee zu dieser Langzeitreportage war wie ein Schicksalswink gewesen. Verzweifelt hatte sie nach etwas gesucht, das ein überregionales Magazin interessieren würde, Stoff, der vielleicht sogar für ein Buch, mindestens aber für ein Hörfunkfeature taugte. Über die Erinnerung an Brieffreundschaften, die sie früher mit jugendlichen Inhaftierten geführt hatte, fand sie dann das Thema Lebenslänglich: Lebensgeschichten, Knastalltag, Resozialisierung oder Rückfall, Lebensbewältigung in Freiheit. Themen, mit denen sie vielleicht endlich ein wenig journalistischen Ruhm erlangen wird. Schnell hatte sie die Leitfragen zusammen: Wie fühlt es sich an, nach so langer

Haftzeit die Gefängnismauern hinter sich zu lassen? Ist das Vollzugsziel Resozialisierung überhaupt realistisch? Ist die Freiheit nicht eine neue Strafe für diese Täter?

Während der ersten Gespräche mit Anstaltsleitern, Psychologen und anderen Justizangestellten ist ihr erst bewusst geworden, auf welchem Terrain sie zu agieren beabsichtigte. Doch auch die Auskünfte des im Strafvollzug arbeitenden Psychologen, den sie interviewte, haben sie nicht von ihrem Vorhaben abgebracht. »Die meisten Gefängnisinsassen – jedenfalls unter den Langstrafern – sind psychisch gestört«, hatte er gewarnt. »Das ist zumeist die Folge und weniger die Ursache des Aufenthalts in der Strafanstalt. Geistig gesund ist nach jahrzehntelanger Haft kaum jemand mehr.«

Unvergessen ist ihr das Interview geblieben, das sie mit dem als *Säuremörder* berüchtigten Verbrecher im Hamburger Gefängnis *Santa Fu* geführt hat. Hinter seiner höflichen Auskunftsfreude hatte sie dieser harmlos wirkende ältere Mann im Trainingsanzug, beim Geplauder mit Kaffee und Kuchen – wie, ist ihr noch immer nicht klar – spüren lassen, dass er ihr jederzeit den Hals umdrehen könnte, wenn ihm danach zumute wäre. Ihr war, obwohl Hochsommer geherrscht hatte, noch mehrere Stunden nach dem Gespräch unnatürlich kalt gewesen.

Dann traf sie Henry Sokop. Ohne, dass sie sagen könnte wie, war dieser Mann innerhalb weniger Wochen zu ihrem Lebensinhalt geworden, für den sie alles tun würde.

* * *

Er wüsste nicht einmal, ob man die Fahrscheine noch beim Busfahrer kauft. Zum Glück steht da wie versprochen der schwarze BMW – nicht das neueste Modell, aber gut in Schuss – und Wellers massige Gestalt sitzt am Steuer. Henry versucht, langsam und entspannt auf den Wagen zuzugehen, aber seine Kniegelenke scheinen aus Gummi zu bestehen. Er hält inne, stellt sein Gepäck ab und zieht den Tabak aus der Jackentasche. Weller wird das kennen, dass man nicht sofort im Draußen ankommt, sondern Zeit braucht. Dieses unwirkliche Gefühl, das einen hier vor dem Tor anspringt, die Wucht des Neuanfangs, die einen niederdrückt. Henrys Augen wandern, ohne eine Bewegung seines Körpers, durch die Umgebung, von dem am Straßenrand wartenden Wagen über die Kronen der Bäume mit ihrem frischen Frühlingsgrün, in dem flinke kleine Grünfinken und Kohlmeisen schwatzend hin- und herfliegen, zur Biegung der asphaltierten Zufahrt, hinter der die Bundesstraße verläuft.

Schließlich tritt er die Zigarette aus, nimmt seine Sachen und geht los. Weller kommt ihm entgegen, sie schütteln sich stumm die Hände, obwohl sie gleich beim ersten Treffen vor einigen Wochen übereingekommen sind, auf dieses altmodische Ritual zu verzichten. Doch dieser Augenblick, diese Begrüßung strahlen eine diffuse Feierlichkeit aus, die einen Handschlag durchaus rechtfertigt. Seine Sachen sind im Kofferraum verstaut, Weller hat den Motor angelassen – und Henry steht noch immer an der offenen Beifahrertür, umklammert sie mit weißen Fingerknöcheln und dreht nun endlich, traumwandlerisch langsam, den Kopf zurück zu der riesigen grauen Mauer aus Betonfertigteilen. 5 654 Tage ist es her, dass er das war, was man einen freien Mann nennt. Er verbietet sich Überlegungen, ob er dies nun wirklich wieder ist – frei.

* * *

Sie öffnet die Augen. Schließt sie sofort wieder, spürt dem letzten Traumfragment nach. Nichts. Nur dieser Druck im Kopf. Wie viele Flaschen Wein waren es gestern? Zwei? Oder doch drei? Eindeutig zu viele. Ihre Zunge klebt am Gaumen. Sie muss aufpassen mit dem Alkohol. Aber heute ist doch ein besonderer, aufregender Tag, den es vorzufeiern galt. Der Schreck schießt ihr in die Glieder. *Wie spät ist es?* Sie muss um sieben dort sein. Sie reißt die Augen auf, blinzelt zum Wecker.

Viertel vor sechs. *Das ist nicht zu schaffen!* Ruckartig setzt sie sich auf, springt aus dem Bett. Für einen Moment wird ihr schwarz vor Augen. Sie muss es schaffen! Atemlos reißt sie sich die Jeans über die Beine, behält das Top, das sie zum Schlafen trägt, an und hastet in den Flur. Tasche? Steht unausgepackt auf dem Boden vor der Garderobe. *Schuhe?* Sie schlüpft in die erstbesten, ausgelatschte Sneaker. *Autoschlüssel?* Sie hetzt ins Wohnzimmer, findet den Bund neben der Computertastatur in einer Weinpfütze, rast zur Wohnungstür, schnappt dabei ihre Lederjacke vom Haken. Der Spiegel zeigt für den Bruchteil einer Sekunde ein zerzaustes blasses Gespenst mit orangefarbenen Haaren. Die alten Holztreppen schreien gequält auf, als sie – jede zweite überspringend – die beiden Stockwerke hinabpoltert.

Der quadratische, begrünte Innenhof ihrer Wohnanlage liegt menschenleer in der Morgendämmerung. Für Schulkinder ist es noch zu früh, die Schichtarbeiter der Werft sind schon fort. Und die Arbeitslosen haben keinen Anlass, so früh aufzustehen. Sie sprintet durch den Torweg hinaus auf die Straße. Wo hat sie geparkt? Sie stoppt abrupt und scannt die dichten Reihen abgestellter Autos, vor Anspannung verzieht sie ihr Gesicht zu einer Grimasse.

Endlich entdeckt sie den alten Polo schräg gegenüber der Hotelanlage aus imitierten Schwedenblockhäusern. Es ist zwei Minuten vor sechs, als sie aus ihrem Wohnviertel auf die noch kaum befahrene Bürgermeister-Haupt-Straße einbiegt. Zehn Minuten später lenkt sie an der Autobahnauffahrt Wismar-Mitte den Polo in Richtung Rostock, der aufgehenden Sonne entgegen, deren Licht den Morgen in ein warmes Kupferbad taucht. Felder, Waldstücke und vereinzelte Gehöfte ziehen vorbei. Der Himmel ist weit und wolkenlos. Nach den ersten Kilometern entspannt sich Sonja ein wenig – wie stets auf der Autobahn.

Der Nachrichtensprecher im Radio meldet sich um halb sieben. Sie hat gerade erst Neukloster passiert, braucht also bestimmt noch eine gute halbe Stunde. Verzweifelt tritt sie das Gaspedal durch, schert auf die Überholspur.

Jetzt einen Kaffee! Sonja blickt in den Fußraum der Beifahrerseite. Zerknüllte Brötchentüten, leere Chipspackungen, Werbeflyer, ein angebissener Apfel. Sie schnappt sich den Tetrapack, der auch dort liegt, schüttelt ihn prüfend. Den Blick wieder auf die Fahrbahn gerichtet, schraubt sie den Billigwein auf und trinkt die Packung mit wenigen Schlucken leer.

Schwerfällig wälzen sich die Minuten dahin, während das schwarze Asphaltband unter ihr hinwegrollt. Die Äcker wirken noch winterlich trist, nur auf manchen wächst schon ein grüner Flaum. Die Rapsblüte wird erst in einigen Wochen einsetzen und der Landschaft bei schönem Wetter jenen gelb-grün-blauen Auftritt verschaffen, für den Mecklenburg bekannt ist. Sonja schwitzt, riecht den sauren Geruch, der unter ihren Achseln hervorquillt, hofft, dass das Deo im Handschuhfach noch da ist. Doch bei Tempo 140 behält sie die Hände lieber am Steuer.

Die Autobahn füllt sich. LKW, Pendler, frühe Urlauber in Wohnmobilen mit fremden Kennzeichen. Sonja schlägt auf das Lenkrad, als so eine Rentnerkutsche kurz vor ihr im Schneckentempo zum Überholen ansetzt und sie zwingt, vom Gas zu gehen. *Es ist viel zu spät! Doch vielleicht verzögert sich die Prozedur dort ja ein wenig.* Mit zusammengepressten Lippen klammert sie sich an diese schwache Hoffnung.

Als sie schließlich die Dummerstorfer Ausfahrt nimmt, hat der Nachrichtensprecher gerade wieder die aktuellen Meldungen verlesen – ohne dass Sonja eine davon wiederholen könnte. Sieben Uhr vier Minuten. Ihr Herz rast. *Warte auf mich,* beschwört sie ihn wortlos. *Ich bin sofort da.* Ein schmutziggrauer Lieferwagen zockelt vor ihr über die Landstraße. *Das darf doch nicht wahr sein!* Rücksichtslos überholt sie in einer unübersichtlichen Kurve.

Die Zufahrtsstraße macht einen sanften Bogen nach rechts und endet vor dem Stahltor mit der gläsernen Pförtnerloge. Es ist sieben Uhr vierzehn. Plötzlich ist sie siegesgewiss, stellt den Motor ab und kramt im Handschuhfach nach dem Deospray. Im Geist wiederholt sie die Begrüßungsworte, die sie sich zurechtgelegt hat für diesen wichtigen Moment, der den Charakter ihrer weiteren Beziehung bestimmen wird. *Schön, dich auf dieser Seite der Mauer zu treffen.* Dann wird sie ihn kurz am Oberarm berühren und ihm eine Zigarette anbieten.

Zwei Minuten später ist alles vorbei.

»Herr Sokop hat die Anstalt bereits verlassen.« Das bedauernde Lächeln des uniformierten Beamten hinter der Panzerglasscheibe mildert den Schlag nicht. Sonja treten Tränen in die Augen. Das Gesicht hinter Glas verschwimmt zu einer amorphen Masse hämischer Schadenfreude; das Lächeln ein

Grinsen, gebleckte Zähne, geifernde Häme. Sie wendet sich grußlos ab, läuft zum Wagen. Auf der Rückfahrt rinnen ihr Tränen über die Wangen. Sie hat ihn verloren. Ausgeschlossen, dass er sich bei ihr meldet. Er ist so zurückhaltend, würde niemals den ersten Schritt machen. Und seine neue Adresse teilt ihr die Justizbehörde aus Datenschutzgründen mit Sicherheit nicht mit. Vergeblich hält sie am Rand der Landstraße nach einer großen hageren Gestalt Ausschau, hat dabei das honigsüße Timbre seiner Stimme im Ohr.

Zurück in Wismar hat sie sich so weit beruhigt, dass sie an ihren leeren Kühlschrank denkt und den Polo auf den Parkplatz des Einkaufszentrums am Friedenshof lenkt. Sie steuert den Einkaufswagen durch die Gänge des Discounters, lädt ohne nachzudenken Packungen und Flaschen hinein, ist mit ihren Gedanken ganz bei Henry. Bei ihrem letzten Interview vor vier Wochen war er ihr noch ruhiger und stiller erschienen als in den Monaten zuvor. Zwar hat er auf ihre Fragen geantwortet – höflich, mit Bedacht, in wohlgesetzten Worten – aber von sich aus hat er nichts mehr eingebracht, keine eigene Überlegungen, Deutungen oder Meinungen. Sie hat ihn gefragt, ob er jetzt, so kurz vor seiner Entlassung nach dem fünfzehnjährigen Aufenthalt, für das Gefängnis, für die Zeit hier drinnen, so etwas wie ein Schlusswort habe. Er hat den Kopf mit dem silbergrauen Bürstenschnitt in die Hände gestützt, die Brille mit dem breiten schwarzen Rand, die ihm das intellektuelle Flair gibt, das sie so liebt, abgenommen und sich die Schläfen gerieben. Dann hat er die Brille wieder aufgesetzt, durch das vergitterte Fenster des Besucherraums in die Ferne geblickt und Sonja hätte ihn am liebsten in die Arme genommen, so verloren und einsam wirkte er plötzlich.

»Wer warten kann, ist stark«, hat seine Antwort gelautet. Nur dieser eine Satz, der – wie es ihr vorkam – minutenlang zwischen ihnen in der Luft schwang, sie völlig umgeworfen hat in seiner nüchternen, universellen Wahrheit. Beim Abschied hat sie ihm ihre Visitenkarte gegeben und versprochen, ihn am Entlassungstag abzuholen. Dann haben sie sich mehrere Atemzüge lang die Hände geschüttelt. Noch als sie vom Wachbeamten hinausgeschlossen wurde, hat sie den rauchgrauen Blick Henrys gespürt. Ganz so, als läge seine warme Hand auf ihrem Rücken.

Wer warten kann, ist stark – das kann genauso gut auf sie zutreffen. Seit einem knappen Jahr wartet sie auf den freien Henry, will ihn und ihre eigenen Gefühle auf den Prüfstand des Alltags außerhalb der Gefängnismauern stellen – bevor sie ihm ihre Liebe gesteht. Einen Moment lang blitzt die Frage auf, wie er vorhin so schnell vom Anstaltsvorplatz weggekommen ist, liegt die JVA doch mitten in der Pampa, egal, er wird sich bestimmt melden, wird weiter mitarbeiten an ihrer Reportage. Immerhin ist sie außer seinem Bewährungshelfer die einzige Kontaktperson, die er hat – in Wismar und, soweit sie weiß, auch überhaupt.

Mit einem Mal ist ihr klar, was zu tun ist. Sie stoppt ihren Einkaufswagen mitten im Gang. Sie wird über die Bewährungshilfe versuchen, Kontakt zu Henry zu bekommen! Voller Zuversicht türmt sie ihre Einkäufe auf das Kassenband. Außerdem ist die Stadt nicht so groß, dass man sich nicht irgendwann über den Weg laufen würde. *Das wird schon!*

In ihrer Wohnung trägt sie die Tüten in die winzige Küche, ignoriert den Berg schmutzigen Geschirrs in der Spüle und sieht den kleinen Stapel Post durch, der sich seit Tagen in ihrem Briefkasten angesammelt hat. Werbung, Werbung, eine Einladungskarte zu einer Vernissage, Werbung, eine Karte mit einem dicken rosafarbenen Glücksschwein auf der Vorderseite. Sie dreht sie um und liest: *Heute ist dein Glückstag! Dies ist ein Gutschein für ein Wunschmenü in deinem Lieblingsrestaurant mit deinem Lieblingskollegen. Ruf mich an. Volker*

Die Karte landet zusammen mit den Werbesendungen im Altpapierkarton. *Wann gibt dieser Langweiler endlich auf?* Auf den trifft *Wer warten kann, ist stark* nun wirklich nicht zu. Seitdem sie für die Zeitung schreibt, bombardiert er, einer der beiden fest angestellten Redakteure, sie mit Einladungen, launigen Nachrichten per SMS, kleinen Geschenken zu Weihnachten und Ostern. Sie will nichts von ihm und hat ihm das auch zu verstehen gegeben, so deutlich sie es sich traut – immerhin ist sie nur eine »Freie« und Volkers Wort zählt beim Chefredakteur. Aber er lässt nicht locker. Das ist nicht stark, das ist blöd, findet Sonja. Sie angelt sich ein Bier aus einer Einkaufstüte. Als sie es an die Lippen setzt, fällt ihr das ausgefallene Frühstück ein. Hunger hat sie nicht, doch als geübte Trinkerin weiß sie, dass sie eine Grundlage braucht, sonst ist sie sofort betrunken. Sie nimmt zwei, drei Schlucke, reißt dann die Packung mit den Fertigbuletten auf. Kauend wandert sie ins Wohnzimmer hinüber, ignoriert das Chaos von gestern Abend, setzt sich auf die Fensterbank und schaut zur fiesen Seite hinüber. Ihre Nachbarin aus der ersten Etage – heute etwas weniger wirrhaarig – liegt rauchend auf dem Sofa, den Blick starr in Richtung des Fernsehers gerichtet, ist anscheinend allein. Auf dem Tisch kaum weniger Flaschen als gewohnt, dazwischen Fastfoodverpackungen, Becher, die Kanne einer Kaffeemaschine. Sonja schluckt den letzten Bissen, zieht sich ins

Zimmerinnere zurück, bevor sie die Bierflasche ansetzt. *Das ist eine Ausnahme,* sagt sie sich. *Heute habe ich einen Grund, mich schon vormittags zu betrinken.* Denn eins ist ihr klar: Heute wird Henry sich auf keinen Fall melden, das spricht deutlich aus seinem Verhalten. Wenn er seinen ersten Tag in Freiheit mit ihr hätte verbringen wollen, hätte er auf sie gewartet. Nun wird sie warten. Sie ist stark.

* * *

Weller bricht das Schweigen erst hinter dem Kreuz Rostock.

»Nach Wismar?«

Henry nickt, sieht seinen Bewährungshelfer dabei nicht an. Weller schaut ebenfalls wieder nach vorn.

»Viele fahren ja erst einmal nach Hamburg, auf die Reeperbahn – die Sau raus lassen. Kann ich verstehen«, setzt er hinzu.

»Nein, kein Interesse. Ich möchte die Wohnung ansehen.«

»Du hast wirklich ein Riesenglück gehabt, schon von der Anstalt aus eine Bleibe zu finden. Musst den Sozialarbeiterkollegen da drinnen ganz gut auf Trab gehalten haben.« Weller grinst Henry an. »Bleibt es übrigens beim Du?« Weller ist bewusst, dass in Freiheit manche Dinge von einem Entlassenen völlig neu bewertet werden. »Ich bin ohne Weiteres zum Siezen bereit, wenn dir das lieber ist. Und falls wir uns in der Stadt begegnen – ich wohne ja auch in Wismar – dann wundere dich nicht, wenn ich dich nicht begrüße. Du entscheidest, ob wir uns in der Öffentlichkeit kennen.«

Sein Beifahrer winkt ab. »Bleiben wir beim Du. Viel älter als ich bist du ja wohl auch nicht. Das passt doch.«

Dieser Sokop ist ein ganz Hartgesottener, das hat Weller schnell gespürt. Wegen des Mordes an seinem Vater verurteilt, Tatleugner, hat die fünfzehn Jahre im Strafvollzug genutzt, um ein Studium an der Fernuni Hagen zu absolvieren. Ansonsten unauffällig, keine Disziplinarmaßnahmen gegen ihn in der ganzen Zeit, keine Gewalt, keine Drogen. Äußerlich beherrscht, mit guten Umgangsformen und hohem Bildungsniveau. So einen hat Weller selten unter seinen Jungs und Mädels, wie er die ihm zugeteilten Klienten nennt. In seinem Arbeitsschwerpunkt *Gewaltdelikte* hat er es meist mit sozial und geistig benachteiligten Figuren zu tun. Sokop ist anders. In sein Inneres hat er in den drei Vorgesprächen, die sie in Waldeck miteinander geführt haben, nicht einen Moment lang Einblick gewährt. Aber das wäre auch zu viel verlangt, sagt sich Weller. Schließlich repräsentiert er als Bewährungshelfer die Justiz. Auf einen Wink von ihm kann die süße, neu gewonnene Freiheit wieder zu Ende sein. Daraus macht er nie ein Hehl, obwohl er einen jovialen Umgangston mit seinen Klienten pflegt.

»Den Entlassungsbeschluss kennst du ja. Wir werden uns 14-tägig treffen. Erscheinst du nicht, lade ich dich schriftlich ein. Reagierst du auch darauf nicht, geht die Meldung an deinen zuständigen Richter.« Er lenkt den BMW mit einer Hand, zieht aus seiner Brusttasche eine Visitenkarte. »Und wenn du mit Grippe im Bett liegst, ruf besser an. Rechtzeitig.« Er grinst. »Dann mache ich nämlich einen Krankenbesuch bei dir.«

»Schon verstanden.« Henry schaut kurz auf die Karte und steckt sie dann in seine Jacke. »Ulmenstraße. Das ist beim Zeughaus, oder?«

»Schräg gegenüber, in dem Neubau«, bejaht Weller, stutzt einen Moment. »Oder gab es den etwa vor fünfzehn Jahren noch gar nicht? Ich bin ja im Vergleich mit dir ein Neubürger in Wismar.«

»Damals war da, glaube ich, irgendein Werksgelände, ein Betonwerk oder so etwas«, entsinnt sich Henry.

»Dann ist unser Bürohaus wahrscheinlich das ehemalige Verwaltungsgebäude.« Weller schnaubt vergnügt. »Da es keine architektonische Perle ist, habe ich mich für seine Geschichte bisher nicht interessiert. Da geben andere Gebäude mehr her. Du wirst staunen, wie sich Wismar herausgeputzt hat.«

Während der Wagen das schwarze Band der Autobahn frisst und sich der kleinen Hansestadt am Meer nähert, tauschen die beiden Männer weitere Erinnerungen gegen aktuelle Informationen: Ein aus dem Rheinland stammender Sozialarbeiter, der seit sechs Jahren in Wismar lebt, und ein 1990 aus Westdeutschland hierher Gezogener, der fünfzehn Jahre lang nicht mehr vor Ort gewesen ist.

* * *

Henry gefällt Wellers direkte Art. Seine Ansagen sind klar, aber respektvoll, seine Scherze intelligent. Er strahlt eine natürliche Autorität aus. *Bei ihm muss ich besonders vorsichtig sein. Ich werde versuchen, ihn in Sicherheit zu wiegen, höflich und zuverlässig auftreten, seine Unterstützung so weit annehmen, wie es für meinen Plan gut ist.*

Sie haben die A 20 am Wismarer Kreuz verlassen. Weller deutet auf ein wie zufällig in die Landschaft gekipptes Gebäude, ein Hotel, das kurioserweise einem Schiff nachempfunden ist.

»Gab es das damals schon? Sieht ein wenig nach DDR aus, meinst du nicht?« Henry lauscht Wellers Stimme, die keinerlei

Färbung oder Dialekt aufweist, jedoch auf irgendeine Art den Eindruck erweckt, er könne von einer Sekunde auf die andere in breitestes Rheinländisch verfallen.

»Falsch, das wurde damals nach der Wende gebaut. Obwohl du Recht hast, im jetzigen Zustand wirkt es so, als wäre es deutlich älter. Die müssten mal renovieren.«

Um halb neun halten sie auf dem Kopfsteinpflaster des Spiegelbergs, einer Altstadtstraße in der Nähe des Hafens, vor einem schmalen zweigeschossigen Altbau. Henrys Erinnerungen an diesen Teil Wismars sind spärlich. Sicher, durch das spätgotische Wassertor am unteren Ende des Spiegelbergs ist er damals häufig gelaufen, hat jedes Mal daran gedacht, dass Murnaus Vampir *Nosferatu*, den Sarg auf der Schulter, in dem alten Schwarzweißfilm auf eben diesem Weg in die Stadt gekommen war. Aber ansonsten hatte es hier nichts gegeben, was ihn gereizt hätte. Für das hier ansässige horizontale Gewerbe hat er sich nie interessiert. Alles, was er in dieser Hinsicht brauchte, bekam er damals gratis.

»Da wären wir.« Weller klingt munter. Henrys Magen ballt sich zu einem harten Knoten. Die Wucht, mit der sein neues Leben über ihm zusammenschlägt, lässt ihn erstarren. Er meint plötzlich, sich nicht einen Zentimeter weit rühren zu können.

»Soll ich kurz mit reinkommen?« Weller mustert ihn, spürt die Ohnmacht des anderen und stellt den Motor ab.

Henrys Dankbarkeit für dieses Angebot übertönt den Vorsatz, sich dem Bewährungshelfer gegenüber bedeckt zu halten. Er nickt. Drei Schlüssel sind an dem Ring, der ihm vorhin an der Anstaltspforte in einem braunen Umschlag ausgehändigt worden ist. Die ersten beiden passen nicht. Wie lange schon hat er kein Schloss mehr selbst aufgeschlossen! Er schämt sich für seine zitternden Hände, doch Weller blickt die Straße hinunter, streicht beiläufig seinen langen braunen Pferdeschwanz glatt.

»Da bist du ja mitten zwischen Rotlicht und Deutsch-Kurzhaar gelandet. Die Nazis haben dort hinten, neben dem Nachtclub, einen Laden, von dem immer wieder Randale ausgeht. Und hier, gleich nebenan in der Fischerstraße, hausen auch ein paar von denen. Pass bloß auf, dass du dich in nichts verwickeln lässt.«

Endlich gelingt es Henry, die schwere, über das Linoleum schrappende Tür aufzustoßen. Der Raum dahinter ist angefüllt mit dem kräftigen, fremden Geruch der Menschen, die hier wohnen: *Scholz, Rump, Meier.* Vier Briefkästen, darunter auf dem Boden ein buntes Durcheinander von Werbesendungen und Zeitungen. Er folgt der Beschreibung des Gefängnissozialarbeiters und schließt die erste Tür auf der linken Seite auf. In der Luft, die ihm entgegenschlägt, hängt ein abgestandener Geruch, undefinierbar, doch deutlich anders als das Anstaltsaroma. Seine zweite eigene Wohnung! Für einen kurzen Moment erfasst ihn kindische Aufregung. Ganz so wie damals, als er mit achtzehn nach Berlin zog, bei Werner, einem Bekannten seines Vaters, wohnte und sich fürchterlich erwachsen vorkam. Henry lächelt verstohlen, als er an den dicken, Zigarillos paffenden Werner mit seinen speckigen Unterhemden denkt. Vater sprach von seinen Kumpanen und sich stets als Ganoven. Mit einem unverhohlenen Stolz, der Henry – bei allem Respekt – albern vorkam. Bis er vor ein paar Jahren in einem Buch aus der Anstaltsbibliothek die jiddische Wurzel des Wortes entdeckte. Da wurde ihm schmerzlich bewusst, dass er als Sohn eines KZ-Überlebenden keinen Schimmer von dessen Leben, seinen Vorfahren, deren Glauben und

Traditionen hatte. Die *Ganovenwelt* des Alten, die schäbigen Quadratmeter des verqualmten Bürocontainers auf dem Gebrauchtwagenplatz, war damals schnell zu einem neuen Zuhause für Henry geworden. Wahre Nähe stellte sich zwischen ihnen jedoch nicht ein, auch wenn sein Vater ihn nach und nach zumindest in die geschäftlichen Karten sehen ließ. Ein paar Autoschiebereien, der eine oder andere Versicherungsbetrug. Dann schuf das Ende der DDR das gelobte Gebrauchtwagenland und sie konnten kaum so schnell schrottreife Altautos heranschaffen, wie sie ihnen in Ostdeutschland aus den Händen gerissen wurden. Gegen harte D-Mark, versteht sich. Als die Nachwendeeuphorie abklang und der Markt für überteuerte Schrottwagen schrumpfte, verlegte sich Sokop senior darauf, hochwertige Luxuslimousinen erst zu verkaufen und dann von seinem Sohn wieder zurückstehlen zu lassen. Gedankenlos war Henry damals zum Kriminellen geworden. Er war nicht wirklich erwachsen gewesen, war sich aber abgebrüht und unverwundbar vorgekommen, voller Begeisterung für die abenteuerliche *Ganovenwelt*. Niemals hätte er für diese armselige Gemeinschaft mit dem Vater sämtliche Moral über Bord werfen dürfen. Er hat dabei alles unwiederbringlich verloren. Alles bis auf seine letzte Aufgabe.

Die Wohnungstür schwingt mit einem Quietschen auf, gibt den Blick auf einen abgewetzten moosgrünen Teppichboden frei. Es ist düster in dem kaum meterbreiten Durchgang.

»Mm, sehr rustikal.« Weller betritt hinter ihm den eigenartig niedrigen Flur, der seinen Namen aufgrund seiner Kürze nicht verdient, und klopft mit dem Fingerknöchel gegen die Wandpaneele. Ebenso wie Henry hat er instinktiv den Kopf eingezogen. Groß, wie sie beide sind, stoßen sie beinahe an die holzverkleidete Decke. »War wohl ein Heimwerker am Werk.«

»Der Schwager der Frau des Anstaltssozialarbeiters.« Henry lächelt wie entschuldigend. »Der hat gerade geheiratet und seine Angetraute wollte auf keinen Fall in dieser verrufenen Gegend wohnen. Mir macht das nichts aus. Bin ja selbst so etwas wie ein Asozialer, als Ex-Knacki.« Er überblickt von seinem Standort aus die gesamte Wohnung. Links ein völlig leeres Zimmer mit zwei Fenstern zur Straße. Rechts ein breiterer, fensterloser Durchgang – mit viel gutem Willen als weiteres Zimmer zu bezeichnen, in dem ein roh gezimmertes Hochbett steht. Und am Ende, mit einer Tür zum Hinterhof, die Küche. Ein paar Einbauschränke, ein Herd. Immerhin. Gleich gegenüber: das winzige Bad. Weller öffnet dessen Tür, wittert hinein und schließt sie sofort wieder. Dann stapft er in die Küche, schaut in die Schränke, beugt sich hinunter zum altertümlichen Kühlschrank. Henry steht derweil wie festgenagelt in der Mitte der Wohnung, in dem fensterlosen düsteren Raum, als könne der ihm Schutz gewähren vor all dem, was auf ihn einbrandet, und verfolgt jeden Schritt seines Bewährungshelfers. Es ist nicht die in den kargen Räumen hängende Tristesse, die ihn erstarren lässt; was nun so beängstigend nah vor ihm steht ist das, war er vorhat, was er in den endlos-ereignislosen Tagen, Wochen, Monaten und Jahren als letzten Lebenssinn zu begreifen gelernt hat: die Pflicht zu töten.

Weller ruft von der Küche aus: »Also, ich schlage Folgendes vor: Du wendest dich so schnell wie möglich an die ARGE; die sitzen in der Mühlenstraße. Dort haben sie einen Sachbearbeiter für Erstanträge nach der Haftentlassung, Herrn Winter. Von ihm bekommst du einen Gutschein für eine Erstausstattung der Wohnung. Möbel, Geschirr, Töpfe, Gardinen. Das ganze Pipapo. Damit gehst du dann einkaufen.« Er macht eine Geste, welche die gesamte Wohnung umschließt. »So kannst du ja nicht hausen.« Er überlegt einen Augenblick, sieht, dass Henry zögert. »Versteh mich nicht falsch. Ich will mich nicht aufdrängen. Aber wenn es für dich okay ist, begleite ich dich bei den Einkäufen, zeige dir die günstigen Läden. Es gibt hier zum Beispiel ein Sozialkaufhaus. Da bekommt man teilweise erstaunlich gute Sachen. Ich kann auch einen kleinen Transporter besorgen für die größeren Stücke. Ruf mich einfach an, wenn du Unterstützung gebrauchen kannst.« Er geht zur Wohnungstür. »Da du mir ja leider keinen Kaffee anbieten kannst, wie ich dem Zustand deiner Küche entnehme, verabschiede ich mich jetzt.« Er lässt seine Pranke auf Henrys Schulter fallen, grinst unter seinem Seehundsbart und dann ist er fort.

Henry lauscht dem Starten und Sich-Entfernen des BMW-Motors nach, lehnt sich erschöpft gegen die Wand des winzigen Flurs.

Tag eins hat begonnen.

* * *

Er schließt seine Wohnungstür hinter sich ab – einmal, zweimal – und ist erstaunt über den Genuss, den ihm dies verschafft. *Wenn ich nicht aufpasse, werde ich noch zum Schlüsselfetischisten.* Auf dem Gehweg vor dem Haus bleibt er stehen, saugt die leicht salzige, erstaunlich milde Märzluft tief in seine Lunge. Ihm wird klar, dass er noch längere Zeit mit dem Versuch beschäftigt sein wird, sich an ein Leben ohne äußere Struktur zu gewöhnen, an Tage und Nächte ohne die Gewaltherrschaft der Anstalt. Die Anstalt, die all die Jahre wie ein Kissen auf seinem Gesicht war. Entlassung heißt nicht zwangsläufig, dass man frei wird.

Henry lässt den Blick wandern, beginnt mit der Erkundung seiner Straße. Von hier aus kann er die Turmspitze von St. Nikolai sehen, die über die Dächer der gegenüberliegenden Häuser lugt. Er nimmt sich vor, die Kirche bald einmal zu besichtigen. Ebenso wie die anderen Kirchen der Stadt. In ihre Restaurierung sind in den letzten Jahren gigantische Summen investiert worden, weiß er aus dem Fernsehen. Er probiert es damit, sich wie ein Tourist zu fühlen, lenkt seine Schritte den Spiegelberg hinauf und wieder hinunter.

Die Straße wirkt vertraut und fremd zugleich. Nur noch wenige der historischen Häuser sind im Zustand von vor fünfzehn Jahren. Er sieht kaum noch zugemauerte Fensterlöcher oder eingefallene Dächer; dagegen fast überall moderne Isolierverglasung, sauber getünchten Putz, neue Gauben auf den frisch gedeckten Dächern. Und bunt ist es geworden. Die Häuser strahlen gelb, türkis, lachsfarben, mit kontrastierend lackierten Fensterrahmen und Türen. Vor einer Fassade staunt er über den Mut der Bewohner, die das Motto *Mehr Bildung für Nazis* in eines der Erdgeschossfenster gehängt haben. Und das keine fünf Eingänge vom Laden der Angesprochenen entfernt. Henry geht weiter, schaut in Fenster, die Durchblicke auf idyllische Innenhöfe erlauben, liest Schilder an den Eingängen, findet heraus, dass der Laden auf der anderen Straßenseite ein *Headshop* ist, der neben Wismarsouvenirs Zubehör für den Konsum nicht ganz legaler Rauschmittel anbietet. Etwas, das ihn noch nie interessiert hat. Seine Drogen sind schon immer Tabak und gelegentlich Alkohol gewesen. Nicht nur einfach in der Beschaffung – wenn man nicht gerade hinter Gefängnismauern sitzt – sondern auch einfach und vergleichsweise sicher in der Dosierung. Nichts fürchtet er mehr, als die Kontrolle über sich selbst zu verlieren.

Zwei schwarz gekleidete junge Männer kommen ihm auf dem Gehweg entgegen, augenscheinlich die Bewohner dieses Naziladens mit der dunkel verrammelten Schaufensterscheibe. Ihm sind solche Typen von Waldeck her nicht unbekannt, diese stupide, brutale Einschüchterungspose, die jene Kerlchen vor sich hertragen wie einen schlechten Geruch, diese Bereitschaft, zumindest wenn sie nicht allein sind – und das sind sie so gut wie nie – sofort zuzuschlagen. Auch die beiden hier sind solche menschlichen Kampfhunde, verströmen neben deutlich wahrnehmbarem Bierdunst eine Mischung aus Provokation und die eigene Angst übertönender Aggression. Als sie dicht vor ihm sind, werden Henrys Augen schmal, ganz so als schaue er in grelles Licht. Dann wendet er den Blick ab und schlendert an den Schwarzen vorbei, die Straße entlang – nach außen hin ganz der Tourist, als der er sich fühlen möchte. Nur sein Herz schlägt noch eine Weile lang schneller, als es sein gemächliches Tempo erwarten ließe. Er wechselt die Straßenseite, schaut an Fassaden empor, verfolgt den Flug zweier Möwen, die am blassblauen Himmel in Richtung Hafen segeln. Hier, am Ende der Straße, haben die Restauratoren für seinen Geschmack ein wenig zu viel des Guten getan. Es ist anscheinend einer der jüngsten Bauten in der Straße – 1905 prangt in goldenen Lettern unter dem Giebel. Um die vielen Fenster der roten Backsteinfassade ranken sich gemalte rot-weiß-blaue Girlanden, erzeugen zusammen mit großen rot-weißen Ornamenten – sieht man länger hin – Schwindel wie ein psychedelisches Muster. Er wendet den Blick ab und schmunzelt über die historische, kaum verblasste Werbung für Kautabak an einer Fassade am unteren Ende der Straße. Vielleicht könnte diese Stadt wieder zu so etwas wie einem Zuhause für ihn werden, versucht er sich einzureden.

* * *

»Ich war siebenundzwanzig, als mein zweites Leben begann. Das Leben eines wegen Mordes verurteilten Gefängnisinsassen. Verurteilt zu einem Leben unter Männern. Kerlen, die entweder schon vorher abgedreht, degeneriert und verroht waren oder es im Knast geworden sind. Männer, die eines auf keinen Fall sein wollen: schwach. Ein Leben ohne Intimsphäre, mit dem gnadenlosen Druck der Anpassung. Überlebenswichtige Anpassung.«

Sonja wird, wie immer, wenn sie diese Stelle hört, kalt. Sie biegt nach links in die *Schweriner* ein und von dort auf die Dahlmannstraße, passiert den Backsteinbau des Gerhart-Hauptmann-Gymnasiums – ihre ehemaligen Schule. Wie überschaubar und gleichzeitig aufregend vielfältig war ihr als Schülerin die Welt erschienen. Nun, mit 32 Jahren, fühlt sie sich in manchen Momenten wie eine verwirrte Alte.

»Ich bin in einem reinen Frauenhaushalt aufgewachsen. Vielleicht wirke ich deshalb ab und an auf den ersten Blick weich, weiblich. Doch das täuscht.« Er lacht unfroh auf und Sonja erinnert sich, dass sie in diesem Moment gefühlt hat, wie ihr die Röte die Wangen hinaufstieg, so als hätte er sie bei ihren Schwärmereien für ihn ertappt.

Dabei hatte sie vor ihrem ersten Zusammentreffen sogar noch überlegt, ob sie ihm zur Begrüßung die Hand geben oder lieber jeden Körperkontakt mit diesem Mörder vermeiden sollte. Ganz so, als wäre er ein wildes Tier. Sie lacht in sich hinein. Er ist ihr unheimlich gewesen damals, am Anfang. Schon Wochen vor ihrem ersten Besuch hatte sie sich mit seinem Fall beschäftigt und sich vorzustellen versucht, was einen Mann dazu treiben kann, den eigenen Vater umzubringen. Sie wusste, dass er die Tat leugnete, doch taten dies nicht fast alle Häftlinge?

Ihre Beklommenheit ist während der ersten Interviews, die sich zu angeregten Gesprächen entwickelten, dahingeschmolzen. Er war so kultiviert, in keiner Weise Angst einflößend. Niemals hätte sie einen so ernsthaften und sanften Mann im Gefängnis erwartet. Hinter seiner beherrschten Fassade nahm sie Sinnlichkeit, Leidenschaft, eine gewisse tragische Größe wahr, die ihr den Atem nahm. Schon bald war sie sich ihrer Verantwortung ihm gegenüber bewusst geworden. Schien er doch ihre Gespräche, das Nacherzählen seines Lebens, so nötig zu haben. Er zeigte es nicht, doch Sonja spürte schnell, wie sehr er sich über ihre Besuche freute; die Möglichkeit, seine Geschichte mit einer Außenstehenden, einer neutralen Person, zu teilen.

Nur ist sie eben das nicht lange geblieben – neutral. Das, was sie zunächst für Mitgefühl und Sympathie gehalten hat, ist schon damals Liebe gewesen. So einfache wie große Liebe. Nie hat sie auch nur einen Hauch von Zweifel oder sogar Furcht vor den Konsequenzen dieser Liebe empfunden. Dieser Mann, Henry Sokop, ist der Mann ihres Lebens! Die Frage, ob er einen Mord begangen hat oder nicht, hat seither überhaupt keinen Raum in ihren Gedanken mehr eingenommen. Wer ist schon ohne Schuld? Was zählt, ist der Henry von heute. Selbst wenn er die Tat begangen haben sollte, nun hat er seine Strafe verbüßt. Er wird neu anfangen, mit ihr. Wie hat er es so schön bildlich ausgedrückt: Sein drittes Leben beginnt nach der Haft. Und sie ist bereit, es mit ihm zu teilen. Seit sie dies erkannt hat, hat er sie überallhin begleitet. Ob sie am Computer sitzt, im Auto zu einem Termin unterwegs ist oder mit einem Glas Wein in der Badewanne liegt – was immer sie tut, seine digital konservierte Stimme ist bei ihr, stellt den Ankerpunkt ihrer Sehnsüchte dar. So oft sie es will, ist er bei ihr, umhüllt sie mit seiner Gegenwart, vertreibt auf Knopfdruck die erstickende Realität ihres Lebens, die Abgründe ihrer bedeutungslosen, einsamen Existenz. Sie badet in diesen akustischen Reminiszenzen, den reinszenierten Momenten ihrer erst aufkeimenden, dann erstarkenden Liebe.

Sie erreicht den Kreisverkehr vor der Ulmenstraße und schaltet den Player ab. Zehn Minuten später sitzt sie Uwe Weller gegenüber; einer imposanten Erscheinung, wie sie aus alter Journalistengewohnheit im Geist notiert. Er ist bestimmt mindestens einsachtzig, um die fünfzig, trägt die braunen Haare unmodisch lang und – noch unmodischer – mit einem Gummi zurückgebunden. Dazu der bis über die Mundwinkel hängende Schnauzbart, die sichtbare Bierwampe, die ausgebeulten Jeans – all das lässt ihn mehr wie einen Besucher eines Blueskonzerts erscheinen, als dass es ihrem Bild eines amtlich bestellten Bewährungshelfers entspräche.

»Es geht um Herrn Sokop.« Ihre Stimme droht zu versagen. Der Bewährungshelfer blickt sie interessiert an. »Ich habe ihn während der Haft, also während der letzten Monate seiner Haftzeit besucht und ihn für eine Reportage interviewt. Ich arbeite als freie Autorin für das JOURNAL, recherchiere zum Thema *Leben nach dem Lebenslang.* So lautet der Arbeitstitel.« Sie zuckt wie entschuldigend mit den Schultern. »Henry hat mir leider seine neue Adresse nicht gegeben.« Weller unterbricht sie.

»Ihnen ist aber schon klar, dass ich keinerlei Informationen über meine Klienten an Dritte – und schon gar nicht an die Presse – weitergeben darf. Ich darf Ihnen nicht einmal sagen, ob der von Ihnen Angesprochene bei uns in Betreuung ist.« Er beugt sich über den kleinen Besprechungstisch, auf dessen Platte sich Merkblätter und Informationsbroschüren stapeln, und sieht ihr aufmerksam ins Gesicht. »Was wollen Sie also?«

Sonja beißt sich kurz auf die Unterlippe, setzt dann ein strahlendes Lächeln auf.

»Aber sicher, Herr Weller. Vielleicht können Sie mir jedoch ein paar generelle Informationen über Ihre Tätigkeit geben. Bisher habe ich Interviews mit verschiedenen Gefangenen und das, was ich von den Justizangestellten erfahren habe, als Hintergrundinformationen für meine Reportage. Sie können doch bestimmt noch etwas aus der Sicht der Bewährungshilfe beitragen.«

Weller nimmt sich tatsächlich Zeit und schildert ihr seinen Arbeitsalltag. Sie überlegt währenddessen, wie sie das Gespräch wieder auf Henry lenken und Weller dessen Aufenthaltsort entlocken kann. Nervös versucht sie sich mit einem Ohr auf Wellers Schilderungen zu konzentrieren. Das hier darf sie nicht vermasseln, sagt sie sich und spürt zugleich, dass ihr Gegenüber mit allen Wassern gewaschen ist. Dem macht niemand so leicht etwas vor. Er berichtet ihr bereitwillig, wie die Betreuung eines aus der Haft Entlassenen vor sich geht, welche Auflagen und Pflichten derjenige erfüllen muss, welche Unterstützung er von der Bewährungshilfe erhalten kann und wie er – Weller – hierbei vorgeht.

»Und Herr Sokop? Wie würde zum Beispiel sein erster Tag als freier Mann aussehen?« Sonja ist stolz auf ihre Hartnäckigkeit. Weller grinst; sein Seehundsbart wackelt.

»Also, unser fiktiver Gefangener würde, falls er noch keine Wohnung hat, beziehungsweise Angehörige, die ihn bei sich aufnehmen, zunächst draußen im Industriegebiet am Hafen, in der städtischen Wohnunterkunft *Haffeld* landen.« Weller schnaubt. »Bei den Asylanten und Obdachlosen. Da darf er dann sein müdes Haupt von 18 bis 7 Uhr morgens auf das Kissen betten. In der anderen Zeit ist das Haus tabu. Immerhin darf man seine Sachen tagsüber dort lassen.«

»Das ist ja grauenhaft. Da kommt man doch sofort wieder auf die schiefe Bahn.« Weller lässt das unkommentiert.

»Wenn man einigermaßen pfiffig ist, verprasst man sein sogenanntes Überbrückungsgeld nicht gleich am ersten Tag und kümmert sich schleunigst um eigene vier Wände. Von mir erhält der Entlassene einen Meldezettel von der WOBAU für eine Einraumwohnung. Und wenn nicht gerade das Hochschulsemester angefangen hat, findet man hier in Wismar recht schnell etwas.«

Sonja tut interessiert, taxiert ihre Chancen, sofort hinauskomplimentiert zu werden, wenn sie noch einmal direkt nach Henry fragt. Dieser Bewährungshelfer fackelt nicht lange, das ist ihr klar. Gerade erklärt er ihr, wie er mit Klienten umgeht, die nicht zu den vereinbarten Gesprächen erscheinen. Das bringt sie auf die Idee, Weller nach seinen Sprechzeiten zu fragen. Zur Not wird sie eben hier draußen vor dem Haus darauf warten, dass Henry auftaucht. Als kategorisierter Gewalttäter wird er alle 14 Tage hier erscheinen müssen.

Weller verabschiedet sie an seiner Bürotür, sieht forschend zu ihr, der fast zwei Köpfe Kleineren, herunter.

»Wissen Sie was? Der taucht schon wieder auf, Ihr Sokop.« Er macht eine Pause. »Jedenfalls, wenn er weiterhin Interesse an

Ihrer Reportage hat. Oder an Ihnen.« Wieder dieses amüsierte Zucken seines Schnäuzers. »Aber in der ersten Zeit nach der Entlassung – gerade bei einer langjährigen Haftstrafe – hat man andere Sorgen, glauben Sie mir.« Er überlegt einen Moment. »Das Einzige, das ich Ihnen anbieten kann, ist: Sie können hier bei mir einen Brief an ihn hinterlegen. Wenn er durch eine mit vertretbarem Aufwand zu recherchierende Dienststelle betreut werden sollte, könnten wir ihm den aushändigen lassen.«

Als Sonja wenig später die Treppen hinuntersteigt, strahlt sie, als hätte sie gerade den Lottojackpot gewonnen.

* * *

Er könnte vor Wut die Faust in diese Glasvitrine rammen, in der verschiedene Handymodelle im Licht kleiner Strahler glänzen. Oder besser noch in die Visage des jungen Verkäufers, der seinen Mund mühsam in ein serviles Lächeln zwingt. Viel lieber würde der sich wahrscheinlich lauthals über ihn lustig machen, ihn, den Dorfdeppen, der die elementarsten Dinge über die Mobiltelefonie nicht zu wissen scheint. Henrys Kiefer knirschen vor Anstrengung, sich zu beherrschen. Doch er wird diesem Knilch nicht den Gefallen tun, Anlass für einen Bewährungswiderruf zu sein.

»Also, wie bekomme ich ein Telefon, ohne dass Sie eine monatliche Gebühr kassieren?« So viel hat er verstanden, dass es für seine Zwecke am günstigsten sein wird, keinen Vertrag abzuschließen.

Der widerwärtige Dynamiker nimmt noch einmal Anlauf. »Natürlich können Sie eine Prepaidkarte von mir bekommen. Haben Sie denn ein Handy?« Er blickt zweifelnd an Henrys

Gestalt hinunter. »Denn wenn Sie keins haben, lohnt sich ein Vertragsabschluss mit unserem günstigen Startuptarif für Sie allemal. Da bekommen Sie das neueste Nokiamodell gratis dazu.« Er strahlt seinen Kunden an, als hätte er ihm gerade eine Dauerkarte für das Schweriner Staatstheater versprochen. Ach nein, wohl eher für Hansa Rostock.

Henry holt tief Luft. »Hören Sie, ich wiederhole mich nicht gern. Es mag Ihnen zwar seltsam erscheinen, dass ich so wenig über Ihr Fachgebiet weiß«, er deutet auf die Vitrine, »aber mich interessiert Ihr Verkaufsgeplänkel nicht. Geben Sie mir so eine Karte, dann nehme ich noch das da«, er zeigt auf ein silberfarbenes, schmales Gerät, »und dann haben wir beide das, was für uns maximal aus dieser Situation herausspringt.«

Sein neuer Personalausweis kommt zum Einsatz, er blättert die noch immer ungewohnten Euroscheine auf den Tresen und dann ist er im Besitz eines Gerätes, mit dem er zu jeder Zeit, an jeder Stelle telefonieren kann. Verrückt. Natürlich hat er schon Handys gesehen – illegal in die Haftanstalt eingeschleuste Geräte – weiß, dass man mit ihnen sogar Fotos machen und Musik hören kann. Er kann mit einem Computer umgehen, ist sich durch sein Fernstudium auch darüber im Klaren, was man alles mit dem Internet anstellen kann – obwohl sie seinen Zugang in Waldeck auf die Seiten der Fernuni beschränkt haben. Dennoch kommt ihm der winzige Apparat in seiner Hand ein wenig wie ein Ding aus einem Sciencefiction-Film vor. Jetzt braucht er dringend ein Telefonbuch von Wismar. Er tigert eine halbe Stunde durch die Altstadt, findet nirgendwo eine öffentliche Telefonzelle. Dann dämmert ihm, dass es die vermutlich schon längst nicht mehr gibt. Alle haben doch heute ein Handy. Jeder Dritte, dem er begegnet, hält so eins am Ohr, telefoniert während des Gehens, Einkaufens oder im Café – sogar beim Fahrradfahren hat er telefonierende Leute beobachtet. Was haben die sich nur alle zu erzählen? In der Filiale der Post – immerhin die gibt es noch – bekommt er schließlich ein Telefonbuch. Sein Finger fährt über die Seiten. Stamm, Stankowski, Sternberg, Stoll, Strack, Strogalski. Strom. Bärbel, Kurt. Rainer. Da ist er. Kaum zu fassen, aber er ist noch immer hier, wohnt wie früher in der Bauhofstraße, in einem der drei papierschmalen Etagenhäuser aus dem vorletzten Jahrhundert, direkt am Lindengarten. *Rainer und sonst keiner.* Er spürt, wie sein Puls rast. Jetzt keinen Fehler machen. Sein alter Kumpel und Gehilfe kann ihm nützlich sein, denjenigen zu finden, der sein verpfuschtes Leben auf dem Gewissen hat. Genauso kann er ihm aber auch gefährlich werden, wenn er begreift, weshalb Henry wieder hier ist. Rainer Strom mag zwar ein einfacher Charakter sein, dumm ist er auf keinen Fall. Henry notiert sich die Nummer und tritt hinaus auf die Mecklenburger Straße. Er wird sich zunächst einmal dort umsehen, wo er damals seine Geschäfte betrieben hat.

Wenig später schlendert er an den Gebrauchtwagen entlang, die auf dem Sandplatz am Weidendamm stehen. Schon damals, gleich nach dem Mauerfall, war dies der Ort gewesen, an dem der private Automarkt stattfand. Damals wie heute klemmte der Verkäufer einfach seine Telefonnummer hinter die Scheibe. Nur dass in jenen Jahren 40 bis 50 Autos statt wie jetzt sechs hier standen, von denen durchschnittlich zehn zum Sokopschen Wagenpark gehörten. Henry erinnert sich gern zurück. Hatte damals doch so etwas wie Goldgräberstimmung in der Luft gelegen. Er selbst hatte nicht mehr zu tun, als ans Telefon zu gehen, wenn sich ein Kaufinteressent meldete, ihm den betreffenden

Wagen vorzuführen, dabei das Blaue vom Himmel herunterzulügen über Zustand, Leistung, Langlebigkeit und dann das Geld einzustreichen. Alles ging in bar, in harter D-Mark. Den Rest der Zeit verbrachte er mit der Wismarer Damenwelt. Die Frauen himmelten ihn, den Wessi mit den Cowboystiefeln und dem Sportwagen, an, als wäre er ein Popstar. Kein Abend verging, an dem er nicht mit zwei Mädels am Arm durch die Stadt gondelte, sich für billiges Geld in einem Restaurant vollfraß und sich danach in einer Diskothek amüsierte. Er lächelt vor sich hin bei diesen Erinnerungen und wird gleichzeitig traurig. Es war eine Wahnsinnszeit damals, die glücklichste seines Lebens. Sie endete abrupt, als er am Silvesterabend 1992 seinen tödlich verletzten Vater in dessen Berliner Bürocontainer fand. Was Sekunden später passiert war, hatte ihm niemand geglaubt. Ein Unbekannter schlug ihn hinterrücks nieder; er verlor das Bewusstsein. Auf der Tatwaffe – der Pistole aus dem Schreibtisch seines Vaters – fanden sich später nur Henrys Fingerabdrücke und an seiner Hand hafteten Schmauchspuren. Seinen Beteuerungen, dass der Täter die Pistole abgewischt, sie ihm, während er bewusstlos dalag, in die Hand gedrückt und noch einmal abgefeuert haben musste, war man nie nachgegangen. Den zweiten Schuss, der die Wand des Containers getroffen hatte, hielt man für einen Fehlschuss – aus Versehen gefallen, in der Hektik eines Streits von Vater und Sohn.

Aus Sicht der Ermittler passte doch alles so gut zusammen. Henry sieht noch heute das siegesgewisse Playboygesicht des Staatsanwalts vor sich, als dieser ihm eine besonders üble Form von Habgier, gepaart mit einer schwer gestörten Vater-Sohn-Beziehung als Tatmotiv unterstellte. Niemand glaubte ihm, dem redegewandten Twen, dessen Lebensperspektive doch sicher nicht darin bestand, als – offiziell – schlecht bezahlter Autoverkäufer für den recht vermögenden Vater zu jobben. In der Verhandlungspause hatte sein Anwalt ihn noch einmal davon zu überzeugen versucht, zu gestehen, um eine Verurteilung wegen Totschlags im Affekt zu erzielen. Henry hatte die Zähne zusammengebissen und geschwiegen.

Verdächtig machte Henry neben dem Umstand, dass er Alleinerbe des Ermordeten war, sein Verhalten nach der Tat. Nachdem er wieder zu Bewusstsein gekommen war, war er durch die Silvesternacht geirrt, hatte sich schwer betrunken und war am nächsten Vormittag, halb erfroren, vor dem Haus seines Vaters festgenommen worden.

Henry strafft die Schultern und kehrt dem Parkplatz den Rücken zu. Vermutlich wird er niemals seine Unschuld beweisen können. Er wird nie wieder etwas anderes sein als der Vatermörder, als der er verurteilt worden ist. Rehabilitation ist nicht denkbar, Chance für einen Neubeginn de facto nicht vorhanden. Er ist ein junger alter Mann, mit einem nutzlosen Fernstudienabschluss in Betriebswirtschaft. Niemand wird einen Haftentlassenen, einen Gewalttäter noch dazu, für eine einigermaßen verantwortungsvolle Tätigkeit einsetzen. Nein, er ist jetzt, nach der Entlassung, noch einmal verurteilt. Verurteilt zu vermutlich lebenslangem Bezug staatlicher Almosen. Nur eins hält ihn aufrecht: die Möglichkeit, seinen Vater und damit auch sich selbst zu rächen. Nur eins ist noch wichtig: die Rache am wahren Mörder. Was danach passiert, ist ihm gleichgültig. Denn in Wahrheit ist er seit Langem, seit fünfzehn Jahren, tot.

»Rainer Strom?« Henry presst mit angehaltenem Atem das Handy an seine Ohrmuschel, das endlich – nach einem demütigenden erneuten Besuch bei dem Telefonladenjüngling, einem Anruf bei einer Maschine und dem Eintippen eines Zahlencodes – funktioniert. Auf der anderen Seite krächzt eine Männerstimme ein fragendes *Ja.*

»Henry Sokop.« Er lässt die beiden Worte in der Luft stehen, horcht ihrem Klang nach. Strom braucht eine Weile, um sich zu sammeln. Nach einigen »Wahnsinn, Alter« und »Das glaub ich nicht« verabreden sie sich für den Abend im *Schlauch*, einer Musikkneipe, die Henry noch von damals kennt.

Bis dahin hat er vier Stunden Zeit. Er läuft durch seinen alten und neuen Wohnsitz, der am letzten Wochenende das erste seiner jährlich wiederkehrenden Großevents hinter sich gebracht hat: den Start der *Heringstage*, die spezielle Heringsgerichte auf die Speisekarten der ansässigen Gastronomie spülten, eingeläutet von einem imposanten Umzug der Köche samt Blasorchester vom Hafen zum Markt, wo die frisch gebratenen Fische den Schaulustigen in die Hand verkauft wurden. Dort, im Menschengewühl zwischen den Ständen, hat er am Samstag die Journalistin wieder gesehen. Ihr karottenfarbenes Haar leuchtete in der Menge, sie schien Passanten zu interviewen, fotografierte und bemerkte ihn zum Glück nicht. Nun ist er auf der Hut, wenn er durch die Straßen geht, blickt stets weit voraus, bereit, jederzeit in einem Hauseingang oder Torweg zu verschwinden. Sie hat in Waldeck ihren Spaß mit ihm gehabt. Er braucht sie nicht mehr.

In einem Laden, der sein Sortiment in hunderten bunten Plastikkörben präsentiert, ersteht er für eine absurd geringe Summe einen Topf, eine Pfanne, Besteck, zwei Teller, ein Schneidebrett, zwei Becher und eine Kaffeemaschine. Das hat etwas völlig Surreales für ihn; er fühlt sich wie auf einem fremden Planeten. Ein Planet, dessen Sprache er zwar spricht, dessen Lebensregeln er sich jedoch nur durch Imitation aneignen kann. Alles kommt ihm vor wie ein großer Schwindel: die Läden, die Preise der Waren, die Menschen, die Geschäftigkeit auf den Straßen, seine Wohnung. Es fällt ihm schwer, zu entscheiden, ob er der Schwindler ist oder die anderen.

Zurück im Spiegelberg räumt er seine Einkäufe in die leeren Küchenschränke, versucht dabei, sich eine Strategie für das Treffen mit Strom zurechtzulegen. Seit seiner Inhaftierung haben sie keinen Kontakt mehr gehabt. Rainer war damals bestimmt heilfroh gewesen, keine Rolle in den polizeilichen Ermittlungen und im Prozess zu spielen. Seine Weste ist alles andere als weiß. Kennen gelernt haben sie sich in der Autowerkstatt, in der Rainer sämtliche Arbeiten erledigte, die auch Henry in der Anfangszeit bei seinem Vater in Berlin übernommen hatte: Ölwechsel, Reifen aufziehen, Motorwäsche. Daneben verschob Strom Schmuggelware und bei öffentlichen Bauvorhaben *Abgefallenes*. Für die Luxuslimousinen der Sokops hat Strom den einen oder anderen Kaufinteressenten vermittelt. Die Geschäftsidee seines Vaters war einfach, aber genial: Verkauf die Luxusschlitten in die ostdeutsche Provinz und klaue sie später wieder zurück. Damals, in diesen unruhigen Aufbruchszeiten, war so etwas tatsächlich möglich, war Ostdeutschland der sprichwörtliche Wilde Osten – aus heutiger Sicht auch fast so etwas wie ein fremder Planet.

Henry nimmt sich vor, vorsichtig zu sein, wenn er nach dem Käufer des goldfarbenen Mercedes 500 fragt, jenem Mann, den er für den Mörder seines Vaters hält.

Es kann nicht anders sein. Von seiner Zelle aus hat er lange darum gekämpft, die Sokopschen Geschäftsunterlagen einsehen zu dürfen. Als überführter Täter war er zwar nicht erbberechtigt – Straftäter dürfen sich nicht durch ihre Tat bereichern – und sein Erbe ist an den Staat gefallen, aber sein Anwalt hat es trotzdem geschafft, ihn über die Abwicklung des väterlichen Betriebes auf dem Laufenden zu halten. In der Aufstellung der Vermögenswerte war jene sehr auffällige Mercedeslimousine nicht gelistet gewesen, die Henry zuletzt *rücküberführt* hatte, wie die *Ganoven* das in ihrem Jargon genannt hatten. Dabei hatte er sie am Vorabend der Tat noch auf dem Sokopschen Firmengelände gesehen.

Er hatte übergenug Zeit, alle anderen Möglichkeiten zu durchdenken. An den Überfall eines beliebigen Fremden, der auf die Kasse von *Sokops Carworld* aus war, hat er nie geglaubt. Der Tresor im väterlichen Büro war unangetastet und in seiner Brieftasche steckten mehrere große Scheine. Auch die protzige *Breitling* an seinem Handgelenk hätte kein Räuber verschmäht. Außerdem hätte jemand, der einen solchen Überfall plante, doch wohl eine eigene Waffe benutzt, nicht die des Opfers. Ein Konkurrent also? Eine Fehde, von der Henry nichts wusste, die in einem Handgemenge endete, bei dem Vaters Pistole gegen ihn selbst gerichtet worden war?

Hier bleibt ein winziger Zweifel. Es hat – neben alltäglichen Gesprächen über das Geschäft – nur wenige Augenblicke gegeben, in der sein Vater mehr von sich zeigte als den kühlen, beherrschten alten Mann, der sich von niemandem in die Karten sehen ließ. Nur ein einziges Mal war er ein wenig rührselig geworden. Sie hatten in einem guten Restaurant Henrys Übernahme der Autogeschäfte in Wismar gefeiert. Beim Dessert, nach mehreren Flaschen Wein, hatte Sokop senior ihm eröffnet: »Du weißt, ich bin kein Mann großer Worte. Aber du bist mein einziger Sohn, ja der einzige noch lebende Verwandte überhaupt.« Er hatte von seinem Weinglas aufgeblickt, als erwarte er Widerspruch. »Nein, deine Mutter habe ich nicht vergessen. Wie könnte ich meine Diane vergessen. Aber sie hat es vorgezogen, mich – uns«, ergänzte er mit einem Zwinkern, das Henrys nicht recht zu deuten wusste – »zu verlassen. Sicher war ich an ihrer Entscheidung nicht unschuldig.« Er hatte einen Schluck getrunken und Henry hatte gemeint, es in seinen Augen glitzern zu sehen.

»Für dich tut es mir leid, Henry. Kinder sollten in einer richtigen Familie aufwachsen.« Jetzt hatte er doch tatsächlich nach der Hand seines Sohnes gegriffen und sie auf dem Tisch gedrückt gehalten, während er weitersprach und Henry den Atem anhielt. »Ich bin jetzt über sechzig, mein Herz ist nicht mehr in Ordnung. Wer weiß, wie lange es noch mitspielt. Ich möchte, dass du eines weißt: Auch wenn ich meine Gefühle nicht so zeigen kann, lebe ich doch nur für dich, meine Familie.«

Henry denkt gern an dieses Gespräch zurück, hegt es in seiner Erinnerung wie einen Schatz. Ein kostbarer, geheimer Moment des Einverständnisses und der wahren Begegnung.

So wenig er auch über seinen Vater weiß, meint er doch, dass der niemals so unvorsichtig gewesen wäre, sich von jemandem, mit dem er ernsthaft im Clinch lag, mit seiner eigenen Waffe bedrohen zu lassen. Nein, er muss völlig überrumpelt worden sein. Dafür kommt nur der Käufer dieses 500er-Mercedes in Frage. Der war ihnen vermutlich auf die Schliche gekommen und hatte seinen Vater in Berlin zur Rede gestellt. Weshalb sonst sollte der Wagen ausgerechnet am Todestag seines Vaters vom Firmengelände verschwunden sein? Verkauft worden war er definitiv nicht. Henry ist sich bewusst, wie dünn dieser Strohhalm ist, an den er sich klammert; doch diese Spur ist die einzige Chance, die er hat.

* * *

Der *Schlauch* hat sich kaum verändert. Die namensgebende Architektur ist dieselbe wie einst: schmal wie ein Handtuch, der Tresen unpraktisch die halbe lange Wand einnehmend. Über den fünfhundert Mal überlackierten, grob gezimmerten Tischen verströmen aus Metallschrott gebastelte Lampen diffuses Licht und an den Wänden zeigen gerahmte Fotos, welche Bluesmusiker hier irgendwann einmal auf der winzigen Bühne gespielt haben. Nur das separate Raucherabteil hinter Glas, ganz am Ende des langen *Schlauchs*, ist neu. Das Publikum ist im Großen und Ganzen vom selben Schlag wie früher. Biertrinkende, heute halt an ihren Handys knibbelnde Studenten, mittelalte Möchtegernrockstars mit Alkoholproblem, angeheiterte junge Mädels, dummgeschminkt und bauchfrei, die immer wieder schrill kichernd Blicke werfen.

Die beiden Gäste am Tisch vor dem großen Fenster zur Lübschen Straße gehören keiner der genannten Gruppen an. Wer sie beisammen sieht, könnte sich fragen, was so grundverschiedene Männer verbindet. Der eine groß, hager, still, mit silbergrauem Bürstenschnitt und eckiger Intellektuellenbrille, von unbestimmbarem Alter. Der andere klein, stämmig, gänzlich ohne Haupthaar und deutlich über fünfzig, gesprächig und mit grober Motorik. Eine Verwandtschaft, Freundschaft oder auch nur Kollegenschaft beider scheint unvorstellbar. Im *Schlauch* fallen sie allerdings niemandem auf. Schon immer war das Publikum in dieser Altstadtkneipe quer durch den Garten.

In der ersten Stunde scheint sich zu bewahrheiten, dass die beiden nichts verbindet. Steif köpfen sie ein Bier nach dem anderen und wissen kaum, über was sie sich unterhalten sollen. Mehrmals pendeln sie zwischen dem Raucherzimmer am Ende des Kneipenraums und ihrem Tisch hin und her, scheinbar froh darüber, dass ihnen das Rauchverbot Gelegenheit zur Bewegung verschafft. Nach dem dritten Bier taut die Stimmung zwischen ihnen auf, der Hagere beginnt, den anderen alles Mögliche über Wismar, die Bewohner und die Entwicklungen in den letzten Jahren zu fragen. Dabei bleibt seine Miene distanziert, seine Augen wirken leidenschaftslos, beinahe kalt. Der andere redet gern und wird noch lieber befragt, um dann Auskunft geben zu können. Der Preis, den Henry an diesem Abend für Informationen zahlt, ist Zuhörerschaft für garantiert pointenlose Geschichten aus Rainer Stroms ereignisarmen Leben, die der, ohne auf Resonanz zu achten und mit nervenzehrender Umständlichkeit, über seinem Gegenüber auskippt.

Beide sind deutlich angeheitert, da beginnt Henry, sich nach einzelnen Wagen zu erkundigen, bei denen Strom damals als Vermittler gewirkt hat.

»Na klar erinnere ich mich noch an den goldenen SEL 500. Das war doch ein Traumgeschoss. So etwas sieht man hier nicht alle Tage, weißt. Den hat der alte Oldenburg noch bestimmt bis … lass mich überlegen …«

Henrys Herz setzt beinahe aus. Er fixiert Stroms glänzendes Gesicht, sieht ihm in die Schweinsäuglein.

»… na, bis vor vier, fünf Jahren gefahren. Dann hat er sich einen Neuwagen zugelegt. Gehen wohl gut, seine Geschäfte.«

Henry ist nun hellwach, seine Gedanken rasen. Es stimmt also. Dieser Oldenburg war ihnen auf die Schliche gekommen, hat sich damals in Berlin den Wagen zurückgeholt. Warum nur ist Henry an jenem Silvestermorgen zum Friseur und nicht gleich zum Gebrauchtwagenplatz gegangen? Er hat sich diese Frage in den letzten fünfzehn Jahren hunderte Male gestellt. Hätte das doch alles verändert, die Anordnung seiner Lebensbausteine, die Dynamik ihres Einsturzes. Egal wie es ausgegangen wäre, er hätte den doppelten Verlust – des Vaters und seiner Freiheit – verhindert, wäre er nur nicht beim Friseur gewesen. Er kennt diesen Oldenburg nicht persönlich, hat nur einmal mit ihm telefoniert, denn Oldenburg hatte sich den Wagen direkt in Berlin ansehen wollen, wo er ihn dann auch bei seinem Vater kaufte. Henry erinnert sich noch an die ungemütlich kalte Winternacht, in der er den 500er-SEL im Wismarer Dahlbergviertel gefunden, ihn mit Hilfe des Drittschlüssels, den sie immer behielten, gestohlen und zurücküberführt hat.

Er bestellt beim ziegenbärtigen Kellner eine weitere Runde und versucht, die für ihn wichtigen Fakten über Oldenburg, einen hiesigen Bauunternehmer, aus Stroms Wortschwall herauszufiltern. Es ist lange nach Mitternacht als sie – der eine ohne Pause faselnd, der andere stumm schwankend – über das feucht glänzende Kopfsteinpflaster des Marktplatzes nach Hause torkeln.

* * *

Die Pinne liegt ruhig und sicher in seiner Hand. Doch er ist sich bewusst, dass er ohne Wellers Kommandos und seine Erklärungen, was er tun soll, kaum heil im Hafen ankommen würde. Der Himmel über der Wismarbucht ist in der letzten halben Stunde von frühlingshaftem Hellblau in verhangenes Grau übergegangen. Skipper Weller hat ihre Rückkehr in den Hafen angeordnet. Beim dritten Termin mit dem Bewährungshelfer – den zweiten haben sie für eine Möbeleinkaufstour genutzt – hat Henry erfahren, dass der andere ein passionierter Segler ist, dessen Boot – die *Ellen* – im Wismarer Westhafen liegt. Ein Schicksalswink? Auch dieser Oldenburg soll seine Yacht im Sommer in einem der stadtnahen Hafenbecken liegen haben, hat Strom erwähnt. *Es geht zu einfach*, schießt es Henry durch den Kopf, als sie auf den Steg zusteuern. Er starrt hinüber zum Land, wo sich hinter den Kirchtürmen der Stadt düstere Wolken türmen. Weller – ein Mann der klaren Worte – ist ihm gegenüber vorsichtig, doch spürt Henry deutlich die Sympathie, die der andere ihm entgegenbringt. Er hat sie sogar in Worte gefasst.

»Glaub bloß nicht, dass ich mit all meinen Klienten segle. Wir sind hier nicht bei der sogenannten Erlebnispädagogik.«

Sie liegen bereits am Steg, da räuspert sich Weller. Er hat lange überlegt, ob er tatsächlich den Kontakt zwischen seinem Klienten und dieser Journalistin herstellen soll, die ihm auf eine diffuse Weise aus dem Gleichgewicht, ja beinahe ein wenig verdreht erschienen ist.

»Ich hab da noch etwas für dich.« Er nestelt durch die Schwimmweste hindurch in der Tasche seiner Windjacke. Das Boot dümpelt sachte in der Dünung, um sie herum werden Segel gerefft, Verdecks geschlossen, kurze Bemerkungen fliegen von Deck zu Deck. Weller gibt Henry den Brief, ermahnt sich selbst im Stillen, nicht so gluckenhaft mit seinen Jungs und Mädels umzugehen. Immerhin ist Henry Sokop alt genug zu entscheiden, mit wem er sich abgibt. »Da gibt es für dich anscheinend Klärungsbedarf. Doch dies ist eine Einbahnstraße. Ich fungiere für euch nicht als stiller Briefkasten.«

Henry wirft einen Blick auf den zartvioletten Umschlag. *Henry Sokop* steht da, in tintiger Schreibschrift. Er unterdrückt den Impuls, das Kuvert unbesehen in die Tasche zu stecken. *Tue so, als würdest du Weller vertrauen.* Also schlitzt er den Umschlag mit der Zeigefingerspitze auf, faltet das Blatt auseinander.

Hallo Henry,

willkommen in der Freiheit. Ich freue mich so für dich! Natürlich brauchst du jetzt alle Zeit für dich, musst deine Angelegenheiten regeln, so vieles bedenken und manches neu lernen.

Doch wenn du mich, meine Unterstützung brauchst, ruf mich einfach an. Ich arbeite weiter an meiner Reportage. Wenn es deine Zeit erlaubt, würde ich gerne weitere Interviews mit dir führen. Über die Zeit nach der Haft und wie du mit allem klarkommst.

Ich hoffe, du fühlst dich nicht von mir unter Druck gesetzt. Ich will dir einfach nur helfen. Denn ich mag dich.

Deine Sonja

P. S.: Ich habe keine festen Bürozeiten. Ruf an, wann du willst.

Es folgten zwei Telefonnummern und ein blasser rötlicher Fleck, als hätte die Schreiberin etwas verschüttet.

Weller beobachtet verstohlen Henrys Reaktion. Doch der erlaubt sich keine emotionale Regung; sein Gesicht bleibt unbewegt. Einen Moment lang starrt er zum Horizont, an dem sich schwere Wolken ballen. Weller will gerade, neugierig, ob sein Klient den Kontakt zur Journalistin begrüßt oder nicht, fragen, ob es gute oder schlechte Nachrichten sind, da zerreißt dieser erst das Blatt, dann den Umschlag, lässt die Schnipsel über Bord fallen.

»Keine Sorge, Weller. Antwort nicht nötig.« Henry grinst. »Weibergeschichten.« In seinem Inneren wehrt er Bilder aus der Vergangenheit ab: die Visitenkartenschnipsel seiner Mutter, die erst nach quälend vielen Spülvorgängen aus dem Toilettenbecken verschwanden. Nur ihren Abschiedsbrief und die Schallplatte, die sie ihm bei ihrem letzten Besuch geschenkt hatte, wollte er damals behalten. *Road to Kairo* von Julie Driscoll und Brian Auger.

Henry steht auf, hilft Weller, der darauf verzichtet hat, das Zerreißen des Briefes zu kommentieren, beim Vertäuen und sieht sich, wie auch schon während ihres Törns auf dem Wasser, an den benachbarten Stegen nach einer Yacht mit Namen *Niobe* um. *Suchen, finden, abschießen.* Er wird sich weiterhin gut mit seinem Bewährungshelfer stellen, damit dieser Törn nicht der letzte bleibt. Zurzeit ist das Segeln sein einziger Anknüpfungspunkt an den Mörder. Rache kennt keine Zeit. Er will sich sicher sein, den Richtigen gefunden zu haben. Wie – das wird ihm noch klar werden, während er versucht, näher an den Wassersportler Oldenburg heranzukommen. Der erleichterte Blick, mit dem ihm sein Bewährungshelfer den Steg hinauffolgt, entgeht ihm.

* * *

Henry bewegt sich noch immer wie ein Tourist durch die Straßen. Vieles erkennt er kaum wieder, so sehr hat sich Wismar verändert. Die gesamte Altstadt ist – genau wie der Spiegelberg – fast lückenlos restauriert, trägt nun den *Weltkultur-*

*erbe*status. Wo man vor fünfzehn Jahren Angst haben musste, von einem herabstürzenden Dachziegel oder Putzbrocken erschlagen zu werden, stehen nun akkurate Zuckerbäckerfassaden, laden Geschäfte, Cafés und Restaurants zum Betreten der Gebäude ein. Henry ist nicht sicher, ob er sich hier noch wohlfühlen kann, auch wenn die generelle Fremdheit, die er außerhalb der Anstaltsmauern spürt, vermutlich irgendwann einmal vergangen sein wird. Die pulsierende Aufbruchstimmung der Nachwendejahre, die hinter jeder maroden Mauer lauernden Möglichkeiten, die Phantasie des Mangels, all das, was er bis vor Kurzem mit dem Wismar, das er kannte, verbunden hat, ist einer schlecht kaschierten Enge, einer angstvollen, aufgeräumten Behäbigkeit gewichen, die ihn allzu sehr an seine Zelle im ultramodernen Gefängnisbau Waldeck erinnert. Im Wismar von heute wirken alle Fluchtwege verbaut.

Schon mehrere Male ist er Leuten begegnet, an die er sich von damals erinnert. Kein Schimmer des Erkennens ist in ihrem Blick aufgeflackert. Nun, er hat sich natürlich verändert. Seine einst brünetten Haare sind im siebten Haftjahr – er war gerade vierunddreißig Jahre alt – plötzlich grau geworden. Auch trägt er sie nicht mehr schulterlang. Die großen, dichten 70er-Jahre-Koteletten, die er damals getragen hat, weil die Mädchen sie so schick fanden, sind längst verschwunden. Die Brille ist ebenfalls neu. Seit er vierzig geworden ist, lässt seine Sehkraft nach. Alles, was zwei, drei Meter entfernt ist, verschwimmt in Unschärfe. Den 90er-Henry gibt es, auch äußerlich, nicht mehr.

Aber sein Gesicht ist doch noch – mit ein paar zusätzlichen Falten – dasselbe. Er versteht es nicht, dieses Nichtwiedererkanntwerden. Man könnte meinen, er wäre nie hier gewesen, hätte nicht drei Jahre lang diese Stadt zu seinem Lebensmittelpunkt gemacht. Er würde spüren, wenn es nur ein Nichtwiedererkennenwollen wäre. Nein, er ist wirklich ein Fremder hier. Bei der Kassiererin im Drogeriemarkt am Markt ist er sich sicher. Mit der hat er 1991 was gehabt. Nichts Ernstes natürlich, dafür boten sich ihm zu viele andere gute Gelegenheiten. *Bärbel, Babsi, Beate?* Er kommt nicht auf den Namen. Sie hat noch immer, trotz diverser zusätzlicher Kilos, die sie nun auf die Waage bringt, ein apartes Lächeln und Kastanienaugen unter der dunklen Wuschelfrisur. Kein Zweifel. Als er das Geschirrspülmittel und das Shampoo auf das Band legt, versucht er, ihren Blick aufzufangen. Sie sieht ihn kurz an und sieht ihn doch nicht. Er ist einer von hundert Kunden, die an diesem Tag an ihr vorbeiziehen. Tunnelblick. Als sie nach seinem Zehneuroschein greift, hält er ihn fest. Sie blickt auf, das Erstaunen liefert sich mit dem Ärger über die Störung ihres reibungslosen Arbeitsalltags einen Wettkampf auf ihren Gesichtszügen. Das Lächeln gefriert, macht sie plötzlich hässlich. Er lässt los. Sie schüttelt wortlos den Kopf, legt das Wechselgeld mit spitzen Fingern auf die Plexiglasablage. Er verlässt den Laden, merkt: Von ihr will er nicht wiedererkannt werden.

Und dann die Journalistin. Erst ihr Brief, dann, ein paar Tage später, konnte er ihr gerade noch in die Filiale der *Sparkasse* ausweichen, als sie ihm am Markt entgegenkam. Über den Kontoauszugsdrucker gebeugt hat er ihr durch die Scheibe nachgesehen, überlegt, wie er sie loswerden kann.

Zurück in seiner Wohnung – die er mit Stücken aus dem Sozialkaufhaus recht ordentlich möbliert hat – setzt er Kaffee auf und stellt einen Stuhl auf den von Hauswänden und der Mauer zum Nachbargrundstück umgebenen winzigen Hinterhof. Es ist elf Uhr. Die Sonne steht bereits so hoch, dass ihre

Strahlen auf die obere Mauerhälfte fallen. In vierzig Minuten wird er für eine gute Stunde in der Sonne sitzen können, bevor sie hinter dem Nachbarhaus verschwindet. Er wird sein Hemd ausziehen und die hellen Strahlen seine Knastblässe verzehren lassen. Dieser Ablauf ist bereits Routine. Außer den obligatorischen Gängen zur Arbeitsagentur und den Besuchen bei Weller alle vierzehn Tage hat er keine offiziellen Verpflichtungen. Die andere Aufgabe, das Ausspähen und Überführen des Mörders, die stetige Vorbereitung seiner Rache, ist die einzige durchgehende Beschäftigung, der er nachgeht. Sein Telefon zirpt.

»Rainer – und sonst keiner.« Strom atmet laut, im Hintergrund heult mehrfach ein Motor auf. »Henry, ich hab was für dich. Für einsfünf. Schau ihn dir an. Bist du zu Hause? Ich hol dich in zehn Minuten ab.«

Henry rechnet. Von den 4 755 Euro des sogenannten Überbrückungsgeldes, das er während der Haftzeit angespart hat, sind rund tausend Euro für die erste Wohnungsmiete, die Kaution und für die Möbel draufgegangen. Dreihundert hat es ihn gekostet, sich in einen einigermaßen gut gekleideten Menschen zu verwandeln, der nicht jeden Tag dieselben Sachen trägt. Er kann sich die Einsfünf leisten. Sollte das überhaupt noch notwendig werden, muss er sich erst in ein, zwei Monaten ernsthaft nach einer Geldquelle umsehen. Die Almosennummer auf dem Hartzvierabstellgleis wird er sich ersparen, wenn es irgend möglich ist. Sein Blick fällt auf die Aktenordner mit seinen Prozessunterlagen, dem Schriftwechsel mit dem Anwalt und den amtlichen Schreiben, die im aus Brettern und Ziegelsteinen improvisierten Regal stehen. Die Dokumente seines Scheiterns und seiner Ohnmacht vor dem Urteil des Staates, dem Verlust seiner Rechte, seines Erbes und seiner Zukunft. Nichts ist ihm geblieben. Übermächtig ist sein Wunsch nach Genugtuung, danach, den wahren Schuldigen zur Verantwortung zu ziehen, ihn bluten zu sehen, wie er selbst in den letzten fünfzehn Jahren geblutet hat. Er spürt, er ist nah dran an demjenigen, der seinen Vater getötet und ihn zu einem armen, chancenlosen Schlucker gemacht hat.

Eine Stunde später sitzt er in dem zwölf Jahre alten VW Golf, fährt ihn für ein paar Stunden zur Probe. Kein Vergleich zu seinem 79er-Spider, mit dem er einst Wismar unsicher gemacht hat. Der Wagen ist nicht schön, nicht besonders schnell, dafür unauffällig, einigermaßen in Schuss und günstig im Unterhalt. Vorsichtig fädelt er sich in den Verkehr auf der am Hafen entlangführenden Wasserstraße ein. Seit fünfzehn Jahren das erste Mal am Steuer. Doch schon in Wendorf fühlt er sich eins mit dem Fahrzeug. Er erinnert sich, wie hier 1993 die Seebrücke eingeweiht wurde. *Seebad Wendorf* hatte es geheißen – was ihm damals so hochstaplerisch erschienen ist wie heute. Mehr als ein Stadtviertel voller Mietskasernen und mit einer kleinen Seebrücke war es nicht und scheint es auch heute nicht zu sein. Aus dem Radio dringt die Stimme der Nachrichtensprecherin. *Der als Schweinegrippe bezeichnete Influenza-A-Virus H1N1 hat, nur wenige Wochen nach seinem Ausbruch in Mexiko, die ersten Todesopfer in den Vereinigten Staaten von Amerika gefordert.*

Er stellt das Gerät aus und rollt, an Kleingärten entlang, über betonierte Fahrspuren, die noch aus DDR-Zeiten zu stammen scheinen, zum Wismarer Yachtclub. Auf dem kleinen Parkplatz stellt er den Golf ab und macht sich noch einmal gründlich mit dessen Schaltern und Anzeigen vertraut. Das spartanische Innenleben des Wagens erleichtert ihm die Orientierung. Viel hat sich an den für diese Marke typischen Bedienelementen nicht geändert. Da haben sich ihm im Alltag schon gravierendere Neuerungen in den Weg gestellt. Er grinst bei dem Gedanken daran, wie er am Tag nach der Entlassung bei dem Versuch, einen Einkaufswagen zu benutzen, gescheitert ist. Ohne die Miene zu verziehen, hat er sich erst einmal am Bäckerstand des Supermarktes einen Kaffee bestellt und andere Kunden dabei beobachtet, wie sie es schafften, einen der Wagen aus der Schlange zu ziehen.

Auch an die Zentralverriegelung des Golfs muss er sich noch gewöhnen. Er zielt mit dem Sender auf die Tür, lässt den Wagen stehen und passiert nach ein paar Schritten das Tor der Anlage, die ihrem mondänen Namen keine Ehre macht. Alles hier ist sehr einfach, sportlich, wahrscheinlich so, wie es auch schon vor Jahrzehnten aussah. Nur die Boote sind durchweg jüngeren Datums. Auf der Terrasse des Clubrestaurants setzt er sich in einen der weißen Kunststoffstühle und schiebt sich die neue Sonnenbrille von der Stirn auf die Nase. Es ist nicht viel los an diesem frühen Nachmittag. Nur ein weiterer Tisch ist besetzt. Zwei rotgesichtige Alte kippen dort zügig ihre Biere und ordern ebenso fix eine neue Runde. Ihre knappen Bemerkungen deuten auf eine lange Routine des Miteinanders hin. Auf dem weitläufigen Clubgelände sieht Henry vor einem offen stehenden Blechschuppen zwei weitere Männer auf weißen Plastikstühlen hocken. An Bord mehrerer an den Stegen vertäuter Boote bewegen sich bunt gekleidete Gestalten. Eine Meute kleiner Kinder kurvt auf Rädern zwischen anderen Booten herum, die noch auf Stelzen an ihren Winterplätzen stehen. Möwen krakeelen in der Luft. Die Bedienung – mit den zurzeit offenbar modernen weiß und lila gesträhnten schwarzen Haaren – lächelt ihn freundlich an. Er bestellt Kaffee. Dann schließt er die Augen, überlässt sich ganz der Situation. Gemurmel vom Nebentisch, fernes Motorengeräusch, Kinderstimmen, Leinen, die an Masten klimpern, das Zerren des Windes, Sonnenwärme auf seinem Gesicht, der Geruch nach Frittiertem, der aus der Gaststätte nach draußen dringt. Urlaubsstimmung. So wie er, der selbst noch nie eine Urlaubsreise unternommen hat, sich Urlaub vorstellt. Er presst die Zähne zusammen, bis sie knirschen. Wo wäre er, wenn ihn der Mörder nicht in dieses Leben als Geächteter, als Abschaum gestürzt hätte?

Später schlendert er zum Wasser hinunter, nickt dem Hafenmeister vor seiner Blechbude zu, gibt sich den Anschein des langjährigen Nutzers der Yachtclubanlagen. Und dann, sein Herz klopft heftig, ist es so weit: Er entdeckt die *Niobe*. Am letzten Quersteg liegt die große weiße Yacht vertäut. Niemand ist an Bord. Henry hat sich nach dem Törn auf Wellers Boot Literatur über das Segeln aus der Stadtbibliothek geliehen, erkennt nun, dass es sich bei der *Niobe* um eine Slup handelt. Außerdem übt er an den Abenden anhand der Zeichnungen in den Büchern die wichtigsten Seglerknoten. Nachdem er einmal über alle Stege spaziert ist, inszeniert Henry einen Schwatz mit dem Hafenmeister. *Kuhn* steht auf dem gestickten Namensschild seines Overalls. Er nimmt sich selbst und seine Aufgabe erkennbar wichtig.

»Du bist neu hier«, stellt er fest und tippt Henry mit seinem knotigen Zeigefinger auf die Brust. »Gesichter vergesse ich nämlich nicht.«

Henry gibt sich leutselig, spricht davon, vielleicht ein Boot kaufen zu wollen. Schon begleitet ihn Kuhn, mit geblähtem Brustkorb, auf einen der vorderen Stege und deutet auf eine kleine dunkelblaue Yacht.

»Steht zum Verkauf«, knurrt er, als nähme er dies dem Besitzer übel. »Der Eigner hat keine Zeit mehr zum Segeln.«

Henry zeigt sich interessiert, stellt ein paar Fragen, von denen er hofft, dass sie ihn nicht als vollkommenen Laien entlarven. Dann blickt er sich um. »Ist sonst noch etwas zu verkaufen hier?« Er deutet auf den hellen Bootskörper der *Niobe*, der sanft in der Dünung tanzt. »Die vielleicht? Nicht, dass ich mir die leisten könnte.«

Kurze Zeit später weiß er genug. Er wird am Samstag zum Brunkowkai, dem Seglerhafen nahe der Altstadt gehen, wo die *Niobe* nach dem Verlassen ihres hiesigen Winterquartiers im Yachthafen liegen wird.

Am Abend trifft er sich mit Strom im *Schlauch*, schiebt dem anderen den Umschlag mit dem Geld über den Tisch zu und erhält die Fahrzeugpapiere.

»Henry, nimm mir das nicht krumm, aber ich muss dich mal was fragen.« Strom plinkert ihn mit seinen Knopfaugen an. Nachdem sie bei der jungen Frau mit dem Nasenpiercing, die heute Tresendienst hat, Bier und Pizza bestellt haben, sind sie zum Rauchen in den Extraraum gegangen. Hier, durch Glasscheiben vom Kneipenraum getrennt, sind sie allein.

»Leg los. Wenn mir die Frage nicht gefällt, brauche ich ja nicht zu antworten.« Er grinst sein Gegenüber an und sieht die Erleichterung in dessen Miene. *Er traut mir nicht, genauso wie ich ihm nicht traue,* denkt Henry.

»Schon damals habe ich mich das gefragt, als du vor Gericht standst.«

Henry beginnt zu ahnen, worauf der andere hinaus will. »Du willst wissen, ob ich es getan habe?«

Strom zündet sich am Ende seiner Zigarette die nächste an und nickt. »Nicht, dass ich es dir zutrauen würde …«

»Geschenkt. Ich war es tatsächlich nicht. Und ich war blöd genug, im Prozess nicht das Gegenteil zu behaupten. Wahrscheinlich wäre ich dann deutlich früher 'rausgekommen. Hast du wirklich für möglich gehalten, ich könnte das getan haben?«

Strom windet sich, blickt auf seine nicht ganz sauberen Fingernägel, fährt sich mit der Handfläche über die Glatze, starrt auf die Tür zum Schankraum, die sich gerade öffnet. Die Bedienung stellt ihre Biere vor sie auf den Stehtisch und Strom blickt mit einem anerkennenden Ausdruck auf ihr kleines Hinterteil, als sie hinausgeht. Dann hat er sich seine Antwort zurechtgelegt.

»Nun, so würde ich es nicht sagen. Andererseits traue ich dir schon einiges zu. Ich meine, so gut kenne ich dich ja auch wieder nicht, weißt, hast dich ja auch verändert in den Jahren. Aber da ist eine Sache, die mir in letzter Zeit immer wieder durch den Kopf geht.« Sie trinken beide ihre Biere an, wischen sich synchron den Schaum von den Lippen. Halb meint Henry, gleich eine von Stroms ausufernden Geschichten zu hören zu bekommen, halb spürt er, dass es etwas für ihn selbst Bedeutsames ist, das den anderen beschäftigt. Er prostet ihm zu, noch einmal trinken sie, dann beginnt Strom, kompliziert und verschlungen wie immer, zu erzählen.

»Und der Schwager von der war doch dieser Boxer, Kalle Paetow, erinnerst du dich an den?«

Henry schüttelt den Kopf. So wenig, wie man sich hier an ihn erinnert, so weit weg sind ihm Wismars damalige Bewohner gerutscht.

»Der führte diese Kneipe in der Scheuerstraße, hat semiprofessionell geboxt und hatte auch bei anderen Sachen seine Finger drin.« Strom sieht ihn an, wartet auf eine Reaktion, doch Henry muss passen.

»Keinen Schimmer.«

»So ein großer Bulliger. Blond, Typ Wikinger, weißt. Ungefähr in deinem Alter.«

»Strom, das alles ist 15 Jahre her.«

»Egal, also der hatte von euch damals mehrere Wagen gekauft. Und als ihm der dritte in Folge verreckt ist, lief er herum und dröhnte, er wolle euch höchstpersönlich das Handwerk legen. Das war kurz bevor …« Er sucht nach Worten. »Kurz bevor dein Vater starb.«

Schweigen senkt sich in den kleinen, von Zigarettenqualm vernebelten Raum. Durch die Trennwand tröpfeln verstümmelte Klänge der Kneipenmusik zu ihnen herein. Henry leckt Papier an und klebt seine Zigarette zu.

»Der Paetow ist keiner, der zimperlich ist, weißt?« Strom blickt ihn Verständnis heischend an.

Henry ist kalt geworden.

»So richtig vorstellen konnte ich mir das nie, dass der nach Berlin gefahren sein soll und dort deinen Vater umgebracht hat. Deshalb habe ich seine Drohung, sich an euch zu rächen, auch nicht der Polizei gemeldet, nachdem sie dich verhaftet hatten.« Er verzieht das Gesicht in kummervolle Falten. »War vermutlich ein Fehler.«

Henrys Gedanken rotieren. Kann dieser Paetow sein Mann sein? Ist die Mercedes-Spur die falsche? Zwei Männer in Kapuzenpullis und Schlabberhosen und eine Frau mit dick schwarz umrandeten Augen kommen zu ihnen ins Raucherabteil und er bedeutet Strom, zurück nach vorne in die Kneipe zu gehen. Dort sind sie ungestört; noch immer ist der Raum fast leer.

Warum erzählt Strom mir das? Wieso jetzt? Henry ist verwirrt. Die Pizza wird serviert und sie beginnen zu essen, obwohl ihm der Appetit vergangen ist. *Hat Strom Schuldgefühle mir gegenüber? Und stimmt die Geschichte überhaupt?* Sie waren nie wirklich befreundet, sind es auch jetzt nicht. Strom hat schon damals sein Mäntelchen nach dem Wind gehängt, war mal mit dem, mal mit jenem solidarisch – ganz wie es für ihn selbst von Vorteil war. Während sie essen, lässt Henry sich mehr über diesen Paetow erzählen, erfährt, dass dieser schon ein paar Mal in der Bützower Haftanstalt eingesessen hat. Zurzeit betreibt er offiziell ein Geschäft für Wassersportartikel hier in Wismar und handelt inoffiziell mit »allem, was Spaß bringt«, wie Strom es formuliert. Henry nutzt Stroms Hang zum elliptischen Erzählen und erfährt so alles, was der andere zu diesem Wikingertyp und dessen damaligen Zorn auf die Sokops weiß.

Er hat in der Tat einen weiteren Verdächtigen.

* * *

Die Aufsicht im ersten Stock nickt Sonja freundlich zu, als sie kurz nach der morgendlichen Öffnung an ihrem gewohnten Tisch vor einem der Fenster zur Ulmenstraße zwischen *Literaturwissenschaft* und *Kunst* Platz nimmt. Sie legt den Collegeblock und zwei stadtgeschichtliche Bände vor sich hin, wirft dabei einen Blick hinaus. Auf der gegenüberliegenden Straßenseite ragt hinter dem Parkstreifen das vierstöckige Bürogebäude auf, in dem die Bewährungshilfe ihre Räume hat. Jeweils dienstags und donnerstags sind dort Sprechzeiten, die Gruppentherapie für Gewalttäter findet Mittwochnachmittag statt. So viel weiß sie aus dem Gespräch mit dem Bewährungshelfer. Seit dem Besuch bei ihm ist sie Stammgast in der Bibliothek, sitzt stundenlang an diesem Tisch im aufwändig restaurierten historischen Zeughaus, schaut hinaus und ist froh, dass Wellers Sprechzeiten in die Bibliotheksöffnungszeiten fallen. Sie fühlt sich hier drinnen wie in einem Kokon, spürt hinter den dicken Mauern und den stets geschlossenen Fenstern weder die frühsommerliche Hitze noch die Geschäftigkeit der Stadt, sondern kann sich ganz den Gedanken an ihren heimlichen Geliebten hingeben. Sollte er dort drüben auftauchen, wird sie das spüren, dessen ist sie sich völlig sicher. Ihr innerer Seismograph wird sein Erscheinen registrieren, ob sie nun hinschaut oder gerade, um nicht aufzufallen in einem Buch blättert, mit einer der Bibliothekarinnen plaudert oder einen Kaffee aus dem Automaten im Erdgeschoss zieht.

Sie kneift die Augen zusammen. Drüben auf dem Parkplatz hält ein dunkelblauer Wagen. Die Fahrertür öffnet sich. Sonja beißt sich auf die Lippe. Er ist es! Unverkennbar, die silbergrauen Haare, das scharfe Profil. Sie beobachtet gebannt, wie er auf das Bürogebäude zugeht, sich, bevor er im Eingang verschwindet, mit der flachen Hand über die Haare streicht. Allein an dieser charakteristischen Geste würde sie ihn überall wiedererkennen. Sie rafft ihre Sachen zusammen, stellt die Bücher ins Regal – irgendwo in eine Lücke, das ist jetzt egal – und klappert die Panzerglasstufen der frei im Raum aufragenden Treppe hinab zum Ausgang. Es ist so weit! Sie ist aufgeregt wie vor einem Vorstellungsgespräch. *Du hast bestimmt mindestens eine halbe Stunde*, erinnert sie sich plötzlich an das, was Bewährungshelfer Weller über seine Arbeit berichtet hat. Also läuft sie noch einmal nach oben, betritt die Damentoilette und schraubt vor dem Spiegel die kleine flache Flasche aus ihrem Rucksack auf. Nach zwei Schlucken wird ihr warm, nach dreien fühlt sie sich ruhig genug, Lippenstift und ein wenig Puder aufzutragen. Mit dem Kamm fährt sie durch ihre orangefarbenen Ponyfransen. Sie muss bald wieder zum Nachfärben, am Ansatz kommt das Braun durch. Drei Minuten später sitzt sie in ihrem Auto, acht Fahrzeuge zwischen sich und Henrys Golf.

Natürlich hat er keine Zeit gefunden, sich bei ihr zu melden, musste so vieles erledigen. Wohnung, Auto, vielleicht hat er sogar schon eine Arbeit. Doch das ist unwahrscheinlich. Freie Stellen sind in Mecklenburg Mangelware. Und auf einen entlassenen Mörder – auch wenn er BWL studiert hat – wird kein Betrieb gewartet haben. Sie bedauert, ihm nicht bei der Jobsuche behilflich sein zu können. Die einzigen Beziehungen, über die sie verfügt, bestehen aus ihrem Journalistenonkel in Hamburg. Zum Rest der Familie – ihrer verwitweten Mutter, die vor einigen Jahren zusammen mit ihrem schwedischen Liebhaber in dessen Heimat gezogen ist, und zwei Cousins in Brandenburg – hat sie so gut wie keinen Kontakt mehr. Ihr einziger Bruder ist, als sie selbst dreizehn war, bei einem Autounfall ums Leben gekommen.

Sie kritzelt das Kennzeichen von Henrys Wagen auf ihren Block. Er wird zu überrascht sein, wenn sie ihn hier anspricht, um sich ernsthaft zu freuen. Das hat sie schon in Waldeck gemerkt: Er ist kein spontaner Mensch. Einmal hatte sie Kuchen mitgebracht, weil sie in Erfahrung gebracht hatte, dass sein Geburtstag in der Woche vor ihrem Besuch lag. Er hat sie nur angesehen, mit einem so starren Blick, dass ihr ganz beklommen zumute geworden ist. Nein, sie wird ihm nachfahren und herausfinden, wo er wohnt. Vielleicht wird sie ihn dort vor seinem Haus ansprechen, vielleicht so tun, als wäre ihr Treffen zufällig und sie selbst in Eile. Dann müsste er sich nicht verpflichtet fühlen, sie in seine Wohnung einzuladen. *Immer schön langsam, Sonja. Er ist wie ein seltener Amazonasvogel, den es in eine Großstadt verschlagen hat. Gib ihm Zeit, sich an alles zu gewöhnen. Auch an dich, an deine Liebe.*

* * *

ACHTE DIE WÜRDE DER ANDEREN MENSCHEN!
VERÄNDERE UND ENTWICKLE DICH WEITER – IMMER!
SEI FAIR UND EHRLICH IM UMGANG MIT ANDEREN!

Henry starrt auf die an der Wand hängenden Papierbögen mit den gedruckten Botschaften an Wellers Klienten. Die Besucherstühle sind so ausgerichtet, dass man von jedem aus die Sätze lesen kann. Henry fragt sich, ob das System hat, ob man so etwas auf der Sozialpädagogenschule lernt. *Methoden der wohlmeinenden Manipulation* oder wie auch immer das entsprechende Fach heißen mag. Er hat schon bei seinem ersten Besuch über diese Brachialpädagogik lächeln müssen. Doch wer weiß – möglicherweise hat sie auf simplere Naturen Wirkung. Daran, dass Wellers übliche Kundschaft eher aus Schulabbrechern, geborenen Sozialhilfeempfängern und anderweitig Benachteiligten besteht, hat Henry keine Zweifel. Er hat die Population der Strafanstalt zur Genüge studieren können. Jene, die etwas auf dem Kasten haben, landen im Normalfall selten hinter Gittern. Die Überlegungen, weshalb er selbst dorthin gelangt ist, sind jahrelang der Quell tiefster Verzweiflung und mit äußerster Mühe kaschierter Hassphantasien gewesen. In Wahrheit gab es keinen Grund dafür, nur diese Ironie des Schicksals, diesen zynischen Kommentar des Universums zu seiner kindischen Naivität, zu der übermächtigen Sehnsucht, seinem Vater nahe zu sein. Eins war ihm gleich im ersten Haftjahr klar geworden: Er durfte nie, niemals irgend jemandem Einblick erlauben. Gerade auf ihn, den tatleugnenden Vatermörder, hatten sich Sozialarbeiter, Anstaltspsychogen und zuletzt diese voyeuristische Journalistin gestürzt. Schien er doch ein tiefes Geheimnis zu hüten, entweder genialer Lügner oder geborenes Opfer zu sein. Beides weckte den Ehrgeiz aller altruistisch beseelten Resozialisierer. Vermutlich ist dies, neben der tristen Zusammensetzung seiner übrigen Klientel, auch der Grund, weshalb Weller mit ihm gesegelt ist. Das Privileg für den interessanteren Klienten, den anspruchsvolleren Fall. Doch Henry ist nicht käuflich, wird seine innere Distanz nicht aufgeben, sondern den anderen für seine eigenen Zwecke benutzen.

Die mit Abstinenzaufklebern und Flyern örtlicher Sozialberatungsstellen beklebte Bürotür öffnet sich und ein extrem bizepsorientierter, breitwandtätowierter Kerl kommt zusammen mit Weller heraus. Der nickt Henry zu und hält zwei Finger hoch. Zwei Minuten. Henry nickt ebenfalls und Weller geht mit dem anderen hinüber in das Sekretariat, wo eine ältere Frau mit Pudelfrisur am Schreibtisch sitzt.

»Frau Sänger, dieser junge Mann hier startet ab nächster Woche seine Weltkarriere in Wismars Holzindustrie und kann uns deshalb nicht mehr vormittags beehren.« Er schlägt dem Tätowierten freundschaftlich auf die Schulter. Der grinst über das ganze Gesicht, zeigt schadhafte Zähne und wirkt sofort weniger furchterregend. »Seien Sie so gut und geben Sie ihm den nächsten Termin an einem Spätnachmittag.«

Weller verabschiedet sich mit Handschlag von dem anderen, strahlt, als hätte er selbst gerade eine deftige Gehaltserhöhung bekommen. Es kommt viel zu selten vor, dass seine Jungs und Mädels eine Arbeit finden. Aber wie sollen sie zu verantwortlichen Bürgern werden, wenn man ihnen das Bürgerrecht auf Arbeit, wie er es nennt, vorenthält? Wie kann jemand Selbstbestimmung lernen, wenn er nichts zu bestimmen hat? Weller ist weit davon entfernt, an diesen gesellschaftlichen Fehlentwicklungen zu verzweifeln. Doch ist seine Freude über erfreuliche Ausnahmen von der bitteren gesellschaftlichen Regel *Haftentlassene sind und bleiben stigmatisiert* ungebrochen. Mit einem Lächeln wendet er sich seinem anspruchsvollstem Fall zu.

»Henry.« Er gibt dem Namen einen französischen Klang. Sein Schnauzbart wackelt vor Vergnügen, als er den anderen an den kleinen Tisch in seinem Büro bittet, der zusammen mit den beiden Stühlen die Hälfte des Raumes einnimmt.

»Dritter Besuch, fristgemäß. Fünfte Woche nach der Entlassung«, konstatiert er ohne einen Blick in die Akte. »Lebensabsicherung läuft?«

Henry nickt. Er ist als Arbeitssuchender bei der sogenannten Agentur registriert – zu seiner Zeit hieß diese Behörde zur Verwaltung des staatlich verordneten Elends noch ganz lapidar Arbeitsamt – und hat sich pro forma um Arbeitslosenunterstützung gekümmert.

»Also Straftatbearbeitung.« Weller verschränkt die Arme vor seinem massiven Oberkörper und blickt ernst. »Darum kommen wir nicht herum.«

Henry blickt auf den Schreibtisch, auf dessen Platte sich die Aktenordner türmen, wie auch im Regal dahinter. Durchschnittlich siebzig Personen hat er zu betreuen, hat Weller ihm erzählt. Er selbst ist also einer von siebzig. Sie werden voraussichtlich einige Zeit miteinander verbringen. Voraussetzung für Henrys vorzeitige Entlassung war die dreijährige Betreuung durch die Bewährungshilfe und eine anschließende fünfjährige Führungsaufsicht, in der aller Wahrscheinlichkeit nach Weller sein Betreuer bleiben wird. Acht Jahre gemeinsamer Gespräche, anfangs vierzehntägig, irgendwann bestimmt seltener. Das sind grob geschätzt mehr als zweihundert Stunden. Will Weller die tatsächlich mit Tatbearbeitung und Wie-geht-es-dir-Blabla füllen?

»Okay, was willst du wissen?« Henry versucht, wie ein Fernsehquizkandidat zu wirken, locker und doch konzentriert. Wellers erste Frage schlägt ihm vor den Brustkorb wie ein Faustschlag, obwohl er doch vorbereitet gewesen ist.

»Hast du die Tat begangen?«

Er atmet ein paar Mal tief, bevor er antwortet.

»Obwohl es alle glauben – nein.«

Weller macht einen Strich auf einem Formular und sagt: »Gut, das behandeln wir hier nicht. Wir behandeln nur die Dinge, die stimmen.« Er blättert in der Akte, liest in einem amtlichen Schriftstück. Sein Urteil, erkennt Henry.

»Dein Vater ist am 31. Dezember 1992 erschossen worden.« Er lässt den Satz im Raum stehen, sieht Henry an, wartet ab.

»Das ist wahr.« Wie lange hat ihn das Bild in jeder Nacht verfolgt, seine Träume infiziert, zu nicht zu gewinnenden, schier apokalyptischen Wettläufen verzerrt. Der überraschend winzige Körper seines Vaters, dort auf dem Büroboden. Das absurd kleine Loch in der Brust, eher schwarz als rot, aus dem das Leben entwichen war. Die Stirn, die Hände noch warm. Die wirren grauen Haare. Wie immer hatte er sie seit Monaten nicht schneiden lassen; aus Geiz, aus Starrsinnigkeit, aus Nachlässigkeit – Henry kann es nicht sagen, sieht nur seine eigene Hand, diejenige, in der er unbegreiflicherweise bis eben noch die Pistole gehalten hat, wie sie immer wieder über Vaters Wange streicht, das erste Mal, seit er denken kann, sein Gesicht berührt, als könne er damit das Leben zurückholen. Am Ende sieht er nur noch diese grauen Augen, weit geöffnet und doch blicklos, die ohne jeglichen Ausdruck emporstarren.

Wellers Stimme holt ihn zurück.

»Lass uns darüber reden, was an jenem Tag passiert ist.«

* * *

Wismars Alter Hafen zeigt sich von seiner besten Seite. Unter strahlendem, mit Wolkenweiß getupftem Himmelsblau dümpeln die Kutter am Kai; Räucherfisch und Fischbrötchen werden direkt ab Deck verkauft. Die *Wissemara*, Nachbau einer uralten Kogge und Wahrzeichen der Stadt, liegt fest vertäut und von Touristen bestaunt, ebenso wie die Traditionssegler und die Ausflugsschiffe. Die Saison hat begonnen.

Auf der gegenüberliegenden Hafenseite, an den dort in ehemaligen Fischergebäuden untergebrachten Läden und Büros, geht Henry Sokop. Sein Ziel liegt zwei Eingänge neben einer Bar, die tagsüber als Café fungiert. Mehrmals ist er in den letzten Tagen dort entlangspaziert, unschlüssig. Wie alle Läden hier besitzt auch der Wikingerladen, vor dem er jetzt steht, einen Eingang in Richtung Hafenbecken und einen zur

Parkplatzseite. Schaufenster gibt es nicht. Die verglaste Türfront erlaubt jedoch einen Blick ins Innere, wo eine kahlköpfige Schaufensterpuppe im Surfanzug, ein Display mit Sonnenbrillen, ein Angelrutenständer und voll gestopfte Metallregale auszumachen sind. Henry wirft seinen Zigarettenstummel ins Hafenbecken und drückt die Tür auf.

Eine ohrenbetäubende akustische Flutwelle brandet dem Eintretenden entgegen – krachende Gitarren, zwerchfellerschütternder Bass, grabestiefer Gesang. Hinter dem Ladentisch, zwischen einem Aufsteller mit Schlüsselanhängern und einer Vitrine mit Messern, Kompassen und irgendwelchen nautischen Instrumenten, sieht Henry einen großen Blonden in einem zu bunten Hemd mit Dreitagebart und Wallehaaren. Der sitzt auf einem Barhocker und spielt mit seinem Handy. Er blickt auf und taxiert seinen mutmaßlichen Kunden mit bestürzend blauen Augen. Paetow, kein Zweifel. Henry hat begonnen, sich an ihn zu erinnern, assoziiert inzwischen einen Opel Ascona, einen VW Passat und einen Audi 100 mit dem damaligen Käufer. Damals waren die Haare kürzer und er war glatt rasiert gewesen. Doch die Augen stimmen und auch der muskulöse, trainierte Körper. Henry nickt ihm zu, spart sich eine weitere Begrüßung, die der andere über den Lärm hinweg ohnehin nicht hören würde. Paetow wendet den Blick zurück auf sein Telefon. Henrys Anspannung, ob der Wikinger ihn als den Autobetrüger von damals wiedererkennen wird, weicht.

Die Eingangstür auf der anderen Ladenseite öffnet sich und zwei Halbwüchsige schlendern herein, beäugen die ausgestellten Surfboards, ziehen Badeshorts aus den Regalen, halten sie sich grinsend vor den Körper, probieren Basecaps, lungern herum und strahlen Mutwilligkeit aus. Henry stellt sich an den Ständer mit den Sonnenbrillen, beobachtet, wie der Ladeninhaber ihn und gleichzeitig die Kids nicht aus den Augen lässt. Im selben Moment klingelt Paetows Handy. Er nimmt das Gespräch an und dreht sich zur Musikanlage im Regal hinter ihm um. Der Death Metal nagt um eine Nuance leiser an den Trommelfellen. Henry blickt zu den beiden Jungs, die einen Blick tauschen, der nichts Gutes ahnen lässt.

Bevor er begreift, was geschieht, lässt Paetow sein Telefon fallen, langt nach unten und setzt mit einem gewaltigen Sprung aus dem Stand über den Tresen, einen Baseballschläger in der Faust. Die beiden dort hinten am Regal erstarren für einen Sekundenbruchteil, dann sprinten sie los und kommen direkt auf Henry zu. Ohne nachzudenken streckt er ein Bein aus. Der Erste stolpert, sein Kumpel kann nicht mehr bremsen, fällt über ihn und beide liegen als fluchendes Knäuel direkt vor der Ladentür zum Hafen. Schon ragt der Wikinger über ihnen auf. Die Baseballkeule lüpft die Jacke des einen. Ein buntes Shirt mit dem Logo eines amerikanischen Herstellers kommt, in den Hosenbund geknüllt, zum Vorschein. Paetow zieht den Dieb auf die Füße, presst den zwei Köpfe Kleineren an das Glas der Tür. Noch immer ist die Musik so laut, dass Henry nicht hört, was er dem Jungen entgegenzischt. Der ist völlig verschüchtert, reißt voller Entsetzen die Augen auf. Paetow nickt majestätisch, hebt noch einmal die Keule und die beiden Möchtegern-Langfinger quetschen sich, mit abgewandtem Blick, durch die Tür. Draußen beginnen sie zu rennen.

»Danke, Mann.« Paetow steht, kaum außer Atem, vor ihm und streckt ihm die Hand entgegen. Henry schlägt ein, noch immer beeindruckt von der Auffassungsgabe und Reaktionsschnelle des anderen.

»Du hast was bei mir gut.« Paetow hebt das Shirt vom Boden auf, faltet es geschickt zusammen und bringt es zurück an seinen Platz. Henry versucht, sich seine Freude nicht anmerken zu lassen, wartet darauf, was Paetow anbieten wird. Sein Plan, näher an den Wikinger heranzukommen, scheint aufzugehen.

»Pass auf.« Paetow mustert ihn einen Moment lang aufmerksam. »Komm heute Abend ins *New Orleans*. Ich lade dich zum Essen ein.«

Im Strom der Freitagabendflaneure und Wochenendurlauber, die am Lohberg aushängende Speisekarten studieren oder Fassaden fotografieren, steuert Henry auf das *New Orleans* zu. So manche Hausfrau hat sich dort nach der Wende ihr Haushaltsgeld aufgebessert, erinnert er sich. Nun ist das ehemalige verdeckte Bordell ein normales Restaurant, mitten in der Touristeneinflugschneise zwischen Altem Hafen und Altstadt, direkt an der Frischen Grube, dem Wismar durchziehenden, schmalen Wasserlauf. Bevor er die Tür aufdrückt, holt er tief Atem. Mit dem Restrisiko, dass Paetow ihn doch noch wiedererkennt, muss er leben.

Eine Stunde später haben sie Riesenportionen Spareribs mit Pommes frites und üppige Eisbecher verspeist, sich über Wismar, Henrys neue Wohnung, seine Jobsuche, Paetows Laden und dessen Leidenschaft, das Boxen, unterhalten und sind beim dritten Bier. Die stahlblauen Augen des Wikingers liegen auf Henrys Gesicht.

»Hab ich mir gleich gedacht. So etwas spürt man. Wo hast du gesessen?«

»Waldeck.«

Paetow stößt pfeifend Luft durch die Zähne. Als Insider ist ihm klar, dass dort nur Langstrafer einsitzen.

»Was Größeres also.«

»Kann man so sagen.«

Paetow hebt sein Glas. Sie stoßen an.

»Und du?«

»Kleinkram. Drei Mal Bützow. Ist schon 'ne Weile her.«

»Noch Bewährung?« Henry hält die Luft an, wartet gespannt auf die Antwort. Er kann es sich nicht leisten, dass der andere ihn unter seinem richtigen Namen bei Weller trifft.

»Nee, nichts mehr offen. Ich bin ein freier Mann.« Sein breites Grinsen formt seine Augen zu Schlitzen und Henry sieht die Zahnlücke im Oberkiefer, die dem anderen ein noch verwegeneres Aussehen verleiht als die großflächigen Tribaltattoos auf seinen gewaltigen Oberarmen.

»Sag mal, wenn du dich mit Autos auskennst, hast du Lust, ab und zu für mich ein paar Touren zu machen?«

Henrys Pulsschlag beschleunigt sich, als er – äußerlich unbewegt – einwilligt.

»Wenn das Finanzamt nichts davon erfährt, habe ich nichts dagegen. Irgendein Risiko dabei?«

Der Wikinger zeigt noch einmal seine Zahnlücke.

»Wo ist keins dabei?«

Sie trinken schweigend ihre Gläser aus.

»Komm am Montag um zwölf in den Laden. Dann sehen wir weiter.«

* * *

Seit dem frühen Morgen sitzt Henry am Brunkowkai, einem Seitenbecken des Hafens, auf dem Anlegesteg. An einen der dicken hölzernen Poller gelehnt, raucht er und liest in einem Buch aus der Stadtbibliothek. *Krieg und Frieden.* Rechterhand die Anlagen des Seehafens, blaugelbe Kräne, Containerschiffe, Lagerhallen. Vor ihm vertäute Motoryachten und Segler der etwas teureren Art. Ringsum steigert sich allmählich die Geschäftigkeit. Immer mehr Skipper machen ihre Schiffe klar zum Auslaufen. Es ist Samstag; für viele der Start in ein Wochenende auf dem Wasser. Möwen segeln über die in der Sonne leuchtenden Wellenkämme, Leinen klackern an Masten, irgendwo plärrt ein Radio Schlagermusik und in der Luft liegt eine gespannt-entspannte Erwartung.

Henry wendet den Blick zur *Niobe*, die, seit sie ihr Winterquartier im Yachthafen verlassen hat, hier – einen Steinwurf von ihm entfernt – am vorletzten Steg liegt. Auf dem Achterdeck, der Plicht, wie Weller es nennt, sitzt Oldenburg, zusammen mit einer blonden, deutlich jüngeren Frau. Wahrscheinlich ist das Oldenburgs Tochter, die in seinem Unternehmen als Architektin arbeitet, wie Strom erzählt hat. Henry sieht die Köpfe und die Oberkörper der beiden, die gelegentlich Edelstahlbecher an die Lippen heben und in eine müßige, von längeren Pausen unterbrochene Unterhaltung vertieft sind. Oldenburg ist grau meliert, trägt einen Schnauzbart unter der großen Nase, hat einen wuchtigen Brustkorb und macht einen rechthaberischen Eindruck. Henry schätzt ihn auf Mitte sechzig. Der *Niobe*-Eigner wirkt seriös, aber nicht übermäßig gebildet. Von Zeit zu Zeit wehen Gesprächsfetzen mit seiner sonoren Stimme herüber.

Henry hat Zeit. Er schließt die Augen, spürt die Sonnenwärme auf den Lidern, hört in einiger Entfernung den Autoverkehr rauschen, dann einen Bootsmotor, der am anderen Ende des Hafenbeckens gestartet wird und Schritte auf dem Kies vor dem Hafenamtsbüro. Als er die Augen wieder öffnet, ist auf der *Niobe* eine diffuse Unruhe ausgebrochen. Schon ist er aufgesprungen, geht mit langen, federnden Schritten über den schmalen Alusteg hinunter auf den Anleger und das Boot zu, dessen Heck deutlich vom Steg wegdriftet. Die hintere Leine hängt funktionslos ins Wasser.

»Kann ich helfen?«

Beide Oldenburgs stehen an der zum Steg gewandten Reling, tauschen einen kurzen Blick, lachen Henry vor Erleichterung an. Der Alte antwortet.

»Sie schickt der Himmel«, ruft er, während sich der hintere Bootskörper weiter vom Steg entfernt. Die *Niobe* steht jetzt im rechten Winkel zum Anleger, nur von der Bugleine gehalten.

Sein Knotencrashkurs war also erfolgreich. Henry unterdrückt ein Grinsen, schnappt sich den für Notfälle am Steg befestigten Bootshaken und zieht das driftende Boot zu sich heran. Oldenburg, sichtlich froh, auch etwas zu ihrer Befreiung aus der Notlage beitragen zu können, wirft ihm die Heckleine zu, die Henry – diesmal ordnungsgemäß – vertäut. Seine Rechnung geht auf. Keine fünf Minuten später sitzt er an der Kaffeetafel im Heckschiff und wird mit Streuselkuchen gefüttert. Man stellt sich vor; Henry lässt Manieren und Charme spielen. Man tauscht Lebensdaten – Herkunft, Beruf, Wohnort. Seine Legende steht: Henry Brandt, Ex-Hamburger, aufgrund eines persönlichen Schicksalsschlags lange im Ausland gewesen, quasi auf der Flucht vor sich selbst, wie er vor Selbstreflexion triefend gesteht, von Beruf Betriebswirt, zurzeit in der Neuorientierungsphase, sprich auf Jobsuche, erst seit wenigen

Wochen in Wismar – aus Liebe zu dieser schönen Stadt. Die Oldenburgs zeigen sich angetan.

»Und natürlich wegen des Wassers.« Henry umschließt mit großer Geste den gesamten Hafen. »Ohne Wassersport ist das Leben doch nur ein halbes.«

»Na, dann kommen Sie doch mal mit auf einen Törn.« Oldenburg schaut ihn unter seinen dunkel-geschwungenen Brauen fragend an, die in seltsamem Kontrast zu seinem von grauen Fäden durchzogenen Haar stehen.

»Das würde ich sehr gerne einmal. Eine so schöne Yacht bin ich noch nie gesegelt.« Henry streicht zärtlich über den Mahagonitisch, an dem sie sitzen, bemerkt den Blick, mit dem Nicole Oldenburg seine Hand verfolgt.

»Heute laufen wir allerdings nicht mehr aus. Ich muss heute Abend im Schützenverein den Vorturner machen.« Oldenburg blickt prüfend zu seiner Tochter. »Oder willst du …?«

Henry nimmt einen Schluck aus dem Kaffeebecher.

»Du hast doch nichts vor heute, oder?«, setzt ihr Vater nach. Dann scheint ihm einzufallen, dass ein einsamer Törn mit einem bis eben unbekannten Mann für eine Frau nicht unbedingt klug ist. Nicole Oldenburg ist augenscheinlich hin und her gerissen. Henry ist sich ihres Interesses an ihm bewusst; er hat es mit sensiblen Bemerkungen und warmen Blicken, die immer einen Hauch zu lang auf ihrem Gesicht – nie tiefer – ruhen, geschürt. Die alte Masche, obwohl seit fünfzehn Jahren nicht mehr benutzt, fällt ihm noch immer leicht. Er ist sofort wieder in der Rolle des Eroberers, gibt ihrer Phantasie Leine. Die Sekunden dehnen sich. Nicole – bisher ohnehin schon nicht geschwätzig – ist noch immer still. Papa Oldenburg beißt sich auf die Zunge, weiß auch nicht aus dieser Situation heraus. Henry steht auf, stellt sich an die Reling, schaut über das Mastenwirrwarr hinweg hinüber zur den mittelalterlichen Kirchtürmen der Altstadt. Das alles so einfach geht – unfassbar! Er würde gerne mit ihr segeln, freut sich über die rasanten Fortschritte seines Vorhabens. Außerdem ist sie eine attraktive Person, fast genauso groß wie er selbst, blond, gute Figur, glatte Haut für ihre bestimmt vierzig Jahre, volle Lippen, die Augen dunkel getuscht. Ihre Bewegungen wirken ebenso entspannt wie kraftvoll. Ihre Stimme hat einen dunklen Klang, fernab vom marternden Gequieke vieler anderer Frauen. Noch dazu ist sie intelligent und wirkt ein klein wenig oberflächlich. Genau die richtige Mischung für ein unkompliziertes Verhältnis, das noch dazu den Türöffner zum Leben ihres Vaters darstellen kann. Er sieht sich schon ein paar hübsche Dinge mit ihr tun, die er im Gefängnis sicher nicht verlernt hat.

Doch dann dreht er sich abrupt zu den Oldenburgs um.

»Ich weiß Ihr Angebot zu schätzen, Herr Oldenburg. Doch ich muss mich nun verabschieden, da ich noch einen Termin habe.« Er tippt auf seine Armbanduhr. »Es hat mich sehr gefreut, Ihnen behilflich sein zu können und, vor allem, ihrer beider Bekanntschaft zu machen.« Er drückt beiden die Hand – ihr ein wenig länger – und steigt, *Krieg und Frieden* in der Hand, hastig von Bord auf den Steg.

»Schauen Sie doch einmal wieder vorbei. Wir freuen uns über nette Gesellschaft.« Der überraschte Oldenburg schafft es gerade noch, ihm diese Worte nachzurufen, da erklimmt Henry schon die Kaimauer und läuft in Richtung Stadt.

Er hat die Person, die dort vorn an der Kaikante des Hafenbeckens entlangschlendert und dabei die Boote und ihre Besatzungen mustert, sofort erkannt. Kurz überlegt er jetzt, ob er es schaffen kann, unbemerkt an ihr vorbeizukommen. *Keine Chance, die ist nicht zufällig hier.* Er hätte wissen müssen, dass sie nicht locker lassen würde.

»Henry.«

»Sonja.«

Rote Flecken breiten sich auf ihrem Gesicht und dem Hals aus. Sie schütteln sich die Hände. So schnell, wie er es möchte, wird er sie nicht loswerden. Doch hier, an diesem Ort, an dem er noch viel vorhat, will er weder mit ihr zusammen gesehen werden noch ihr seine Aktivitäten offenbaren. Er hat ihr schon mehr als genug Einblick gewährt. Im Gefängnis wollte er durch Kooperation die Entscheidung über seine Haftaussetzung zur Bewährung positiv beeinflussen. Unter der Bedingung, dass weder sein richtiger Name noch ein Foto von ihm veröffentlicht werden würde, verschaffte ihm das Erzählen, dieses Schürfen in seinem Leben sogar Erleichterung. Die Besuche der Journalistin stellten willkommene Unterbrechungen des Haftalltags dar, dieses Wartens ohne Inhalt, in dem jede Stunde gefühlte fünf Stunden dauerte. Es wirkte, als hätte sie ehrliches Interesse an seinem Fall; sie schien die Einzige zu sein, mit der er sich gefahrlos unterhalten konnte, da sie ihn weder überführen, verurteilen, noch therapieren wollte. Nun bereut er jede Silbe, die sie von ihm erfahren hat.

»So ein Zufall.« Ihre matschbraunen Augen unter dem Karottenpony strahlen ihn an.

»Schön, dich zu sehen.«

Sie ringt nach Worten, lächelt verlegen. »Ja, finde ich auch, Henry.« Beinahe andächtig haucht sie seinen Namen, weiß anscheinend nicht, wohin mit ihren Händen. Er packt sie am Oberarm, dirigiert sie hinüber auf die andere Straßenseite.

»Komm, ich lade dich auf einen Kaffee ein.«

In der *Bar am Kai,* zwei Türen neben Paetows Laden, sitzen sie an einem Tisch direkt am Wasser, um sie herum junge Leute, plaudernd, lesend oder in ihren Laptop vertieft. Paetows Geschäft nebenan schließt samstags um 12, weiß Henry. Keine Gefahr also, ihm an diesem Ort zu begegnen, den er abfällig als *Treff für Studentenschwuchteln* bezeichnet hat. Auf der anderen Seite des Hafenbeckens umlagern Scharen von Touristen die Fischkutter. Die erstaunlich kräftigen Strahlen der Aprilsonne streuen Diamanten auf das Wasser.

»Du bist also noch immer an dieser Reportage dran.« Er nippt an seinem Espresso, Sonja kippt aus einem kleinen Glas Cognac in ihren Kaffee und rührt länger als notwendig um.

»Klar, ich will ja nicht nur eure Geschichte bis zur Entlassung porträtieren. Gerade wie sich nach so langer Zeit das Leben in Freiheit für euch gestaltet, ist interessant.«

Henry ist innerlich zusammengezuckt bei dem *euch* und *eure*. Weder sieht er sich als Mitglied irgendeiner fiktiven Gruppe Krimineller, noch hat diese naive Journalistin das Recht, ihn auf diese Art zu vereinnahmen.

»Aber ich wollte dich auch aus einem anderen Grund wieder sehen.« Sie leert ihre Tasse in einem Zug und setzt sie so ungestüm ab, dass ihr Löffel über die Tischplatte schlittert.

Henry rollt sich eine Zigarette, entzündet sie, atmet tief ein und bläst den Rauch in Sonjas Richtung.

»So.« Er lächelt nicht; auf seiner Stirn vertiefen sich die beiden Falten zwischen den Brauen. Sonja knetet das Zuckertütchen, das er nicht verwendet hat. Am liebsten würde er es ihren Fingern entwinden; das leise schabende Geräusch tut ihm fast körperlich weh.

»Es ist so …« Ihr rundes Gesicht, das sie, wenn sie lacht, wie einen vergnügten Clown wirken lässt, ist zu einer angestrengten Miene der Konzentration geschrumpft. »Ich habe, also ich meine … Wir kennen uns nun schon seit einem Jahr. Ich … mir ist es schon recht lange klar, dass ich für dich mehr empfinde als journalistisches Interesse.« Sie hält inne, schnappt nach Luft, sprudelt weiter. »Das kommt für dich sicherlich sehr plötzlich. Du brauchst jetzt auch erst einmal gar nichts sagen. Es ist nur so … ich habe mich ernsthaft in dich verliebt.«

Henry würde diese Allerweltsfrau, die mit aller Macht ihrem Allerweltsfrausein etwas entgegensetzen will – und seien es auch nur Karottenhaare und Kontakte mit Kriminellen – gerne von sich abstreifen wie ein lästiges Insekt. Aber mit Insekten muss man vorsichtig sein, selbst der Biss heimischer Arten kann tödlich sein. Er kaschiert also seinen Impuls, überlegt blitzschnell, was zu tun ist.

»Noch einen?« Er deutet auf ihre Tasse. Drüben auf der Wasserstraße fährt ein Streifenwagen mit Blaulicht und ausgeschalteter Sirene. Henry nimmt es als Warnung.

»Hör mal Sonja. Deine Gefühle ehren mich, aber ich erwidere sie nicht. Und zurzeit habe ich andere Dinge im Kopf als deine Interviews.« Er winkt der Kellnerin und bestellt noch einmal dasselbe.

»Nimm es mir nicht übel, ich muss mein Leben jetzt ganz neu in die Hand nehmen. Mein drittes Leben, du weißt. Das kostet mich all meine Kraft.« Er salbadert noch den gesamten zweiten Kaffee lang. Das ist schon damals als Autoverkäufer sein Kapital gewesen – das Wehrlosparlieren seines Gegenübers. *Du quatscht mich ganz besoffen*, hatte ihm schon seine Großmutter vorgeworfen, wenn er sie als Jugendlicher davon hat überzeugen wollen, wie ätzend es war, um zehn Uhr abends zu Hause sein zu müssen. Doch kann er sich, ganz im Gegensatz zu Leuten wie Strom, dosieren. Im Grunde ist er nicht gesprächig, nicht im geselligen Sinn. In Waldeck hat er sogar als schweigsam gegolten.

Sonja ist, bis auf das feuchte Glitzern in ihren Augen, wie versteinert. Fast tut sie ihm leid. Doch er darf sich nicht der Gefahr aussetzen, mit ihr auf den Fersen die Identität, die er Paetow und den Oldenburgs gegenüber aufgebaut hat, aufs Spiel zu setzen.

Sie trennen sich auf dem Parkplatz vor der Bar.

»Gib mir Zeit, Sonja.« Er fixiert sie eindringlich. Sie wirkt verstört, durcheinander, ihr Blick flackert. Henry legt einen Arm um ihre Schultern und weiß im selben Augenblick, dass dies ein Fehler ist. Sonja strahlt ihn an, scheint wie ausgewechselt.

»Mach dir keine Sorgen, Henry.« Sie pustet sich mit vorgeschobener Unterlippe die Ponyfransen aus der Stirn. »Ich habe verstanden.«

Irgendetwas lässt Henry dies zutiefst bezweifeln.

* * *

Am Montag regnet es. Die Schauer ziehen die Wolken tief über die Stadt; ein alles durchdringender Wind fährt durch die Straßen, erinnert eindringlich daran, dass es noch nicht Sommer ist. Henry zerrt den Reißverschluss seiner Windjacke bis ganz nach oben und trabt bei Rot über den Fußgängerüberweg am Wassertor. Nicht einmal Nosferatu wäre bei solch einem Wetter unterwegs. Schon den ganzen Morgen über hat er versucht, sich in eine Stimmung zu versetzen, die der aus seiner Haftzeit entspricht. *Das Überleben im Heute verdrängt das Gestern. Hart werden, jederzeit Härte ausstrahlen, immer – auch wenn das Innere vor Jämmerlichkeit zerfließt.* Doch mit der stählernen Haut, die er um sich aufbaut, erreicht ihn auch wieder der Nachhall des Verzweifelns am Nichtbeantwortenkönnen der entscheidenden Fragen, die Wut hierüber, die elende Savanne der Ohnmacht. Und genauso, wie damals die Erinnerung an alles Gewesene immer wieder traumfarben in seinen Haftalltag stürzte, funkt ihm heute ständig die Erinnerung an Nicole Oldenburg dazwischen. Er verlangsamt seinen Schritt, bleibt am Rand des Hafenbeckens stehen, starrt hinunter ins trübe Wasser. Die Tochter des Mörders. Indem er Oldenburg so bezeichnet – ohne sich sicher zu sein – meint er sich vor den Konsequenzen seiner Gefühle für dessen Tochter zu schützen. In der vergangenen Nacht hat er von ihr geträumt; er will sie wieder sehen, will sie in seinen Armen spüren und sie schmecken. Er weiß, dass diese Leidenschaft, die ihn selbst überrascht, seinen Plan stört, seinen Ruin bedeuten kann und ist dennoch dagegen machtlos. Beinahe hofft er, ihr Vater wäre unschuldig und der Wikinger wäre der Mörder. Obgleich Paetow ihm auf Anhieb deutlich sympathischer gewesen ist als der selbstgerechte Bauunternehmer. Doch Sympathie ist in diesem Fall nebensächlich. Nein, gefährlich.

Und selbst, wenn es so wäre, sollte ihr Vater wirklich nicht der Mörder sein, wie kann er Nicole weiter anlügen? Über sich, über seine Vergangenheit? Welche Zukunft sollen sie zusammen haben? Er fühlt sich zerrissen zwischen dem, was er während seiner Inhaftierung als seinen Lebensinhalt begriffen hat und den emotionalen Turbulenzen, die diese Frau in ihm auslöst. Vielleicht ist es auch nur die erzwungene fünfzehnjährige Keuschheit, die ihn so stark auf sie reagieren lässt, versucht er sich einzureden. Sofort belastet ihn etwas anderes: die Skrupel, was Paetow heute von ihm verlangen wird. Henry hat außer der Hinrichtung des Mörders keine verbrecherischen Ambitionen mehr, schämt sich für seine *Ganovenkarriere*, die er sich nicht verzeihen kann, nicht einmal als eine Art Jugendsünde. Auf Höhe der Fischkutter verdrängt er all diese Gedanken, überlässt sich dem Hier und Jetzt, beschleunigt seine Schritte.

Er kann nichts weiter tun.

»Leicht verdientes Geld«, knurrt der Wikinger. Sie sitzen auf Barhockern am Ladentresen, in den Bechern vor ihnen dampft Kaffee: *türkisch*, wie es hier genannt wird, das kochende Wasser direkt auf das Pulver gegossen. Die Stereoanlage schweigt.

»Du hast gesagt, du könntest fahren, als wärst du mit dem Lenkrad in den Händen zur Welt gekommen.«

Henry nimmt einen vorsichtigen Schluck aus seinem Becher.

»Um was geht es?« Der geschäftsmäßige Tonfall gelingt ihm, obwohl er sich wie im zweitklassigen Fernsehkrimi vorkommt.

»Du holst einen Wagen aus Hamburg ab und bringst ihn her. Fahr gleich los, hier sind das Bahnticket und die Adresse«. Paetow schiebt einen Umschlag zu ihm herüber und heftet das Stahlblau seiner Augen prüfend auf sein Gesicht. Henry bläst ungerührt auf seinen Kaffee.

»Weiter nichts?«

»Lass dich nicht von den Bullen erwischen. Bei erfolgreicher Übergabe der Karre sind das dann fünf Grüne für dich.«

* * *

Während er den 98er-Mondeo, den er bei einer Hinterhofwerkstatt in Hamburg-Ottensen abgeholt hat, über die A 1 lenkt, macht Henry sich Gedanken, worum es bei dieser Sache geht. Ist der Wagen gestohlen, heiße Ware? Befindet sich eine Drogenlieferung in seinem Inneren? Er fährt, nachdem er sicher ist, dass ihm kein anderes Auto folgt, auf den Rastplatz Buddikate und untersucht den Ford so gründlich, wie es ihm möglich ist, ohne dabei jemandem aufzufallen. Enttäuschenderweise findet er nichts Verdächtiges. Weder im Kofferraum noch unter der Motorhaube oder im Innenraum. Auch ist es bei Weitem keine Nobelkarosse, die es zu stehlen lohnen würde. Die Wagenpapiere, die hinter der Sonnenblende stecken, scheinen einwandfrei. Lange bevor er die Ausfahrt der A 20 nach Wismar erreicht, kommt er zu dem Schluss, dass Paetow ihn testet, seine Loyalität mit dieser Tour auf die Probe stellt.

* * *

Der schwarze Kampfhund spielt verrückt. Wenn er sich weiter so gegen den Maschendrahteinsatz des rostigen Tores wirft, wird er sich ernsthaft wehtun. Henry erinnert sich für einen Moment an seine tierischen Besucher in Waldeck. Die Taube, in zweiter Generation acht Jahre lang zu Gast auf seinem Fenstersims, zwei Kohlmeisen und die Spatzenfamilie. Die einzigen Besucher, die er je hatte. Bis dann im letzten Jahr diese Journalistin auftauchte. Er knirscht mit den Zähnen und ignoriert das Gebell des geifernden Muskelpakets. Neben dem grau verputzten ehemaligen Pförtnergebäude erkennt er die lange Gabel eines Choppers und einen Kleinwagen mit Wismarer Kennzeichen. Das Fenster der Pförtnerbude ist mit einer schmutzig-vergilbten Gardine verhängt, die sich nun einen Spalt weit öffnet und sofort wieder zufällt. Henry trägt sein Knastgesicht: keine Mimik, leerer Blick, steile Falte zwischen den Brauen.

Ein Pfiff ertönt und der Hund trollt sich hinter das Pförtnerhaus, um dessen Ecke ein ebenso gewaltbereiter Stiernacken in Tarnhosen biegt, den hechelnden Köter auf den Fersen.

»Tachschö.« Die hiesige Begrüßungsfloskel geht Henry flott von den Lippen. »Klatt schickt mich. Soll das hier abgegeben.« Er hält das rote Nummernschild hoch, das Stroms Boss ihm zur Identifikation mitgegeben hat. Der Nacken nickt kommentarlos, schließt mit einem der vielen Schlüssel seines am Gürtel befestigten Bundes das Vorhängeschloss am Tor auf und hinter Henry wieder zu. Sie gehen nicht ins Pförtnerhaus, sondern einen sanft geschwungenen Weg zwischen erstaunlich gepflegten Rasenflächen hinauf zu einem größeren, schmucklosen Gebäude – die ehemalige Polizeischießanlage, nun genutzt von der Gegenseite.

Henry legt das Autokennzeichen auf den Tisch, auf dem bereits ein Revolver und eine Pistole inklusive Schalldämpfer liegen. Der Nacken betätigt einen Schalter. Auf der anderen Seite der Glasscheibe flammen mehrere Strahler auf. Ein Schießstand; am hinteren Ende mehrere menschlichen Silhouetten mit eingezeichneten Organen.

»Klatt meinte, ich soll dir beide anbieten.« Der Nacken wird gesprächig. »Beide sind sauber, keine Registrierung, funktionieren einwandfrei. Ich empfehle den.« Er nimmt den Revolver in die Hand, klappt die Trommel aus, lässt sie in Wildwestmanier rotieren. »Colt Python Kaliber 357 Magnum. Macht einfach mehr her und ist außerdem zuverlässiger. Wenn's drauf ankommt, stehst du mit der …«, er deutet auf die Pistole, »…

da und hast Ladehemmung, weißt. Aber probier beide mal aus. Muni geht aufs Haus. Gehörschutz?«

Henry bejaht, obwohl er sich damit vermutlich als Warmduscher outet, und steht wenig später auf der Bahn, den überraschend schweren Revolver in beiden Händen. Er leert die Trommel auf den Pappkameraden, dann nimmt er die *Sig Sauer* – dasselbe Fabrikat wie das seines Vaters – und leert das Magazin, bis ihm der schweflige Gestank des Schwarzpulvers fast die Luft nimmt.

»Achthundertfünfzig der Colt, inklusive 200 Schuss.« Der nikotinverfärbte Zeigefinger des Nackens deutet erst auf den Revolver, dann auf die Pistole. »Und die siebenhundertfünfzig. Schalldämpfer hundertfünfzig.«

Henry rechnet noch einmal und entscheidet sich für die Pistole: Mit deren Handhabung kennt er sich besser aus – eine der vielen nützlichen Sachen, die er von seinem Vater gelernt hat. Der Schalldämpfer könnte sich als notwendig erweisen. Und auch Sentimentalität ist mit im Spiel: Der Mörder wird seine Strafe durch dasselbe Fabrikat erhalten, das er selbst benutzt hat. Wenn das nicht eine hübsche Ironie des Schicksals ist. Euroscheine und Waffe tauschen ihre Besitzer, der Nacken und er schütteln sich – ganz Geschäftsleute – die Hände. Als er das Wismarer Molkereiviertel verlässt, fühlt sich Henry wie der Verbrecher, für den ihn alle halten.

* * *

»Na so etwas, Herr Brandt.« Nicole wirft die Reitkappe auf den Rücksitz ihres Saab Cabrios und streckt ihre Hand aus. »Was führt Sie hierher? Reiten Sie etwa auch?«

Henry schließt den Golf auf, der wie zufällig neben dem Saab auf dem Parkplatz des Zierower Reitstalls steht, ergreift ihre Hand mit festem Griff und hält sie einen Hauch zu lange in der seinen.

»Ich war unten am Strand.« Er deutet die Straße entlang. »Ein wenig die Seele auslüften. Und nein, vor Pferden habe ich einen Höllenrespekt. Die sehe ich mir lieber aus der Ferne an.« Er mustert sie aufmerksam. Sie wirkt heute wie ein junges Mädchen. Das lange blonde Haar in einem dicken Zopf gerafft, das Gesicht leicht gerötet, ein wenig verschwitzt, die weiße Bluse nicht mehr ganz makellos und ihr Körper umweht von würzigem Pferdearoma. »Doch ich finde es absolut faszinierend, wenn so zierliche Personen wie Sie diesen großen, starken Kreaturen ihren Willen aufzwingen.«

Sie runzelt die Stirn, versucht zu ergründen, ob er sie foppt. Er setzt noch einen drauf.

»Nein wirklich. Wie viel Kraft in diesen zarten Händen liegen muss.« Er ergreift noch einmal ihre Rechte und sie errötet tatsächlich, weicht seinem Blick aus. Ihr Körper strafft sich.

»Zum Reiten braucht man keine Kraft in den Händen. Da sind andere Körperpartien entscheidender.«

Nun weiß er nicht, ob sie dies anzüglich meint. *Patt*, denkt er und lächelt sie an. »Sie haben nicht zufällig heute Abend noch nichts vor?«

Gegen acht wartet er in der *Bar am Kai*, wo die Gäste an den über die gesamte Länge des schmalen Raums aufgereihten Tischen sitzen, als stünden sie selbst zum Verkauf, wären Teile einer Auslage, welche die Jungen und Schönen der Stadt feilbietet. Henry fühlt sich nicht wirklich wohl hier, doch wo tut er das schon?

Zumindest ist es hier, im Zentrum der Touristen- und Studentenströme, anonym genug für ihn und seine Pläne. Die Tische, die draußen in der milden Abendluft stehen, sind alle belegt, auch hier drinnen hat er Mühe, den Platz ihm gegenüber frei zu halten. Stimmengewirr und die elektronische, basslastige Musik, das Milchschaumdüsenfauchen und Geschirrklappern aus der offenen Küche verschmelzen zu einer hypnotischen Kakophonie. Er schließt die Augen, lässt sich einlullen von der angespannten Atmosphäre voller Freitagabendabenteuerhoffnungen. Als er sie wieder öffnet, blickt er in Nicole Oldenburgs Gesicht. Er steht auf, zieht ihr den Stuhl unter dem Tisch hervor, sie setzt sich und währenddessen fällt kein Wort. Die Stille zwischen ihnen dauert an, doch ist es kein unangenehmes Schweigen. Es ist vielmehr, als teilten sie wortlos die Freude ihres Wiedersehens, als konzentrierten sie sich beide völlig auf das Erleben des andern. Der Bann hält an, lässt sie beide – sich unablässig anschauend – wie unter einer unsichtbaren Glocke inmitten all der Menschen und des Lärms ruhen. Henrys Herz pocht fühlbar.

Der Kellner durchbricht den Zauber. Sie bestellt für sie beide Caipirinha; etwas, das er nicht kennt. Früher – vor der unfreiwilligen, fünfzehnjährigen Abstinenz – war er Biertrinker, nur ganz selten hat er sich einen guten Whisky gegönnt. Heute ist er in dieser Hinsicht ein unbeschriebenes Blatt. Wer weiß, vielleicht entwickelt er sich nun zum Cocktailtrinker. Sie prosten sich zu und Nicole beugt sich zu ihm vor. Kein Pferdeduft mehr, stellt er fest, sondern ein kostspielig riechendes Parfum. Er wird herausfinden, wie es heißt.

»Dann erzählen Sie mal, welches dunkle Geheimnis umgibt Sie?«

Henry sieht sie erschrocken an.

»Na, irgendein Geheimnis sollte jeder interessante Mann pflegen.« Ihr Lachen entblößt zwei Reihen perfekter Zähne. Er greift nach ihrer Hand und flüstert in ihr Ohr: »Ich kann überhaupt nicht segeln.«

Für eine Sekunde ziehen sich ihre Augen zusammen, dann bricht sie in Lachen aus. »Das können wir ändern. Dazu sollten wir uns zuerst einmal duzen, was meinst du?« Er lässt ihre Hand los und sie stoßen noch einmal an. Während er auf ihre Lippen schaut, die sich um den Trinkhalm schließen, überlegt er, ob er die Nacht mit ihr verbringen oder langsamer vorgehen soll.

Da bricht etwas über ihren Tisch herein, das er weder vorausgesehen noch als Gefahr ernst genug genommen hat.

»Henry, was für eine Überraschung. Ich hoffe, ich störe nicht.« Ungeniert mustert die kleine untersetzte Frau mit der orange gefärbten Bobfrisur Nicole Oldenburg. Ihr Blick flattert, das Haar ist zu allen Seiten gesträubt, sie hält sich an der Tischkante fest, als befänden sie sich auf einem schwankenden Schiff. Henry bleibt äußerlich ruhig, macht keine Anstalten, die beiden Frauen vorzustellen. Glücklicherweise sind sämtliche Plätze belegt. Er wird diese Nervensäge also bald los sein. Nicole schaut ihn fragend an. Er beglückwünscht sich zu seinem Entschluss, ihr gegenüber seinen richtigen Vornamen zu benutzen und lächelt sie entschuldigend an. Doch nun muss er irgendetwas sagen oder tun.

»Sonja?«

»Ja, Henry.«

»Tust du mir einen Gefallen?«

»Natürlich.«

»Erinnere dich an das, worum ich dich gebeten habe.« Gerne würde er noch deutlicher werden, doch darf er diese Begegnung gegenüber Nicole nicht mit Bedeutung aufladen. Sie muss dieses Zusammentreffen, diese Frau, für unwichtig halten. Was sie ja auch ist. Da steht Nicole auf, entschuldigt sich und geht zu den Toiletten. Seine Chance.

»Hör zu, Sonja. Ich will nichts von dir, begreife das. Und lass, verdammt noch mal, die Finger von meinem Privatleben. Das geht dich nichts an. Überhaupt nichts.«

Sonja presst die Lippen zu einem Strich, wendet sich grußlos ab und drängt sich an den in Doppelreihen am Tresen stehenden Gästen vorbei in Richtung Ausgang. Dort trifft sie auf Nicole. Henry sieht mit gerunzelter Stirn, wie die beiden ein paar Sätze wechseln, bevor Sonja die Bar mit einem letzten, nicht recht deutbaren Blick zu ihm verlässt. Nicole kommt auf ihn zu, durchmisst die ganze Länge der Bar mit großen und doch eleganten Schritten, ihre Augen liegen auf ihm und er spürt plötzlich so etwas wie Angst. Angst davor, wie lebendig er sich plötzlich fühlt.

»Wer war das denn?« Nicole schiebt sich wieder auf ihren Platz, streicht sich das Haar aus dem Gesicht. Schnell ist die Legende ausgedacht.

»Eine Journalistin, die mich auf der Suche nach Interviewpartnern für eine Reportage ausfindig gemacht hat. Es geht um Menschen, die nach längeren Auslandsaufhalten zurück nach Deutschland gekommen sind. Ich habe mich ein, zwei Mal mit ihr getroffen, ihr über mich, meine Erfahrungen erzählt.« Er schaut Nicole harmlos an. »Das hat ihr leider nicht genügt. Sie will mich noch einmal interviewen, sagt sie. Ich habe den Eindruck, sie meint, ein Anrecht auf mich zu haben. Obwohl ich sie gebeten habe, mich in Ruhe zu lassen, denn ich glaube, dass sie sich da in etwas verrannt hat. Diese Reportage wird vermutlich nie fertig werden.«

»Das glaube ich auch, mein Lieber. Die Dame war entweder verwirrt oder betrunken. Oder beides.«

* * *

Martialischer *Death Metal* tränkt jedes Molekül in dem großen, mit allem möglichen Zeug vollgestellten Raum über Paetows Laden. Die dröhnende Lautstärke schließt alle Außenreize aus und versetzt die Atmosphäre in eine vibrierende Unruhe, die in eigenartigem Kontrast zu den beiden Männern steht, die auf verschlissenen Sofas zwischen Kartontürmen und leeren Kleiderständern sitzen. Sie lehnen entspannt in den Polstern, Bierflaschen und Zigaretten in Reichweite, und hängen ihren Gedanken nach. Paetows über das Knie gelegter nackter Fuß wippt im Rhythmus der Musik. Das Abendlicht dringt durch die seltsam niedrigen Fenster, bei deren Anblick sich Henry immer wie ein Riese vorkommt. Er lässt die brachialen Klänge sein Bewusstsein durchfluten, genießt den paradoxen Effekt des gleichzeitigen Aufpeitschens und des Phlegmas, den sie auslösen, obwohl er diese Musik weder mag noch versteht. Der Wikinger nimmt sich eine Zigarette und schnickst die Packung über den niedrigen Couchtisch. Henry weiß die Großzügigkeit des anderen zu schätzen, mutmaßt gleichzeitig, dass sie irgendeinen noch zu beziffernden Preis haben wird. Wortlos rauchen die beiden. Ihr Zusammenhocken nach Ladenschluss, die müßige, zwanglose Zweisamkeit ist zu einer Gewohnheit geworden. Das staubige, als Lager und Aufenthaltsraum dienende Obergeschoss, das Paetow seine *Absteige* nennt, ist ein fester Punkt auf Henrys abendlichen Spaziergängen – wenn er nicht sowieso nach Beendigung einer Kurierfahrt hierhin zurückkehrt. Der unübersichtliche, mit Kartons in allen Größen zugestellte Raum, den Paetow gelegentlich als Nachtlager nutzt – wenn er zu viel getrunken hat, um mit seinem Pickup nach Hause zu fahren oder wenn er *eine Braut aufgerissen* hat, wie er das ausdrückt – ist Henry inzwischen vertrauter als seine eigene, Verlassenheit atmende Wohnung.

»Was sagt deine Frau dazu, wenn du nicht nach Hause kommst?«

»Die ist froh, wenn sie mal ihre Ruhe hat.« Viel weiß Henry nicht über diese Ehe, doch sie scheint auch nach fast 20 Jahren noch von Liebe und Respekt geprägt zu sein. Seit Sohn und Tochter aus dem Haus sind, gehen die Eltern offenbar stärker eigene Wege. Es scheint, als habe auch Paetows Frau durchaus etwas mit anderen Männern laufen.

»Wir sind beide erwachsen und freie Menschen«, lautet der lapidare Kommentar des Wikingers zu seinen Affären, die er nie verhehlt.

Hier oben in der *Absteige* spürt Henry besonders stark, wie sehr er nach einem Kontakt giert, der nicht auf Berechnung, Hierarchie oder Macht fußt. Nach etwas, das jeder andere Freundschaft nennen würde, für das es jedoch in seinem Vokabular keine Entsprechung gibt. Etwas, das ihm fremd und doch so verführerisch nah erscheint, hier in diesem verwahrlosten Refugium des Wikingers. *Du solltest dir einen Hund anschaffen*, sagt er sich. *Der liebt dich immer.* Er steht auf, steigt über den fast leeren Bierkasten und bemerkt, dass er für heute genug getrunken hat. Die Toilette teilt sich mit einer grau verkalkten Duschkabine den winzigen Nebenraum. Auf der Ablage unter dem halbblinden Spiegel steht eine große Schachtel Kondome. Er steckt sich zwei davon in die Hosentasche, fixiert dabei das schiefe Grinsen seines Spiegelbilds und denkt an Nicole Oldenburg. Bisher hat er fest an die Bedeutungslosigkeit von Gefühlen geglaubt, doch ihr, dem Wikinger und ein wenig sogar seinem Bewährungshelfer ist es gelungen, in den Hochsicherheitstrakt seines Selbsts vorzudringen. Ihm ist, als würden seine Emotionen, die er gelernt hat zu negieren, nun unkontrollierbar aus seinem Inneren herausbrechen, an die Oberfläche seines Bewusstseins steigen und dort – wild blinkenden Bojen gleich – ununterdrückbar und für jeden sichtbar leuchten. Er weiß, wie riskant das für ihn ist.

Während er seine Hände unter den kalten Strahl hält, lauscht er dem Plätschern des Wassers. Er muss diese gefährliche Sympathie, die er Paetow gegenüber spürt, in den Griff bekommen. Ihm ist nicht klar, was er sich mehr wünscht: Dass der Wikinger der Mörder seines Vaters sein oder dass er nichts mit dessen Tod zu tun haben möge. In jedem Fall drängt die Zeit, es herauszufinden: Denn mit jeder dieser mit Sicherheit illegalen Touren, die er für den anderen macht, setzt er seine Bewährung aufs Spiel. Er muss bald eine Möglichkeit finden, Schuld oder Unschuld Paetows zu beweisen. Im selben Moment, als eine Idee in ihm zu keimen beginnt, bollert eine Faust gegen die Sperrholztür.

»Brandt, was treibst du da drinnen? Bist du eingeschlafen?« Henry dreht das Wasser ab und weiß mit einem Mal, was zu tun ist.

»Reg dich ab. Sag, hast du was zum Frischmachen hier? Ein Deo oder Aftershave?« Er schiebt die Tür des Schränkchens, das unter dem Waschbecken steht, auf. Scheuermilch, ein verschrumpelter Lappen, ein Beutel Einwegrasierer und ein kleiner Stapel Handtücher.

»Hast du was Besonderes vor?« Paetow lehnt am Türrahmen, als Henry heraustritt und strömt Provokation aus.

»Möglich.«

Die Gletscheraugen des Wikingers brennen heiße Flecken auf Henrys Wangen.

»Ich vertrage keine Duftwässerchen, überhaupt keinen Kosmetikkram. Seit meiner Jugend habe ich Neurodermitis, da geht nur Kernseife. Die benutze ich sogar zum Rasieren. Wenn ich mich mal rasiere.« Er grinst und Henry starrt mit klopfendem Herzen auf die Lücke, die sein fehlender Eckzahn im Oberkiefer lässt.

»Ehrlich? Nie mal ein Herrenparfüm benutzt? Da stehen die Weiber doch drauf.« Henry hält seinen Atem flach, gibt seiner Miene einen harmlos-gewitzten Ausdruck. Gleich wird er wissen, ob er dem Mörder gegenübersteht.

Paetow schnaubt. »Als ob ich so was nötig hätte.«

Sie hocken wieder auf den Sofas. Henry versucht, die irgendwie bedrohliche Miene des Wikingers zu ignorieren, sinniert vielmehr über das, was er gerade erfahren hat, nach. Die roten Flecken, die der andere mit seinem Dreitagebart kaschiert, sprechen für den Wahrheitsgehalt seiner Aussage.

Paetow öffnet zwei weitere Biere, schiebt eins davon, mit indifferentem Blick, zu Henry hinüber. Der beugt sich zur Flasche vor – da greift der Wikinger hinter sich und wirft etwas auf den Tisch zwischen sie. Henry weiß sofort, dass er verspielt hat. Es ist die Geldbörse mit seinen Papieren. Sie muss ihm auf dem Sofa aus der Hosentasche gerutscht sein.

»Brandt also?« Paetows Blick ist schneidend. Die Musik hat schon vor einer Weile ausgesetzt; es ist jetzt so still hier oben, dass das Gemurmel und Lachen der nebenan vor der

Bar sitzenden Gäste durch die offenen Fenster dringt. Henry versucht, seinen Atem zu regulieren, schweigt.

»Ich kannte mal einen Sokop. Ist schon 'ne Weile her.« Der Wikinger beugt sich weit vor, drückt seine Zigarette im Ascher aus. »Der war nicht ganz koscher, hat linke Geschäfte mit Autos gemacht. Und dann ist er eingefahren. Für einen Mord.«

Henrys Gedanken jagen. Ist dies der Moment der Wahrheit? Wenn der andere der Mörder ist, wie wird er reagieren?

Er zuckt zusammen, als Paetow ihm seine Hand auf das Knie schlägt.

»Alter, an deiner Stelle würde ich auch unter falschem Namen reisen.«

* * *

Wer warten, kann ist stark. Sie starrt auf diesen Satz, der als Computerausdruck über ihrem Schreibtisch an der Wand hängt. Das mag ja sein, doch wer zu lange wartet, den bestraft das Leben. Sie hat sich einlullen lassen von Henrys *Gib-mir-Zeit*-Masche. Und nun betrügt er sie. Mit dieser blonden Kuh.

Dabei hat sie angenommen, er wäre auf eine seltene Art keusch, vielleicht auch nur schüchtern Frauen gegenüber. Alle anderen Gefangenen, mit denen sie für ihre Reportage Kontakt gehabt hat, haben sich ein Foto von ihr gewünscht. Ihr ist völlig klar, weshalb; wofür sie es in der Abgeschiedenheit ihrer Zellen benutzen wollten. Nur Henry hat sie, trotz der Nähe, die während ihrer Interviews entstanden ist, nie danach gefragt. Obwohl er keineswegs homosexuell ist. Dazu hat er ihr genügend Details aus seinem Leben vor der Haft erzählt. Die sexuelle Zurückhaltung ihr gegenüber hat sie zugleich verstört und fasziniert.

Sonja weiß ganz genau, dass Henry sie mag. Als er sie neulich in den Arm genommen hat, da ist der Funke wieder übergesprungen zwischen ihnen. Er macht sich etwas vor mit dieser Blonden. Händchenhalten und Ins-Ohr-Geflüster. Sogar geküsst hat er sie! Als sie beobachtet hat, wie er diese Schlampe vor den Stufen der Bar umarmt und sie sich an ihn gepresst und minutenlang nicht von ihm gelöst hat, ist ihr körperlich übel geworden. Sie selbst hat wie erstarrt am Steuer ihres Wagens gesessen, durch die Dunkelheit geschützt. Am liebsten hätte sie die paar Meter im Laufschritt zurückgelegt, die beiden auseinandergerissen und der Blonden entgegengeschrien: »Der hält dich genauso zum Narren wie mich!« Denn was hat die andere sie in der Bar gefragt? *Kennen Sie Herrn Brandt schon länger?* Brandt! Sonja drischt mit der Faust auf die Schreibtischplatte. Sie wird etwas unternehmen. Henry gehört ihr.

* * *

Er drückt auf den Klingelknopf der Oldenburgschen Stadtvilla. Gestern Abend ist er brav allein nach Hause gegangen, Nicoles Geschmack auf den Lippen und so voller Leben, dass es ihn ängstigte. Als wären seine Gefühle, fünfzehn Jahre lang eingesperrt – wilden Tieren gleich –, aus ihrem Käfig ausgebrochen. Nicoles Verhalten ihm gegenüber ist wie eine Einladung, sich wieder der menschlichen Gattung anzuschließen. Doch das will, das kann er auf keinen Fall zulassen. Nicht nur das, was ihre Küsse ausgelöst haben, sondern auch seinen Hass spürt er in diesem Moment so stark wie selten in seinen Adern pulsieren. Sich dermaßen lebendig zu fühlen erschüttert ihn.

Er braucht einen klaren Kopf.

Solange er zweifelt, kann er nicht Schluss machen. Er muss sich sicher sein, den Richtigen gefunden zu haben. Paetow ist wegen der Neurodermitis so gut wie aus dem Spiel. Aber was ist mit Oldenburg? Es muss den Richtigen treffen. In einem Winkel seines Hirns fragt etwas, ob er das überhaupt noch vorhat – Schluss zu machen. Er verdrängt den Gedanken. Hinter der schweren, dunkelgrün lackierten Haustür ertönt ein melodiöser Gong. Er streicht sich über die Haare, rückt die Brille zurecht und setzt seinen freundlich-verbindlichen Verkäuferblick auf – bestens bewährt bei Anstaltspsychologen, Arbeitsagentursachbearbeitern und anderen Verführbaren. Schritte klappern, dann öffnet sich das kleine quadratische Milchglasfenster direkt vor seinem Gesicht.

»Henry.« Nicoles Augen strahlen ihn an.

»Nic.« Er probiert diesen Kosenamen zum ersten Mal, sieht sie stutzen. »Willst du mich nicht hereinlassen?« Er hört ihr perlendes Lachen, das Fenster geht zu und die Tür öffnet sich. Eine zögernde Sekunde, ob die gestrige Nähe sich umstandslos wieder herstellen lässt, dann streckt er die Arme aus, tritt einen Schritt auf sie zu und sie erwidert seinen Kuss. Heute riecht sie anders, hat also mehr als ein Lieblingsparfüm. Schön, das erleichtert ihm die Auswahl seines ersten Geschenks für sie. Er lässt seine Zungenspitze ihren Gaumen kitzeln, behält seine Hände züchtig auf ihrem Rücken, streicht ihr über die Schulterblätter. Er wird sie langsam weich kochen. Heute die gemeinsame Segeltour, die eine oder andere Fummelei, vielleicht sogar irgendetwas unter Deck. Er wird sehen. Doch bevor ihr Vater ihm sein Boot inklusive Tochter für den Nachmittag überlässt, will er Henry beschnuppern, wie Nicole es vorhin am Telefon ausgedrückt hat.

Sie durchqueren die quadratische Diele, die trotz der vielen, meist offen stehenden Türen düster wirkt. Henry goutiert das Spiel ihrer köstlich gerundeten Hinterbacken unter dem weißen Hosenstoff. Entweder hat sie gar nichts darunter oder einen dieser winzigen Tangas. Er wird das herausfinden. Sie klopft an eine Tür, öffnet sie im selben Moment.

»Papa, Henry ist hier.«

Über ihre Schulter hinweg späht er in ein mit dunklem Holz getäfeltes und mit gediegenen alten Möbeln ausgestattetes Arbeitszimmer. Oldenburg thront hinter dem intarsiengeschmückten Schreibtisch, bedeutet ihm, Platz zu nehmen. Nicole lässt sie allein, will sich um den Kaffee kümmern. Henry setzt sich in einen der beiden wuchtigen Sessel und lässt die Atmosphäre des Raumes auf sich wirken, während Oldenburg auf der Tastatur seines Rechners tippt. Neben den vermutlich sogar echten Antiquitäten gibt es einen Flachbildschirm, zwei Telefone, Kristallkaraffengeglitzer auf dem Barwagen, ein Großformat in Öl – eine belanglose Sommerlandschaft, die Henry nichts sagt. Lebt so ein Mörder?

Oldenburg kommt hinter seinem Tisch hervor, tritt ihm mit ausgestreckter Pranke entgegen. »Unser Retter!« In dem Moment, in dem er die Hand seines Gastes ergreift und seine Schulter tätschelt, stürzt dieser sechzehn Jahre, vier Monate und dreißig Tage rückwärts. Zurück in jenen Silvestertag.

Henry tritt aus dem fisseligen Schneegestöber in den überhitzten Bürocontainer. Irgendetwas stimmt nicht. Sein Blick huscht zwischen den beiden Schreibtischen hin und her, bis er sich an den Schuhen seines Vaters festhakt, die hinter der Tischecke hervorragen. Angst schnürt ihm die Luft ab. Er zwingt sich, einen Fuß vor den anderen zu setzen, nähert sich wie in Zeitlupe der Stelle, von der er instinktiv weiß, dass das, was er dort finden wird, eine Katastrophe ist. Dann sieht er es. Während sein Hirn versucht, das Bild – die starren Augen, das kleine dunkle Loch in der Brust, die eigenartig verdrehten Beine – zu verstehen, riecht er, bevor er das Bewusstsein verliert, etwas Fremdartiges.

Jahre später trifft ihn dieser Sinneseindruck zum zweiten Mal. Als sein Augenlicht dramatisch nachlässt, bekommt er bewachten Ausgang zu einem niedergelassenen Spezialisten. Während der Tests kostet es ihn Mühe, ruhig zu wirken, so tief erschüttert ihn der Geruch, den der Augenarzt verströmt. Schließlich fragt er und erfährt, was er damals wahrgenommen hat, als der Mörder ihn hinterrücks niederschlug: Diese unverwechselbare, stechende Mischung aus Mandarine, Zeder und Patschuli.

Fahrenheit. Oldenburgs Parfüm. Henry schlägt im Heute auf, schnappt nach Luft, beherrscht mühsam den Impuls, sein Gegenüber gleich hier, in dessen Arbeitszimmer … Er versucht, einen klaren Gedanken zu fassen, murmelt irgendetwas Belangloses als Begrüßung. Da ist sie – die Gewissheit, die ihm gefehlt hat. Es ist ein unwirkliches Gefühl, als wäre er nach einer viel zu kurzen Beschleunigungsphase soeben über die Ziellinie gefahren. Er strahlt Oldenburg an.

»Ich bin auch außerordentlich froh, Sie getroffen zu haben.«

* * *

Seine Hand knüllt die Brötchentüte zusammen, aus der er seinen gefiederten Besuchern ihr Frühstück auf den Hinterhof gestreut hat. Heute wartet er nicht darauf, dass sie einfliegen, erst von der Mauer aus das Risiko einschätzen im Hof zu landen und dann, einer nach dem anderen, auf dem Pflaster aufsetzen und hastig die Brocken und Krümel aufpicken. Die Zigarette zwischen den Zähnen, rasiert er sich im engen, muffigen Bad, in dem er nichts verändert hat, seit er hier wohnt. Er ist in einer seltsamen Stimmung. Die letzte kleine Ungewissheit, ob der Bauunternehmer tatsächlich der Gesuchte ist, versetzt ihn in nervöse Ungeduld. Alles kann Zufall sein. Der Mercedes, das Parfüm. Und sollte es ein Waschmittel geben, das *Fahrenheit* ähnlich ist, wäre auch der Wikinger noch im Spiel. Henry fühlt sich, wie ein Rennpferd in der Starterbox empfinden muss, in Erwartung des Schusses, der die Türen aufspringen, all die gesammelten Energiereserven explodieren lässt. Fiebernd, unruhig, konzentriert auf das Ziel, den einzigen Punkt, der wichtig ist.

Er zieht die Haustür hinter sich zu, lädt die Tüte mit dem Altglas, den Altpapierkarton und den Einkaufskorb aus Plastik in den Kofferraum und kommt sich dabei vor wie ein Schauspieler, der den braven Bürger mimt, welcher beflissen Anordnungen der Obrigkeit befolgt, sich selbst und sein Leben krampfhaft in Ordnung hält, bemüht ist, niemals aufzufallen und lebenslang vergebens auf die Belohnung dafür wartet. Er wirft die Heckklappe lauter zu als notwendig.

In der Lübschen Straße wird er auf den grünen Polo aufmerksam. An einer Ampel kommt der direkt hinter ihm zum Stehen. Er erkennt sie sofort. Das leuchtend orangefarbene Haar, die dunklen, förmlich aus dem runden Gesicht hervorstechenden Augen sind unverkennbar. Er beißt die Zähne zusammen, seine Kiefer knacken. Sie schaut unbewegt nach vorn. Hat sie ihn nicht erkannt? Doch dann – die Ampel schaltet auf Gelb – hebt sie die Hand, klimpert mit den Fingern einen affektierten Gruß.

Er gibt Gas, lässt sie schnell hinter sich und weiß doch um die Zwecklosigkeit seines Handelns. Vor der nächsten Kreuzung staut sich der Vormittagsverkehr und wenig später hat der Polo wieder zu ihm aufgeschlossen. Das Gesicht der Fahrerin bleibt unbewegt. Im Kreisverkehr bei Hinter Wendorf biegt er zu den Einkaufsmärkten ab. Sie folgt ihm. Henry wappnet sich innerlich gegen die erneute Begegnung mit dieser menschlichen Klette. Auf dem riesigen Parkplatz lenkt er den Golf ans hintere Ende, dorthin, wo die Wertstoffcontainer stehen. *Ein bezeichnender Platz für ihr Rendezvous*, vermerkt er in Gedanken – *Hohle Verpackung trifft Ausschuss.* Doch die Journalistin steigt nicht aus, wartet mit laufendem Motor, als er den Inhalt seines Kofferraums in die Container füllt. *Was hat sie vor?* Auf keinen Fall wird er sie ansprechen. Er vermeidet Blickkontakt, beobachtet sie aus dem Augenwinkel. Kaum sitzt er wieder am Steuer, da gibt sie Gas. Er hört das Aufheulen des Motors, sieht den Polo im Rückspiegel auf sich zuschießen. Schnell legt er den Gang ein, rollt eben an, da schleudert ihn ein heftiger Ruck gegen das Lenkrad. Ohne zu überlegen beschleunigt er, hofft, dass ihm nicht gerade jetzt ein Wagen auf Parkplatzsuche in die Quere kommt, und schießt zwischen den Reihen der geparkten Fahrzeuge hindurch. Sie folgt ihm, rammt ihn, als er vor einem Fußgänger mit Einkaufswagen bremsen muss, noch einmal an der hinteren Stoßstange. Passanten starren entgeistert. Ein kleiner Junge klatscht vergnügt in die Hände. Sonjas kreischendes Lachen dringt an sein Ohr; er versteht jedoch die Sätze nicht, die sie ihm zuschreit. In unverantwortlichem Tempo rast er zwischen den abgestellten Autos hindurch, den Polo immer dicht auf seinen Fersen. Eine Sekunde lang erwägt er, anzuhalten, hinauszuspringen und sie aus ihrem Wagen zu ziehen, bevor sie davonfahren kann. Aber nein, das will sie doch, ihn zu irgendeinem Kontakt zwingen. Selbst wenn er sie anschreit, ohrfeigt, ist ihr das vermutlich lieber, als nicht von ihm beachtet zu werden.

Er biegt vom Parkplatz hinunter auf die Straße und zieht auf der Rückfahrt in die Stadt alle Register seiner Fahrkünste. Nach fünf schweißtreibenden Minuten hat er sie abgehängt. Auf dem Parkplatz eines anderen Einkaufsmarktes hält er an, dreht sich eine Zigarette und merkt, wie seine Hände zittern. Er hat die Unberechenbarkeit dieser Frau eklatant unterschätzt.

* * *

»Du bist mir also untreu geworden.« Wellers Schnauzbart wackelt. Henry versteht nicht, worauf er hinaus will.

»Eigentlich wollte ich dich fragen, ob du am kommenden Wochenende mit mir segeln willst. Aber dann sehe ich dich am letzten Samstag auf der *Niobe*, diesem Nobelkahn. Mit dem kann meine kleine Schaluppe natürlich nicht mithalten.«

Henry versucht, nicht überrascht auszusehen. »Ich habe den Eignern nur aus einer Notlage geholfen, daraufhin haben sie mich auf ihr Boot eingeladen.« Er ärgert sich über den Rechtfertigungstonfall seiner Worte und über die Tatsache, dass man in dieser Stadt anscheinend keinen Schritt machen kann, der nicht von anderen bemerkt wird. Erst diese Irre, jetzt sein Bewährungshelfer. »Mehr nicht.«

»Mehr nicht. Na gut.« Weller scheint noch etwas bemerken zu wollen, schweigt jedoch.

»Ich komme gerne mit dir zum Segeln. Doch am Wochenende habe ich eine Verabredung.« Er sieht Weller grinsen und setzt hinzu: »Vielleicht ergibt sich ein Job daraus.« In Sekundenschnelle denkt er sich eine Geschichte aus – flüchtiger Bekannter, Hausbau, Hilfe beim Dachdecken – um Wellers Gedanken von den Oldenburgs abzubringen. Sie kommen zurück ins Fahrwasser *Bewährungshelfer-Klient.*

»Und, was treibst du so in deiner üppig bemessenen Freizeit?«

Henry weiß, dass es der andere, trotz seiner flapsigen Ausdrucksweise, ernst meint. Er antwortet wahrheitsgemäß – unter Auslassung der Personen, die ihn selbst am meisten beschäftigen. »Ich gehe viel spazieren, schaue mir die Stadt an. Ich lese mich durch die Stadtbibliothek. Ab und zu gehe ich auf ein Bier in den Schlauch.« Er überlegt, ob Stroms Existenz etwas ist, das er dem anderen lieber verheimlichen sollte. »Mit einem alten Kumpel von damals.«

»Also: viel Langeweile, keine anspruchsvolle Beschäftigung. Du kannst mir nicht erzählen, dass dich das zufrieden stimmt.« Weller blickt ihn ernst an. »Wie geht es dir wirklich?«

Henry schluckt. Da ist er wieder. Dieser heimliche Wunsch, dem anderen alles zu offenbaren, Trost und Verständnis bei ihm zu finden. Schon einmal, auf Wellers Boot, hat ihn dieses Bedürfnis unvorsichtig gemacht.

Damals hat er Weller von seinem Vater erzählt, dessen Versteinerung, seinem eigenen Wunsch nach Nähe. Und Weller hat nur einen Satz gesagt: »Du vermisst ihn sehr, nicht wahr?« Da haben ihn Tränen überschwemmt, waren minutenlang seine Wangen hinabgeronnen, ohne Unterlass, ohne dass er etwas dagegen hätte tun können. Also hat er weiter die Pinne umklammert, auf den Horizont gestarrt und einfach nur genickt. Weller hat ihn in Ruhe gelassen; später haben sie über das Segeln geplaudert und zum Abschied hat Weller gemeint: »Du musst das alles nicht mit dir allein abmachen. Denk mal drüber nach, ob nicht eine Psychotherapie etwas für dich wäre. Ich habe Kontakt zu einem sehr guten Psychologen in Schwerin, der nicht sofort in Ohnmacht fällt, wenn er etwas von einem Mord hört. Dorthin kann ich dich empfehlen.«

Henry ist nicht wieder darauf zurückgekommen.

»Wie es mir geht? Es geht mir wie jemandem, der fünfzehn Jahre lang aus der Zeit gefallen ist.« Henry bemerkt den trotzigen Tonfall seiner Worte, korrigiert ihn ins Selbstironische. »Ich lerne, was man alles mit einem Handy anfangen kann – außer zu telefonieren. Ich versuche mir einzuprägen, wie die Centmünzen, wie die Euroscheine aussehen – nach all den bargeldlosen Jahren. Und ich lerne segeln.« Er grinst seinen Bewährungshelfer an. »Wenn du mich weiter mitnimmst. Ich weiß das wirklich zu schätzen, Weller.« Um einen letzten Rest Distanz zu wahren, vermeidet er es, den Vornamen seines Bewährungshelfers zu benutzen.

»Ich habe neulich etwas bei Mark Twain gelesen, das mich sofort an dich hat denken lassen.« Weller sieht ihn aufmerksam an und zitiert: »Vergangenheit ist, wenn's nicht mehr wehtut.« Er lässt den Satz im Raum hängen und Henry fragt sich, was zum Teufel er jetzt antworten soll. So eine Blöße wie neulich auf dem Boot will er sich nicht geben.

»Alles, was mich traurig macht, liegt in der Vergangenheit. Das ist ein Gefühl, das konnte ich im Knast und kann es auch jetzt nicht gebrauchen. Ich habe mir in den ersten Wochen meiner Haft vorgenommen, mich nicht brechen zu lassen, sondern die Zeit dort durchzustehen – wie auch immer. Diese Ohnmacht dem Urteil gegenüber – ich habe lange dagegen angekämpft. Irgendwann habe ich damit aufgehört, was nicht heißt, dass ich nicht rehabilitiert werden will. Natürlich will ich meine Unbescholtenheit wieder haben, das ist noch immer mein Ziel. Doch ich sehe selbst, dass dies niemanden interessiert. Für die Welt bin ich der Vatermörder, überführt, verurteilt, abgelegt.«

»Das klingt verbittert. Du solltest dich vielleicht ein wenig mehr öffnen, Nähe zulassen, Kontakte aufbauen.«

»Manchmal habe ich mir, um es dort drinnen auszuhalten, vorgestellt, ich wäre ein Ethnologe auf Exkursion, habe die anderen Gefangenen und das Anstaltspersonal beobachtet, als wollte ich ihre Lebensweise, ihre Gemeinschaftsregeln und Rituale erforschen. Jetzt wo ich frei bin …«, er hält inne, überlegt, »jetzt wo ich kein Gefangener mehr bin, sind mir die Menschen nur noch als Menschheit interessant. Weller, ich war 26, als ich verurteilt wurde, hatte damals, außer ein paar Bettgeschichten und Saufkumpanen, keine stabilen Sozialkontakte, wie ihr das nennt. Als Gefangener habe ich es mir abtrainiert zu fühlen, zu vertrauen, loszulassen. Es gelingt mir nicht, mich in ein menschliches Wesen zurückzuverwandeln. Vielleicht ist es eine ganz passable Nachahmung, die ich hier aufführe. Aber eigentlich laufe ich wie ein Untoter durch diese Stadt, in der ich ein paar Jahre lang gelebt habe, sehe manchmal Leute, die sich an mich erinnern müssten, dies aber nicht tun. Manchmal zweifle ich daran, jemals hier gewesen zu sein, jemals gelebt zu haben. Es ist, als bliebe Freiheit Zukunft für mich.«

Es ist ihm völlig egal, wie geschraubt dies geklungen hat. Er meint es ernst und ist sich gleichzeitig bewusst, dass Weller auch nur einer von denen ist, die ihn für schuldig, für einen notorischen Tatleugner halten. Doch alles, was zählt, ist, dass er den Verursacher seines Unglücks aufspüren und töten wird.

Das ist sein Schicksal. Dazu braucht er niemanden. Den Gedanken an Nicole schiebt er rigoros beiseite.

* * *

Mir war es schon klar, als deine Silberaugen das erste Mal auf mir ruhten. Dort in diesem spartanischen Raum in Waldeck, der für mich das Paradies war, weil ich dich dort treffen durfte, du mir für diese kostbaren Stunden geschenkt wurdest.

Wir sind füreinander bestimmt, Liebster.

Genauso wie ich bist auch du dagegen machtlos, gestehe es dir ein. Weshalb sonst hättest du mir so vieles von Dir offenbart? Wehre dich nicht dagegen, habe Vertrauen. In mich, in deine Gefühle. Du hast doch inzwischen gemerkt, dass es mir völlig gleichgültig ist, wofür du verurteilt wurdest.

Für mich bist du unschuldig.

Neu anfangen waren deine Worte. Das will ich auch. Mit dir! Ich bin bereit für unsere Liebe. Lass diese blonde Kuh ziehen. Sie wird dich nur unglücklich machen, das lasse ich nicht zu. Wenn du dich weiter mit ihr triffst, sage ich ihr, wer du wirklich bist.

In Liebe
Sonja

P. S.: Ruf mich an.

Das wird er tun. Henry knüllt den Brief, den er hinter dem Scheibenwischer seines Wagens gefunden hat, in seiner Faust zusammen.

* * *

»Ich möchte mit dir zusammen dorthin gehen. Dorthin und überall hin.« Nicole zieht ihre Augenbrauen zusammen. »Was soll die Heimlichtuerei?«

»Ich habe eben keine Lust auf Wismars Kulturschickeria und das Getuschel, mit wem die Oldenburgsche Juniorchefin neuerdings liiert ist.«

»Die *Galerie Kunststoff* ist nicht gerade Schickeria. Mehr die junge Off-Kunstszene der Stadt. Ich gehe da ganz gerne hin. Es ist entspannter als in der *Galerie Hinter dem Rathaus*, wo es wirklich ein wenig tanten- und onkelhaft zugeht.«

Henry könnte sie darauf hinweisen, dass sie selbst zum Förderverein der *Tanten- und Onkelgalerie* gehört, doch er will einer weiteren Diskussion aus dem Weg gehen. Er küsst sie von hinten auf die Schulter, seine Arme sind um ihren Oberkörper geschlungen. Er begegnet im Spiegel auf dem dunklen Flur seiner Wohnung ihrem Blick. Sie sind nackt, haben sich das erste Mal bei ihm zu Hause, auf dem Sofa aus dem Möbellager geliebt. Seine Angst, sie könne es hier zu primitiv und ärmlich finden, hat sie schnell zerstreut. »Ehrlich, ich hab's mir schlimmer vorgestellt«, hat sie gelacht. »Apfelsinenkisten oder so etwas.«

»Warte, bis du das Bad siehst«, hat er gemurmelt und ihr den BH aufgehakt. Nun sind sie entspannt, ihre Körper glühen und sie haben auf dem Weg zur Küche, wo sie etwas trinken wollen, vor dem Wandspiegel Halt gemacht.

»Ein schönes Paar.« Sie fasst nach hinten, zieht ihn dichter an sich heran, schmiegt ihren Rücken an ihn. »Ich verstehe nicht, warum du Wismar diesen Anblick vorenthalten willst.«

»Vielleicht habe ich Angst?«

Sie schnaubt, zieht ihn hinter sich her in die Küche, beugt sich zum Kühlschrank und holt die Flasche Champagner, die sie mitgebracht hat, heraus.

»Wenn ich einen angstlosen Charakter kenne, dann bist du das, mein Lieber.« Sie hält ihm die Flasche zum Öffnen hin und wird ernst. »In dir ist etwas, das du versteckt hältst. Vielleicht etwas Gefährliches. Und vielleicht ist es genau das, was mich an dir so anzieht. Aber egal, wie lange wir uns kennen, egal, wie nah wir uns kommen – dieses Etwas wird immer verborgen

bleiben. Stimmt's?«

»In den meisten Menschen ist etwas Gefährliches versteckt. Die meisten wissen nicht einmal selbst davon.«

Sie legt den Kopf schief, überlegt.

»Ich schlage dir ein Abkommen vor.«

Ihr Mund lächelt, doch ihre Augen strahlen eine ungewohnte Härte aus. *So wird sie aussehen, wenn sie mit Geschäftspartnern verhandelt*, überlegt Henry.

»Du begleitest mich zu dieser Vernissage heute Abend und ich frage dich nicht weiter danach, wo du in den letzten Jahren gewesen bist, was du getan hast. Einverstanden?«

Ihm ist klar, dass sie es ernst meint und eine ernsthafte Antwort erwartet. Ebenso wenig, wie er die Stadt Wismar von ihrem inneren Wesen her begreift, gelingt es ihm zu begreifen, weshalb Nicole ihn so bedingungslos in ihr Herz geschlossen hat. Es ist eine zwiespältige Erkenntnis: Sie ist sein Seil über dem Abgrund.

Zwei Stunden später stehen sie, zusammen mit einem Dutzend anderer Besucher, in dem großen lichtdurchfluteten Galerieraum, halten Weingläser in den Händen und sind sich ihrer beider Körper, so nah beieinander, nur durch dünne Stoffschichten voneinander getrennt, überdeutlich bewusst. Um sie herum wabern Gesprächsfetzen in der lauen Luft, Nicole nickt einer großen Dunkelhaarigen – der Galeristin, wie sie ihm zuflüstert – zu und Henry versucht, den in naiver Manier und mit gedeckten, düsteren Farben auf runde Holzscheiben und rechteckige Leinwände gemalten Bildern Bedeutung zu entlocken. Außerdem schweben unvermittelt ein hölzerner Stuhl und ein Hocker an Schnüren von der Decke. Henry sieht keinen Zusammenhang zu den Bildern. Die Künstlerin – eine unauffällige Mittvierzigerin mit Pferdeschwanz und aufmerksamen Augen – wird gerade vom Lokalfernsehen interviewt, gestikuliert vor der Kamera in Richtung eines Objekts, das auf Henry wie ein Wandbehang aus einem Psychotikerhaushalt wirkt, mit zwei darüber befestigten große Holzlettern: D und A. Er späht hinaus auf die kleine, mediterran anmutende Terrasse im Hinterhof, wo unter einem Sonnensegel und vor einer Brandmauer aus historischen Ziegeln ein Sammelsurium verschiedener Stühle, umgeben von Töpfen mit Palmen, Lavendel und Thymian, malerisch um einen Tisch gruppiert ist. Seine größte Sorge ist, dass dieser wahnsinnige Lästling heute hier auftaucht, um einen Artikel über die Ausstellung zu schreiben. Er kann sich inzwischen vorstellen, sie bei jeder erneuten Belästigung totzuschlagen. Nicole ist in ein Gespräch mit der Galeristin und einem ältlichen, silberbebrillten Mann vom Typ *Verhinderter Künstler* verwickelt. So geht er nach draußen auf die Terrasse, hockt sich auf einen Stuhl neben zwei jüngere Männer, die rauchend und an ihren Bierflaschen nuckelnd eine Bootsreise an der Ostseeküste entlang bis nach St. Petersburg planen. In Wismar scheint fast jeder ein Freizeitskipper zu sein. Hier draußen in der milden Abendluft überkommt ihn eine angenehme Ruhe; er dreht sich eine Zigarette, legt den Kopf in den Nacken, schließt die Augen, schmeckt dem fruchtigen Rotwein nach und stellt sich vor, irgendwo in Italien in einem kleinen Ort am Meer zu sein.

»Und du bist der Freund von Nicole?« Er schreckt auf, als neben ihm die Galeristin mit einem Feuerzeug eine Gartenfackel entzündet. Es beginnt zu dämmern.

»Möchtest du noch einen Wein?« Sie deutet auf sein leeres Glas. Er streckt es ihr entgegen.

»Ja, sehr gern. Und ja, ich bin Henry.« Er wird es nicht vermeiden können, mit Nicole in Verbindung gebracht zu werden, in dieser kleinen, überschaubaren Stadt in kürzester Zeit als ihr Neuer bekannt zu sein. Bald, wenn er seinen Plan ausgeführt haben wird, wird dies völlig gleichgültig sein. »Und du bist Stine, nicht wahr?«

Eine sehr große Frau, der ein langer schwarzer Indianerzopf über den Rücken fällt, kommt aus der Galerie und setzt sich neben ihn, nickt ihm zu und zündet sich eine Zigarette an.

»Man kann ja froh sein, wenn man überhaupt noch irgendwo rauchen darf.« Sie grinst ihn schief an. »Staatsterror erster Güte, diese Rauchverbote.« Sie deutet auf sein Tabakpäckchen. »Sie scheinen ja auch nicht gerade ein Gelegenheitsraucher zu sein.« Sie wechseln ein paar scherzhafte Bemerkungen über die Macht des Staates, die Ohnmacht des Volkes und die diesbezügliche geschichtliche Abnormität des ostdeutschen Herbstes 1989. Henry entspannt sich, schwingt sich auf ihr halb ernstes, halb ironisches Niveau ein. Nebenbei schaut er ab und zu, ob er im Inneren der Galerie Nicole entdeckt – und fährt zusammen, als er eine andere bekannte Gestalt dort drinnen erkennt.

Weller! Sein Herzschlag stolpert. Er blickt sich rasch in dem schmalen Hinterhof um. Kein zweiter Ausgang! Die Gelassenheit, die sich, seit er hier draußen sitzt, in ihm ausgebreitet hat, schmilzt dahin. Murmelnd verabschiedet er sich von der Zopfdame, die ihm gerade von ihrer bildhauerischen Arbeit erzählt – irgendetwas mit Motorsägen und Skulpturen, die halb Mensch, halb Maschine sind. Er flieht in den Galerieraum – und läuft beinahe direkt in seinen Bewährungshelfer hinein, der auf dem Weg nach draußen ist. Hinter ihm sieht er Nicole mit der Galeristin am Tresen lehnen.

Es ist ein Moment, in dem die Erdrotation zum Stillstand zu kommen scheint. Henry presst die Lippen aufeinander. Der Augenblick dehnt sich in die Unendlichkeit.

»Henry, gerade wollten wir uns zu dir setzen.« Die Galeristin späht an Weller vorbei, dessen Gesichtsaudruck neutral bleibt, obwohl er und Henry sich direkt gegenüber stehen. Endlich fällt Henry ein, was sein Bewährungshelfer ihm versprochen hat: *Wenn du nicht grüßt, werde ich dich auch nicht grüßen.* Er passiert Weller und stößt den angehaltenen Atem aus, als er die beiden Frauen erreicht.

»Lass uns gehen, Nic. Mir ist da gerade etwas eingefallen, das ich dir gern zeigen möchte.« Er zaubert sein charmantestes Lächeln auf sein Gesicht, fasst Nicole zärtlich an den Nacken, wendet sich zur Galeristin und senkt seine Stimme. »Du verstehst sicherlich – wir sind frisch verliebt.«

* * *

»Du weißt, wie ich arbeite. Ich versuche, ihn so wie alle meine Klienten – unvoreingenommen – zu sehen, ganz so, als würde ich seine Akte nicht kennen.« Er hat seiner Frau nicht gesagt, dass sie gestern in der Galerie neben Henry gesessen hat. Trotzdem ist es ihm ein Bedürfnis, in ihrer Gegenwart laut über seinen anspruchsvollsten Klienten nachzudenken.

»Unvoreingenommen betrachtet ist er ein erwachsener Mann, der alles verloren hat, was er jemals besessen hat. Familie, Freunde, einen Job, Chancen, so etwas wie Heimat. Er kommt zurück in diese Stadt, in der er nur wenige Jahre seines Lebens verbracht, weder Verwandte noch Freunde hat, auf der Suche nach … ja, wonach eigentlich? Natürlich kann er mit seinem BWL-Studium nicht das Geringste anfangen – bei seiner Vorstrafe. Und auch sonst wird er die gesellschaftliche Entwicklung in unserem Land ausreichend verfolgt haben, um zu wissen, wie groß die Arbeitslosigkeit gerade in Mecklenburg ist. Ich würde sogar sagen, er hätte an beinahe jedem anderen Ort der Republik mehr Chancen, einen Job zu bekommen.

Also will er gar nicht arbeiten? War das Studium nur intellektueller Zeitvertreib, um die Haft auszuhalten? Früher hat er Autos verkauft, war damit vermutlich chronisch unterfordert, aber wenigstens seinem Vater nahe. Er hat mir einmal gesagt, dass Autos das Einzige sind, von dem er Ahnung, mit dem er genügend Erfahrung hat. Nur, was macht er daraus? Gar nichts. Dabei hat er einen Kumpel aus einer Autowerkstatt wieder getroffen, der ihm doch vielleicht einen Job verschaffen könnte. Weißt du, ich habe das sehr selten, dieses Gefühl, das über einfache Einfühlung, nenn es ruhig Mitleid, mit den Klienten hinausgeht. Bei H. ist es so.« Als Zugeständnis an die ihm auferlegte professionelle Schweigepflicht nennt er ihr gegenüber keine Namen. »Es macht mich traurig, wenn er traurig ist. Ich mache mir Gedanken, wenn er nachdenklich ist. Und wenn er sich freut, so wie auf dem Boot, wenn er sich endlich ein wenig entspannt, zugänglich wird, dann freue ich mich, als hätte ich ihm auf einen Schlag Arbeit, Freundin und Familie besorgen können. Er ist sehr intuitiv, erscheint mir sehr nah, jedoch mit einer zwiespältigen, gleichgültigen Präsenz, die mich reizt. Er verbirgt irgendetwas, das spüre ich. Es ist normal, dass die Jungs und Mädels mir nicht ihr ganzes Herz ausschütten. Schließlich bin ich derjenige, der sie wieder hinter Gitter bringen kann. Doch bei H. geht es nicht um kleine, beim Arbeitsamt nicht gemeldete Nebeneinkünfte, um Eierdiebereien oder Drogenrückfälle. Ihn beschäftigt etwas, … ich würde beinahe sagen, Existenzielles.«

»Huch, wie pathetisch. Kratzt H. nicht vielleicht nur ein wenig an deiner Eitelkeit, mein Lieber? Der große Weller, der ansonsten jeden Knacki knackt. Nur dieser eine widersteht seinem Charme, nein entschuldige, seinem Charisma.« Ellen lächelt ihn an und wirft den öligen Lappen, mit dem sie das Blatt der Kettensäge gesäubert hat, zu dem Sammelsurium aus Stemmeisen, Beiteln, Hämmern, Kanistern, Dosen auf der mit Holzspänen übersäten Werkbank.

Er liebt es, ihr bei der Arbeit zuzuschauen. Es fasziniert und entspannt ihn zu sehen, wie sie mit den Werkzeugen hantiert und der kreative Funke aus ihren Händen auf das Material übergeht, sie ihrer Gedankenwelt mit schwerem Gerät Gestalt und Form verleiht. Oft hockt er stundenlang in ihrer Werkstatt – froh darüber, dass sie ihn als Zaungast toleriert, ihm sogar den alten Ohrensessel neben den Ofen gerückt hat. Nur sprechen darf er nicht, besser: erst dann, wenn sie mit der Arbeit fertig ist und aufräumt.

»Du hast – wie fast immer – Recht.« Er klopft auf den Sessel und seine Frau lümmelt sich in ihrem roten fleckigen Overall quer über die Armlehne und seine Oberschenkel und krault ihn am Kinn.

»Wenn du endlich diese alberne Kotzerei aufgeben würdest, müsste ich nicht mit Mördern segeln gehen.« Seit er sie vor fünf Jahren bei einer Ausstellungseröffnung kennen und lieben gelernt hat, teilen sie ihr Leben und so ziemlich alle Leidenschaften – bis auf den Wassersport. Sie wird schon beim kleinsten Wellengang seekrank. Er beugt sich vor, zieht am Zipper ihres Overalls und küsst sie auf das mit Holzstaub bepuderte Schlüsselbein. Sie hebt sein Kinn mit den Fingerspitzen an und blickt ihn streng an.

»Lüg nicht, du würdest trotzdem mit diesem H. und dem einen oder anderen, bei dem es dir lohnenswert erscheint, aufs Wasser gehen. Der Spiegel des Bewusstseins …«, deklamiert sie, »… das Meer. Ich kenne dich doch, du alter Fuchs.« Sie zieht ihn sanft an seinem Bart. »Was glaubst du denn, was ihn beschäftigt? Schuldgefühle? Sagtest du nicht, er wäre Tatleugner?«

Es amüsiert ihn, wie geläufig ihr, der Künstlerin, sein Fachjargon über die Lippen geht.

»Ich glaube, er hat sich in etwas verrannt. Aus welchem Grund auch immer er seinen Vater getötet hat – er hat sich selbst damit maximal geschadet. Es kann nur eine Tat im Affekt gewesen sein. Ich glaube ihm wirklich, dass er den Vater zeitlebens schmerzlich vermisst hat; ihn dann zu töten, nachdem endlich eine Annäherung geschehen war, kann nicht seine Absicht, kann kein Vorsatz gewesen sein. Eher so etwas wie eine sehr eigenwillige Pointe des Schicksals, unter der er noch heute leidet.« Weller streicht Ellen eine Haarsträhne aus dem Gesicht, die sich aus dem tiefbraunen, fast schwarzen Zopf gelöst hat, der ihren Rücken hinabbaumelt. Sie küsst beiläufig seine Hand, setzt ihre Gedanken fort.

»Und wenn er es tatsächlich nicht war? Welche psychischen Deformationen muss das erzeugt haben? Fünfzehn Jahre unschuldig hinter Gittern, niemand, der einem und vor allem, der an einen glaubt. Dazu der Vaterverlust.« Sie zieht wie fröstelnd die Schultern hoch. »Was für einen starken Charakter erfordert es, das alles auszuhalten. Und jetzt der Freiheitsschock! Mensch, der Mann kann einem leidtun.«

Weller weiß, dass sie, wenn nicht aus Prinzip, so doch mit Vergnügen die Gegenposition zu ihm einnimmt. Und ihn damit manches Mal auf interessante neue Ideen bringt. Ja, für einen Affekttäter ist Henry eigentlich zu besonnen. Aber er kann sich diese Ruhe, dieses Ungerührtsein durchaus erst während der Haft antrainiert haben. »Du vergisst, dass er vom Gericht für schuldig befunden worden ist.«

»Na und? Erzähl mit nicht, dass du an die Unfehlbarkeit der deutschen Gerichte glaubst. Sag mir lieber, wohin du mich heute zum Essen ausführst. Ich habe Hunger.« Sie springt auf und während er mit Behagen ihren langgliedrigen Körper betrachtet, nimmt er sich vor, heute nicht mehr an die Arbeit zu denken. Doch morgen, da wird er, nach seiner wöchentlichen Außensprechstunde im Bützower Rathaus, ein wenig zum Mordfall Sokop recherchieren.

* * *

Die Unrast ist schlimmer als in Waldeck. Dort hatte er einen Job, später das Studium, das die Stunden und Minuten eines Tages ein wenig schneller fließen ließ, strukturierte, ihn ablenkte. Nun, wo Ämtergänge, Einkleidung, Wohnungseinrichtung sowie Fahrzeug- und Waffenbeschaffung erledigt sind, er die Touren für Paetow aufgegeben hat, sich immer stärker auf Oldenburg konzentriert und nur noch die Besuche bei Weller einem festen Plan folgen, lebt er in einem bizarren Rhythmus, der – wann, kann er nicht mehr nachvollziehen – gewisse halluzinatorische Züge angenommen hat. Tag für Tag schlägt er die Augen auf – sechs Uhr – und hat gefühlte dreißig Zentimeter über sich rohe Holzplanken: die gezimmerte Decke über seinem Hochbett im fensterlosen Zimmer. Jeden Morgen diese Sargphantasie, als wäre er Nosferatu. Danach: Morgentoilette mit Radioberieselung. Man verlost, bejubelt, bewirbt: Freizeitparkaufenthalte, ihm unbekannte angebliche Popstars, sogenannte Mega-Events. Das alles hat nichts mit ihm zu tun, erscheint ihm durchweg völlig fremd. Dann Kaffee im Hinterhof, Zwiegespräch mit den auf seine Brotbrocken wartenden Sperlingen. Tag für Tag Gänge durch die Altstadt, deren Straßen ihm nun wieder ebenso vertraut sind wie vor fünfzehn Jahren. Stunde um Stunde läuft er, auf der Hut vor der verrückten Journalistin, fällt niemandem auf, da jetzt im Frühsommer unzählige Touristen die Straßen und historischen Gebäude bevölkern. Manchmal eine Unterhaltung mit irgendjemandem, dem er irgendwo begegnet – Tourist, Angler, Verkäuferin – manchmal schweigt er stundenlang, sitzt rauchend am Hafen, nimmt irgendwann seine Wanderung wieder auf. Von Zeit zu Zeit trifft er sich mit Strom, erfährt den neuesten Stadtklatsch. Dazwischen: Sonnetanken im Hinterhof und Lesen, viel Lesen; die Bibliothek ist sein Lebensmittelmarkt für geistige Nahrung. Paetow, der als Täter kaum noch in Betracht kommt, hat er nur ein, zwei Mal wieder gesehen, will sich, bis er sicher ist, den Mörder identifiziert zu haben, nicht weiter verstricken. Er grübelt unablässig, wie er es schaffen kann, Oldenburg zu einem Geständnis zu zwingen. Und wie er Nicole aus allem heraushalten kann. Sie beide sehen sich am Wochenende, fahren gemeinsam im Auto herum, gehen spazieren, lieben sich. Er ist glücklich-unglücklich mit dieser Situation, schwingt in einem Zustand des Irrsinns straff gespannt zwischen seiner Lust, seiner Liebe zu ihr und dem sicheren Ende ihrer Beziehung, wenn er sein Ziel erreicht haben wird.

Obwohl er so viel auf den Beinen ist, wird er nie wirklich müde, ist überreizt und unruhig – ein Wolf, der an den Käfiggittern entlang läuft, bis die Pfoten bluten. Dieses neue, selbstbestimmte Leben fühlt sich noch immer so an, als wäre es das Leben eines anderen.

Er zieht die Wohnungstür hinter sich zu, geht mit schnellen Schritten den im Lampenschein liegenden Spiegelberg entlang, als hätte er wirklich etwas vor, irgendeine Verabredung um Mitternacht. Die Nächte sind noch erstaunlich kalt. Vor seinem Gesicht dampft der Atem. Er stopft die Fäuste in die Jackentaschen. Vom Hafen her kriecht Nebel herauf. Die Fenster in den schmalen Altstadthäusern sind dunkel. Über der Frischen Grube wallen wattige Schwaden. Die Turmuhr von St. Nikolai schlägt die volle Stunde. Niemand spaziert um diese Zeit auf den dunklen Straßen. An der Schweinsbrücke tätschelt er den in die Luft gereckten Bauch der sich räkelnden Schweineskulptur. Vielleicht bedeutet das ja etwas, bringt Glück. Mit klammen Fingern holt er den Tabak aus der Jacke, dreht eine Zigarette und überlegt, beim 24-Stunden-Kiosk in der Dankwartstraße neuen Tabak zu kaufen. Natürlich hat er als starker Raucher einen Vorrat in der Wohnung – die Worte *zu Hause* mag er nicht einmal denken. Aber der Spaziergang ans andere Ende der Altstadt wird ihm guttun. Zigarettenautomaten kommen nicht in Frage; die verlangen von ihm, dass er sie mit einer Chipkarte füttert. Diese öffentliche Datensammelwut, von den Leuten klaglos als gegeben hingenommen, verstört ihn noch immer. Überall will man Karten zur Identifikation von ihm. Im Telefonladen, am Geldautomaten, beim Arzt und beim Einkaufen, nun auch am Zigarettenautomaten. Er erinnert sich noch gut daran, wie sich damals in den achtziger Jahren in Westdeutschland eine Protestwelle gegen die staatlich verordnete Volkszählung in der Bevölkerung erhoben hat. Die Eltern eines Schulfreundes waren sehr aktiv gewesen, hatten eine Bürgerinitiative gegründet. Soll es nicht demnächst wieder eine Volkszählung geben?

Er hat so etwas gelesen. Gibt es heute eigentlich noch Bürgerinitiativen? Was ist eigentlich aus der Bürgerbewegung hier in Ostdeutschland geworden? Sind inzwischen alle satt und ruhig, sehen wie die Westdeutschen inzwischen ihren Lebenssinn vordringlich im Konsumieren? Er sinnt darüber nach, ob ihm in der Zeit, in der er nun hier in der Stadt ist, irgend eine politische Betätigung der Bürger aufgefallen ist – und stößt beinahe mit einer Gestalt zusammen, die kurz vor der Einmündung des *Krönkenhagen* plötzlich aus den Nebelschleiern wächst. Er will dem anderen ausweichen, nimmt schon die Zigarette für eine gemurmelte Entschuldigung aus dem Mund, geht davon aus, dass sein Gegenüber ebenfalls ausweichen wird. Doch der Mann – er erkennt nun, dass es sich um einen Mann um die Fünfzig, mit schulterlangem, strähnigem Grauhaar unter einer blauen Wollmütze handelt – der Mann bleibt stehen, wo er ist, ja, schiebt sich noch ein wenig näher an ihn heran. Verblüfft macht Henry einen Schritt zurück, versucht, den Ausdruck auf dem kantigen Gesicht dicht vor ihm zu deuten. Die gebleckten Zähne, das leicht meckernde Lachen, irgendetwas nicht Greifbares kommen ihm an dem anderen bekannt vor. In der Ferne ertönt das lang gezogene Tuten eines Nebelhorns.

»Na, das ist doch …« Eine leicht raue Stimme mit einschmeichelndem Tonfall. »Henry. Henry Sokop.«

Er zuckt zusammen. Blitzartig geht er die Schubladen seines Personengedächtnisses durch. Woher kennt ihn der Mann? Wismarer Zeit, Haft, gar Berlin oder Hamburg? Er kommt zu keinem Ergebnis. Sie stehen so dicht voreinander, als wären sie Vertraute. Er riecht den Alkoholatem des anderen, sieht dessen unmodern lange, von grauen Fäden durchwirkte Koteletten, die hellen Bartstoppeln am Kinn dicht vor sich. Viel zu dicht. Da spürt er den Griff am Arm.

»Ich freue mich, dich wiederzusehen. Es ist so lange her. Lass dich anschauen.« Er zieht Henry unter die nächste Straßenlaterne. Der folgt mit einer Art Willenlosigkeit, die ihn selbst erschüttert.

»Kennen wir uns?«

»Hast dich gut gehalten«, beendet der andere seine Musterung. »Meine Haare sind schließlich auch längst grau.«

Was will der Kerl, wer ist das bloß? Henry tritt die Zigarette aus, will sich mit einem knappen Gruß entfernen, doch irgendetwas hält ihn fest, so etwas wie eine Vorahnung, das sichere Gefühl, etwas Wichtiges, ja, unter Umständen Lebenswichtiges zu verpassen, wenn er den Mann hier stehen lässt.

»Seit wann bist du wieder hier?«, ignoriert dieser weiterhin Henrys Frage.

Die Gedanken rotieren. Kann der andere ihn aufgrund der Fotos, die damals während des Prozesses veröffentlicht wurden, erkannt haben? Unwahrscheinlich, nach so langer Zeit. Kürzlich hat er, in einem sogenannten Internetcafé, nach Pressemeldungen von damals gesucht. Die wenigen Fotos, auf denen er sich nicht irgendetwas schützend vor das Gesicht gehalten hat, waren unscharfe Schnappschüsse von einem langhaarigen weichgesichtigen Jugendlichen ohne besondere Kennzeichen, die vermutlich ehemalige Mitschüler an die Journalisten verhökert hatten. So sieht er nicht mehr aus.

Der andere wirkt nicht betrunken, eher auf irgendeine andere Art neben sich stehend, fast so, wie er sich einen Hypnotisierten vorstellt. Drogen? Dafür ist der Kerl zu alt und Wismar zu provinziell. Wieso nur kennt er seinen Namen?

»Ich muss weiter.« Er macht einen halben Schritt, zögert.

Der andere scheint seine Worte nicht gehört zu haben, verharrt regungslos vor ihm. Da erklingen vom Markt her Stimmen, durch den Nebel seltsam verzerrt.

»Wer sind Sie? Woher kennen Sie mich?« Henry stößt die Worte schnell hervor, will nicht, dass die sich nähernden Passanten ihn mit diesem Mann zusammen sehen. Sein Gegenüber rückt sich mit der flachen Hand die Mütze zurecht, schaut ihn schweigend an. Er meint, den Ansatz eines Lächelns zu erkennen. Ärger steigt in ihm auf. Der andere macht eine seltsam schlenkernde Geste mit der einen Hand, legt den Zeigefinger der andern an seinen Mund. Schritte nähern sich. Henry beschleicht ein mulmiges Gefühl. Ist dies eine abgekartete Sache? Einer hält ihn hin, die anderen kommen, als harmlose Spaziergänger getarnt, dazu? Ein Überfall? Ein Vergeltungsakt für etwas, das ihm selbst längst entfallen ist? Unbewaffnet wie er ist, hat er gegen drei oder vier keine Chance. Er hört Männerstimmen durch den Nebel auf sie zukommen, Schritte hallen von den Hauswänden wieder. Alles, was mehr als zwei, drei Armlängen entfernt ist, verschwimmt im Dunst. Henry spürt seinen Herzschlag bis in den Hals. Automatisch spannt er seine Muskeln, wappnet sich gegen einen Angriff, einen Schlag oder

Tritt. Die Stimmen kommen näher, er versteht einzelne Worte – *Wasser … lenzen … Schaum* – dann sind sie auf gleicher Höhe. Zwei Gestalten, massig und mit dunklen Lederjacken, gehen schnellen Schrittes vorbei, werfen ihnen einen kurzen prüfenden Blick zu, dann schließt sich der Nebel hinter ihnen. Henry dreht sich zu dem Grauhaarigen um – doch der ist fort.

* * *

»VW-Veteranentreffen?« Henry hat den Golf mit der hängenden hinteren Stoßstange neben den Polo mit der zerdellten Vorderfront auf dem Weidendammparkplatz abgestellt, wohin er die Journalistin bestellt hat.

»Eine kleine Autofamilie«, kichert sie. Sie wirkt aufgeregt, glücklich, nervös – alles zugleich, scheint sich ernsthaft einzureden, ihm läge etwas an ihr. »Schön dich zu sehen, Henry.«

»Steig ein.« Er hält ihr die Tür auf, obwohl es ihm widerstrebt, dieser Person Einlass in sein ganz persönliches Umfeld zu gewähren. *My car is my castle.*

»Wohin fahren wir?«

»Spazieren.«

Sie biegen am Bahnhof in die Straße nach Norden, fahren hinaus aus der Stadt, an der wolkenverhangenen Insel Poel und dem Salzhaff vorbei bis nach Rerik, dem kleinen Ort am Meer. Sie reden über Autos, den Verkehr, das für Anfang Juni ungewohnt kühle feuchte Wetter und andere Belanglosigkeiten. In Rerik parken sie auf der Landzunge vor der Halbinsel Wustrow und laufen über die vielen hölzernen Stufen hinauf zum Aussichtsturm auf der Düne. Der feine Sprühregen durchnässt Henry in wenigen Minuten; er lehnt es ab, mit unter ihren Taschenschirm zu kommen. Auf der kleinen überdachten Plattform sind sie allein – es ist definitiv kein Tag für einen Ausflug. Eine Weile stehen sie nebeneinander, der große nachdenkliche Mann und die kleine pummelige Frau mit den Karottenhaaren, schauen hinüber zur unbewohnten Halbinsel mit dem Naturschutzgebiet, über das dunkle Wolkenmassive ziehen. Rechts steht die blaue Strandkorbarmee, ungenutzt vor der leeren Seebrücke aufgereiht, links, am Yachthafen, geistern ein paar vereinzelte Farbkleckse zwischen Restaurants und Souvenirläden herum: hartgesottene Spaziergänger und Fahrradfahrer in Regenmontur.

Minutenlang fällt kein Wort oben auf der Plattform. Das Schweigen klebt zwischen ihnen. Vom Dach über ihren Köpfen fallen einzelne Regentropfen auf die Holzbrüstung, in einem zerrissenen, unberechenbaren Rhythmus. Henry dreht eine Zigarette und beginnt nach dem ersten Zug zu sprechen. Er hat sich zurechtgelegt, was er sagen wird, um sich diese lästige Verfolgerin in Zukunft vom Hals zu halten. Den Vorfall auf dem Parkplatz wird er mit keiner Silbe erwähnen.

»Ich möchte dir etwas erklären, Sonja.« Ihr Name fühlt sich in seinem Mund an wie verkohlte Watte. »Ich habe dir vieles aus meinem Leben erzählt. Familie, Arbeit und so weiter. Doch da ist natürlich manches, das du nicht weißt. Es gibt da eine Sache, die mir in all den Jahren keine Ruhe gelassen hat und mich seit meiner Entlassung unablässig beschäftigt.«

Sie blickt zu ihm auf – er ist zwei Köpfe größer als sie – und er spürt, dass sie ihn anfassen möchte, ihm vielleicht die Hand auf den Arm legen, ihre Wange an seinen Oberarm schmiegen. Doch sie ist sich seiner Reaktion wohl zu ungewiss. So nestelt sie nur an ihrem Schirm und lauscht mit geneigtem Kopf seiner

Stimme, offensichtlich gespannt auf sein Geheimnis, bereit zu Mitgefühl, Empathie und Komplizenschaft.

»Es gibt einen Menschen, dem ich das, was er mit angetan hat, nicht verzeihe – obwohl es schon lange her ist. Der Mann, besser: die Rache an ihm, bedeutet mir sehr viel. Ich werde dir nicht sagen, worum es geht, nur, dass sich meine Gefühle ihm gegenüber während all der Jahre meiner Gefangenschaft nicht gemildert haben. Ich habe die Absicht, ihn zu ruinieren.« Er raucht hastig, starrt weiter hinaus auf das unbewegte Meer. »Pass auf: Die blonde Frau, mit der du mich in der Bar gesehen hast, ist die Tochter dieses Mannes. Ich hoffe, durch sie an ihn heranzukommen. Willst du mir dabei helfen?«

Sie nickt wie aufgezogen. »Ja, natürlich helfe ich dir. Wenn ich kann.« Er nimmt den chemischen Geruch wahr, der aus ihren Haaren aufsteigt. Heute leuchtet das Orangerot besonders grell.

»Dann störe meinen Plan nicht. Ich muss mich weiter mit der Tochter treffen. Das hat nichts mit uns zu tun.« Er betrachtet ihr blasses Gesicht, ihren gedrungenen kleinen Körper und ihre winzigen weißen Hände, die den zusammengedrehten Schirm kneten. Mit einem Mal tut sie ihm leid, rührt ihn ihre ganze verliebte Jämmerlichkeit. Er legt seinen Arm um ihre Schulter, drückt sie kurz an sich. Ihre Jacken geben ein leises Rascheln von sich. Sie schaut mit einem schwärmerischen Blick zu ihm auf, der besser zu einer Vierzehnjährigen passen würde. Er erwidert ihren Blick, lächelt milde und gibt ihr einen zarten Nasenstüber. »Meine Super-Journalistin. Hast du schon herausgefunden, wer die Blonde ist? Um wen es geht?«

Sie schüttelt den Kopf, scheint zu überlegen, ob sie ihm glauben soll. Er tut so, als denke er nach, lässt sie dabei los. Verloren steht sie mit hängenden Armen vor ihm. Der Rhythmus der Tropfen vom Dach wird schneller. Treffen sie auf den Holzbalken des Geländers, erzeugen sie winzige, perfekt symmetrische Fontänen, wie in einem Miniaturspringbrunnen.

»Er heißt Oldenburg und ist einer der größten Bauunternehmer hier in der Gegend. Nach der Wende ist er durch staatliche Aufträge groß geworden. Drei Filialen, hundertzwanzig Mitarbeiter, Stadtvilla, Segelyacht. Das volle Programm. Die Tochter arbeitet als Architektin im Familienbetrieb. Ich bin so gut wie sicher, dass da Korruption im Spiel ist, sonst hätte er die Krise in der Baubranche nicht so glänzend überstanden.« Er tritt die Zigarette auf dem Sandboden aus.

»Du willst also, dass ich in Richtung bestechliche Beamte und illegale Auftragsvergabepraxis recherchiere?« In ihren sonst stumpf-braunen Augen blinkt so etwas wie Stolz auf ihre schnelle Auffassungsgabe und zugleich schimmert Zorn auf. »Und gleichzeitig ertrage, dass du mit dieser Tusse ins Bett steigst?« Ihr Atem pfeift wie nach einem Hundertmetersprint. Sie wringt den nassen Schirm in ihren Händen, starrt ihm unverwandt ins Gesicht. Jetzt funkelt sie ihm angriffslustig an, wirkt zugleich erschrocken über sich selbst.

Er schweigt, sieht hinaus auf das Meer, das die Farbe von toten Fischaugen hat.

»Dafür musst du mir schon etwas bieten. Wie wäre es mit der Fortsetzung unserer Interviews? Es fehlt noch der Part nach der Entlassung.« Sie krampft die Hände mitsamt dem Schirm um die nasse Holzbrüstung, atmet flach und blickt ebenfalls hinaus auf die Ostsee. Er unterdrückt seinen Abscheu und lässt sie zappeln – kein Wort, kein Räuspern, kein wütendes Schnauben kommt von ihm. Direkt vor ihnen kreischt eine Möwe, stürzt wie ein Stein hinab, ihr schriller Schrei hallt in den Ohren nach. Aus dem Augenwinkel beobachtet er die Frau neben sich. In ihren Augen schimmern Tränen. Er ahnt, was in ihr vorgeht. Sie hat es vermasselt, ist zu weit gegangen, muss fürchten, ihn in diesem Augenblick für immer verloren zu haben.

Als er zu sprechen beginnt, zuckt sie zusammen. Er lässt seine Stimme verhalten klingen, zögernd. »Du willst aus meinem Leben unbedingt ein Drama mit Happy End machen, Sonja. Doch ist es vielmehr eine Tragikomödie, vielleicht auch ein groteskes Schauspiel. Ich tauge nicht als Held einer gefühlsseligen Sozialreportage, bin weder rührend noch unschuldig. Ich bin – wie alle Menschen – Täter und Opfer zugleich, so verlogen wie aufrichtig, so eigennützig wie großzügig, so entschlossen wie verzagt.« Er hält inne, zieht den Tabak aus der Tasche und überlegt, dass sie bestimmt zutiefst bedauert, nicht ihr Diktiergerät heimlich in der Jackentasche mitlaufen zu haben. Er hat ihre Umarmung dazu genutzt, dies zu überprüfen: Ihre Taschen sind leer. Während er den ersten Zug inhaliert, dann ausatmet, spricht er weiter, ohne sie anzusehen. »Dieses Leben, dieses dritte nach dem ersten törichten, kaum erwachsenen und dem zweiten, dem abgetöteten, dem nackten Überleben, dieses dritte nun, das weiß ich nicht anders zu füllen als mit Hass.« Er schaut sie kurz an, schätzt ab, ob sie spürt, wie verletzlich er sich macht, wie viel ihn diese Offenbarung kostet. »Mit Hass und dem Wunsch nach Vergeltung.« Er tut so, als habe er den Faden verloren, pflückt sich einen Tabakkrümel von der Lippe. Sie wirkt zerknirscht, ihre Stirn hinter den Ponyfransen ist von Falten zerfurcht.

»Henry, ich wollte nicht …«

»Schon gut. Jeder von uns versucht das Beste aus seinem Leben zu machen, wie erbärmlich es auch immer ist. Ich verstehe dich und bitte dich zugleich, Geduld mit mir zu haben. Gib mir Zeit.« Er weiß selbst nicht, woher der Impuls kommt: Mitleid, Berechnung, Lust zu quälen – ob sie oder sich selbst, sei dahin gestellt – der ihn jetzt das tun lässt, auf das sie so lange gewartet hat. Er umfasst ihre Taille mit beiden Armen, blickt ihr tief in die Augen, beugt sich hinunter und küsst ihre Lippen, die sich bereitwillig öffnen. Sie legt den Kopf in den Nacken, presst sich an ihn und er spürt die Welle der Erregung, die durch ihren Körper flutet. Sie erwidert die Umarmung, lässt ihre Hände seinen Rücken hinabwandern, packt seinen Hintern und knetet ihn durch den Jeansstoff hindurch. Wider Willen wird er hart.

Dann ist dieser Moment vergangen, er dreht sich die nächste Zigarette und löscht damit ihr Aroma von seinen Lippen. Sie steigt hinter ihm die Stufen hinab, plappert irgendetwas und er fragt sich, wie gravierend der Fehler ist, den er gerade begangen hat. Auf dem Weg zum Auto wagt sie es, sich bei ihm einzuhängen. Die wenigen Leute, denen sie begegnen, halten sie sicherlich, trotz seiner verschlossenen Miene, für ein Paar. Er sieht den Stolz auf Sonjas Gesicht leuchten. Der Nieselregen lässt auf der Rückfahrt nach Wismar nach, ein paar Sonnenstrahlen brechen von Zeit zu Zeit durch die Wolken. Es ist ein Vabanquespiel, wird ihm bewusst. Frisst sie das Zuckerbrot nicht, muss er die Peitsche einsetzen. Auf dem Parkplatz am Weidendamm hält er neben ihrem Wagen, bleibt hinter dem Steuer sitzen, als sie schon ausgestiegen ist. Beschwingt läuft sie um das Heck des Golfs herum, trommelt dabei mit den Fingerspitzen auf das Blech und beugt sich an der offenen Seitenscheibe zu ihm hinab. Natürlich weiß er, was sie will.

Noch immer hat sie nicht genug, will weitere Zugeständnisse und Zärtlichkeiten: Verabredungen, Treffen, Zweisamkeit. Sie zerfließt vor Begehren, weiß aber, dass sie ihn nicht bedrängen darf.

»Vielleicht lädst du mich einmal zu dir ein? Dann bringe ich mein Aufnahmegerät mit. Oder auch einfach nur auf einen Kaffee?« Ihre Stimme hat einen kriecherischen Tonfall angenommen. Er streckt die Hand aus, schaltet das Radio ein. Grauenhaft fröhliche Stimmen branden, unterlegt mit seelenloser Computermusik, aus den Lautsprechern, kündigen irgendein Gewinnspiel an. Dann Nachrichten. *Auf dem Weg von Rio de Janeiro nach Paris ist ein Flugzeug der Air France mit 216 Passagieren und 12 Besatzungsmitgliedern an Bord über dem Atlantik abgestürzt.* Henry blickt geradeaus auf die sich im Wind wiegenden hohen Pappeln am Rand des Parkplatzes. Ohne hinzusehen schaltet er den CD-Player an und tut so, als überlege er. *Left to make my way, told her I can't stay*, singt Julie Driscoll. Die LP seiner Mutter ist längst verloren; in Waldeck hat er sich die Aufnahme als CD besorgt und sie seither wieder und immer wieder abgespielt.

»Wir werden sehen, Sonja.« Er will nur eins: sofort von hier verschwinden, mit Vollgas über die Autobahn rasen, die Fenster offen, alle Spuren ihrer Anwesenheit im Wagen – das süßliche Parfüm, den Geruch nach Haarfärbemittel, die nassen Spuren auf der Fußmatte, das Kaugummipapier auf der Ablage unter der Frontscheibe – vernichten, ganz so, als könne er damit auch ihre Anwesenheit in seinem Leben tilgen. Doch die Sekunden dehnen sich wie Hefeteig.

»Wenn du etwas brauchst, irgendetwas …« Ihre Kleinmädchenstimme bleibt zwischen ihnen in der kühlen feuchten Luft stehen. *They are better thinkin' I'm dead.* Julie Driscoll weiß, wie immer, was zählt. Sonja nimmt all ihren Mut zusammen.

»Gib uns eine Chance, Henry.«

Er löst sich aus seiner Erstarrung, blickt sie mit einem Lächeln an, das ihn bis in die Mundwinkel schmerzt.

»Denk dran, Sonja: Wer warten kann, ist stark. Wenn du mich liebst, dann hilfst du mir.«

* * *

Der Wind hat aufgefrischt, zerrt an den Segeln und treibt kleine weiße Schaumkronen über die Wasserfläche. Sie umrunden die Insel Poel bei moderaten fünf Beaufort und genießen im strahlenden Sonnenschein den Am-Wind-Kurs. Henry hat die Pinne übernommen, Weller macht die Deckshand. Sie haben sich aneinander gewöhnt hier an Bord, verstehen sich weitgehend ohne Worte. Weller ist mit seinem Segelschüler zufrieden. Er krabbelt unter Deck und taucht wenig später mit zwei Flaschen Bier wieder auf.

»So macht Segeln Spaß, was?«

Henry nickt, nimmt das Bier entgegen, das der andere, ohne zu fragen, bereits geöffnet hat. Weller blickt auf seine Uhr.

»In einer Stunde sind wir in Rerik, wenn der Wind uns treu bleibt. Warst du schon mal dort?«

Henry lügt. Sie passieren die Zunge der Halbinsel Wustrow, steuern ins Salzhaff hinein und Weller erklärt die Navigation. »Am Ende der Landzunge steuerst du 85 Grad, bis zur Untiefentonne Nordquadrant. Ab da dann 45 Grad zur Reriker Ansteuerungstonne. Dort beginnt dann gleich die rot-grün betonnte Fahrrinne. Alles klar?« Er wirft Henry einen prüfenden Blick zu.

»Aye aye, Skipper.«

Obwohl sein Klient heute entspannt wirkt, mit seinem sonnengebräunten nackten Oberkörper unter der orangefarbenen Schwimmweste, der weißen Hose und dem grauen, akkurat geschnittenen Haar fast ein wenig mondän aussieht, bemerkt Weller dessen Anspannung. Es hat wohl nichts mit ihm, dem Bewährungshelfer, zu tun. Henry hat sich inzwischen daran gewöhnt, mit ihm über das zu sprechen, was in seinem Leben vorgeht, ist sogar ansatzweise bereit, über die Tat beziehungsweise den Tod seines Vaters und dessen Vorgeschichte zu sprechen. So weit das möglich scheint, hat er Vertrauen zu Weller gefasst.

»Sag mal, hat das mit dem Job eigentlich geklappt?«

Henry hält den Blick weiter auf das Wasser und die Küstenlinie gerichtet, antwortet nicht sofort.

»Die Sache neulich am Wochenende, wo du beim Dachdecken helfen solltest.« Weller lässt nicht locker, obwohl er sich die Antwort denken kann.

»Ach was. Der hat gedacht, ich wäre Handwerker, würde alles alleine machen können. Dabei tauge ich maximal als Hilfskraft.«

»Weshalb probierst du es nicht mal mit den Autowerkstätten?«

»Ich habe schon meinen alten Kumpel Strom darauf angesetzt. Wenn der etwas hört, bin ich der Erste, der es erfährt. Aber zurzeit herrscht kein Mangel an Schraubern. Und ich kann ja keine Ausbildung vorweisen, von der weißen Weste ganz zu schweigen.«

Sie erreichen den Sportbootanleger. Weller fährt das Anlegemanöver und um kurz nach drei sind sie fest. Sie beschließen, an Land Kaffee und Kuchen einzunehmen. Weller knüpft seinen Pferdeschwanz neu und Henry zieht sich sein Hemd an. Den Pullover locker über die Schultern gelegt, an den Füßen blaue Espadrillos, wartet er auf dem Steg auf Weller.

Er sieht tatsächlich aus wie ein Dandy, denkt dieser. Und es fällt ihm ein, an was ihn sein Klient erinnert. *Nur die Sonne war Zeuge* – dieser alte Spielfilm nach dem Roman von Patricia Highsmith. Der eiskalte Dandy Ripley, von Alain Delon verkörpert, der seinen vermeintlichen Freund, um an dessen Identität zu kommen, von Bord eines Segelbootes stößt und ertrinken lässt. Weller schüttelt den Kopf. *Welch eigenartige Assoziation.* Natürlich besteht zwischen dem jungen Delon und Henry keine Ähnlichkeit. Wie ist er nur auf diesen Gedanken gekommen? Er klettert auf den Steg, legt seinem Klienten den Arm um die Schultern.

»So Leichtmatrose, Kaffee bunkern.« Er merkt, wie Henry sich für eine Sekunde verspannt, dann locker lässt und ihm leicht in die Seite boxt.

»Was heißt hier Leichtmatrose? Habe ich deinen Äppelkahn etwa nicht sicher in den Hafen gebracht?«

Später ankern sie – der Wind ist abgeflaut – vor der Poeler Küste, die Steilküste und den Leuchtturm von Timmendorf im Blick. Sie haben es sich an Deck bequem gemacht, ihre Unterhaltung plätschert dahin, von langen Pausen unterbrochen. Weller schiebt die Schirmmütze aus der Stirn, blinzelt gegen die Strahlen der tief stehenden Sonne hinüber zu Henry, der mit einem Tampen verschiedene Knoten übt.

»Ich muss gestehen, dass ich etwas getan habe, was ich sonst vermeide. Ich habe zu deinem Fall, besser zu deinem Delikt, Erkundigungen eingezogen. Normalerweise arbeite ich mit der Version, die mein Klient mir präsentiert, und nicht mit dem, was das Urteil und der Gerichtsbeschluss hergeben.« Gespannt, wie Henry dies aufnimmt, mustert er den anderen. Für eine Sekunde halten dessen Finger inne, dann legt er die Leine beiseite, befördert die Sonnenbrille mit dem Zeigefinger von der Stirn vor die Augen.

»So, und was hast du herausgefunden?« Seine Stimme klingt ungerührt.

»Sicherlich nichts, das du nicht selbst weißt. Ich frage mich allerdings, aus welchem Grund du, nachdem du damals am Tatort das Bewusstsein wieder erlangt hattest, nicht die Polizei verständigt hast. Das Alibi, das dir der Friseur, bei dem du warst, gegeben hat, hätte dann vielleicht etwas getaugt, der Todeszeitpunkt deines Vaters hätte klarer eingegrenzt werden können, möglicherweise hätte man den Täter im Umkreis des Tatortes sogar gestellt.« Weller realisiert, anscheinend im selben Moment wie sein Gegenüber, dass er zum ersten Mal zumindest hypothetisch davon ausgeht, dass nicht Henry seinen Vater getötet hat. Er erntet dafür ein zaghaftes Lächeln.

»Glaub mir, das habe ich mich wer-weiß-wie-oft selbst gefragt. Aber als ich mit der Waffe in der Hand aufgewacht bin, da waren meine Gedanken ein Wirbelsturm aus Angst, Wut, Trauer und Verwirrung. Keine Chance für eine auch nur ansatzweise rationale Einschätzung meiner Lage, geschweige denn planvolles Handeln. Für mich ist in diesem Moment das Universum zusammengestürzt.« Henry fährt sich mit der Hand durchs Haar. »Alles, was ich mir so lange gewünscht hatte, was ich geglaubt hatte, erreicht zu haben – war mit einem Mal unwiederbringlich fort. Ich hatte meinen Vater ein zweites Mal verloren. Dieses Mal endgültig.«

einem Wendepunkt ihrer Beziehung zu stehen. Wenn Henry jetzt stumm bleibt, blockt er weiter ab, vermeidet jede weitere emotionale Annäherung, weicht letztlich sich selbst aus. Da er klug ist, wird ihm dies in diesen Sekunden auch durch den Kopf gehen. Wie wird er sich entscheiden? Freundschaft und Nähe oder Schweigen und Einsamkeit? Er denkt an das, was er in der Akte über Henry notiert hat.

S. ist nicht einen Hauch verschroben, verrückt, doppelgleisig – sondern völlig normal. Er zeigt jedoch starke einzelgängerische Tendenzen, geprägt von Verachtung und Arroganz anderen gegenüber. Er blickt distanziert auf die Welt, auf eine Weise, die keine Neugier verrät.

Als Henry zu sprechen beginnt, schreckt Weller auf.

»Es muss jemand gewesen sein, der ihn kannte und den er kannte. Es war kein Fremder, der auf Geld aus war oder einen Wagen stehlen wollte. Es fehlte ja weder die Kasse noch etwas anderes. Und er muss meinen Vater bedroht oder bis aufs Blut gereizt haben, sonst hätte der niemals seine Waffe aus dem Schreibtisch geholt.« Henry lässt seinen Blick über die Küstenlinie wandern, überlegt. »Vermutlich irgendeine nicht ganz saubere Geschichte, in die mein Vater verwickelt war.« Er schaut Weller kurz an. »Wir haben damals nicht nur Gebrauchtwagen verkauft, weißt du. Da lief manches sozusagen neben dem legalen Geschäft. Ich weiß auch nicht alles – so viel Vertrauen hatte mein Vater nicht in mich. Wir Sokops sind von Haus aus vorsichtig.« Er grinst Weller an und der merkt, wie er immer stärker den Abstand verliert, den er seinen Jungs und Mädels gegenüber wahren sollte.

»Wenn der Mörder jemand war, den dein Vater kannte, ist es doch möglich, dass auch du ihn kennst«, überlegt Weller laut.

»Du kannst mir nicht erzählen, dass du nicht die Spur einer Idee hast, wer es gewesen sein könnte.«

»Natürlich habe ich damals in den ersten Wochen und Monaten mein Gedächtnis zermartert. Doch ich habe keinerlei Erinnerungen, habe nichts gesehen, nichts gehört, bevor ich das Bewusstsein verlor. Ich glaube, dass es ein Mann war, der mich niedergeschlagen hat – oder eine sehr große, starke Frau. Aber das ist schon alles. Eine Weile lang hatte ich die beiden Schrauber meines Vaters im Verdacht, doch mein Anwalt hat deren Alibis überprüfen lassen: Beide kamen nicht in Frage. Und letztlich haben sie nichts vom Tod meines Vaters gehabt – im Gegenteil, sie wurden arbeitslos. Und Kunden? Es hätte jeder gewesen sein können. Wo sollte ich da anfangen: bei dem Familienvater, der nach der Wende für mehrere tausend Mark ein Auto von uns gekauft hat, das ihm nach ein paar Monaten unter den Händen verrottet ist? Meine Güte, das wären Hunderte! Und selbst, wenn ich eine konkretere Ahnung hätte – was dann? Wie sollte ich es ihm beweisen? Vielleicht mit einem genetischen Fingerabdruck? Ich reiße demjenigen, wenn ich ihn gefunden habe, ein Haar aus, bringe es zur Polizei, die natürlich – ebenso wie die Staatsanwaltschaft – extrem motiviert ist, mich dabei zu unterstützen, den damaligen Ermittlern Pfusch nachzuweisen?« Er winkt ab. »Niemand hat ein Interesse daran, einen vermeintlich gelösten Fall wieder aufzurollen.«

»Nur du.«

»Wenn ich irgendeine Chance sehen würde, ja. Aber ich sehe keine. Hast du noch ein Bier für mich?«

Weller reicht ihm eine Flasche. Sie trinken schweigend. Henry hält das Gesicht in die Sonnenstrahlen, spricht mit geschlossenen Augen.

»Weißt du, was mich seit der Entlassung beschäftigt? Die Frage nach dem Sinn – nach meiner Identität, wenn du so willst. Ich fliehe aus der Wirklichkeit in die Wirklichkeit, lebe damit meinem eigenen Leben hinterher, in meinem persönlichen Niemalsland. Mein Denken und Handeln ist bestimmt von dem Versuch, die Wirklichkeit zu zähmen, für mich lebbar zu machen. Ich lerne überall Neues, halte Augen und Ohren offen. Doch wozu? Ich bin Sisyphos. Alles ist vergebens, ich kann die Felskugel nicht aufhalten. Alles wird fremder. Der Kopf ist eine Hölle.« Er öffnet die Augen, hält Wellers Blick fest. »Selbst, dass ich hier mit dir auf diesem Boot segele, hat etwas Irreales.« Er macht eine abwehrende Bewegung, als Weller ansetzt, um ihm etwas Aufmunterndes zu sagen.

»Und weißt du, was das Schlimmste ist? Ich glaube, ich habe mich verliebt.«

* * *

Schon wieder hat sie diesen Traum gehabt. Ein Fragment nur. Sie entdeckt in ihrer Teeschale, kurz bevor sie diese an die Lippen führt, einen winzigen, grauschwarzen Salamander, ist angeekelt, aber auch fasziniert. Dann ist das Reptil verschwunden, sie sucht, will es unbedingt finden, doch ihr Gesichtsfeld ist eigenartig eingeengt, Nebelschwaden behindern ihre Sicht. Das Tier bleibt verschwunden. Sie fühlt sich innerlich zerrissen, spürt Bedauern, nichts scheint wichtiger, als den Salamander wieder zu finden. Der Verlust gräbt sich schmerzhaft in sie hinein.

An dieser Stelle wacht sie jedes Mal auf; es dauert bis der dumpfe Druck im Brustkorb nachlässt. Jetzt, zwei Stunden später, erlebt sie einen Nachhall des Traums, als sie sich auf ihrem Stuhl zurücklehnt und vom schmalen Balkon des Schweriner Cafés *Friedrich* aus die Augen müßig über das Südufer des Pfaffenteichs wandern lässt. Die Müdigkeit liegt auf ihren Gliedern und sie senkt für einen Moment die Lider.

Sie ist eine Stunde zu früh hierhergekommen, um ihre Gedanken zu sammeln, sich einen, wenn auch nur eingebildeten, Vorteil zu verschaffen. Auf der Kreuzung unter ihr strömt in gleißendem Sonnenschein der Vormittagsverkehr: Busse, Lieferantenfahrzeuge, Fahrradfahrer, Fußgänger – alle unterwegs zu einem bestimmten Ziel. Wie sie selbst. Sonja schiebt das Gefühl des Verlustes, dieses lästige Traumrelikt, beiseite und überprüft ihr Diktafon. Ihr soll nichts von dem kommenden Gespräch entgehen.

Volker winkt ihr schon von der Straße aus zu, wie immer zu plump, zu grobschlächtig mit seinen fast zwei Metern und dem Schwabbelbauch. Er hat überrascht reagiert, als sie ihn anrief, aber sofort zugesagt, sich mit ihr zu treffen. »Für meine Prinzessin lasse ich doch jederzeit alles stehen und liegen«, hat er ins Telefon geflötet und Sonja hat die Zähne zusammen gebissen, um nicht sofort wieder aufzulegen. Nun steht er neben ihrem Tisch und sie setzt ein zuckersüßes Lächeln auf.

»Volker, mein Lieblingskollege.« Sie reicht ihm die Hand, zuckt unter seinem festen Händedruck zusammen.

»Sonja, Glanz meiner fahlen Tage. Lass mich dir sagen, dass du von Tag zu Tag schöner wirst.« Er plumpst auf den zweiten Stuhl, dass es knirscht, stellt seine Fototasche zu ihren Füßen ab und winkt der Kellnerin, die unter ihnen auf der Terrasse bedient. »Wollen wir etwas essen? Ich könnte etwas vertragen.« Er greift nach der Speisekarte, schaut auf seine Armbanduhr, wirft ihr einen Blick zu, alles in einer einzigen, fließenden Bewegung. Sonja, die sich nach ihrer Hamburger Zeit längst wieder an das gemächliche mecklenburgische Tempo gewöhnt hat – sie nennt es spöttelnd meditativ – ist immer wieder erstaunt über diese an Hektik grenzende Effizienz in den Bewegungen ihres Kollegen.

»Ich nicht. Aber iss du ruhig etwas.« Sie ist froh, wenn er seine Aufmerksamkeit ein wenig von ihr abzieht und auf seinen Teller lenkt. Seine Augen auf ihrem Körper sind ihr unangenehm. Er mustert sie und meint: »Mädel, du musst mehr essen. Du wirst immer dünner. Das steht dir nicht.«

»Spiel dich nicht als mein Papa auf. Ich esse, wann es mir passt.«

Er zuckt mit den Schultern, studiert die Karte und murmelt etwas von väterlichen Gefühlen, die ihn mitnichten antreiben. Sie haben bestellt, sie einen weiteren Kaffee, er ein Schnitzel mit Beilagen für sich, einen Eisbecher für Sonja – *Musst ihn nicht essen, nur probieren* – da sieht er sie durchdringend an. »So, und nun spuck's aus. Was verschafft mir das Vergnügen, mit dir hier in der Sonne zu sitzen? Sehnsucht wird es ja wohl kaum gewesen sein.«

Sonja mobilisiert ihre Charmereserven. »Nun stell dein Licht mal nicht unter den Scheffel. Immerhin bist du der einzige versierte Journalist in der ganzen Redaktion. Wie sagt der Chef? Unsere Edelfeder. Von Zeit zu Zeit, wenn wieder einmal Selbstzweifel an mir nagen, weil ich noch immer so erschreckend wenig über unser Metier weiß, dann sage ich mir: Gib dem Volker eine Chance.«

Er sieht sie verdutzt an, weiß augenscheinlich nicht, ob er ernst nehmen soll, was sie sagt.

»Nein, wirklich. Ich würde gerne von dir lernen.« Ihre Getränke und der Eisbecher werden serviert und Sonja nimmt anstandshalber einen Löffel voll mit Sahne und Erdbeereis, die Sorte, die sie am wenigsten ausstehen kann. Schnell probiert sie von den drumherum drapierten frischen Erdbeeren. Ihr Kollege lächelt zufrieden in sich hinein.

»Ich habe mich zum Beispiel gefragt, weshalb wir eigentlich so gut wie nie etwas politisch Brisantes aus unserer Region bringen – außer wenn es schon in den Konkurrenzblättern steht. Natürlich, ich weiß auch, dass uns die Zeit für fundierte Recherchen fehlt. Aber es gibt doch so offensichtliche, quasi allgemein bekannte Missstände, da braucht es doch nicht viel Recherche oder Hintergrundwissen. Nimm zum Beispiel das Thema …«, sie tut, als überlege sie, »die Korruption im Bauhandwerk. Da weiß doch schon der einfache Mann auf der Straße, wie der Hase läuft. Das konzentriert sich auf ein, zwei große Unternehmen in der Region. Ein wenig Stöbern in den Archiven, ein, zwei Interviews mit Angestellten, vielleicht sogar Behördenmitarbeitern, denen man Anonymität garantiert, und zack – hat man eine Story.« Sie stochert noch ein wenig im Eis herum, schaut Volker mit, wie sie hofft, ehrfürchtigem Blick an.

»Nun, Sonja, ganz so einfach ist das ja nun doch nicht. Hast du das nicht beim JOURNAL gelernt? Du musst schon fundierte Kenntnisse über tatsächliche Vorkommnisse haben, um dich an eine solche Geschichte zu wagen. Korruptionsvorwürfe allein bringen dich eher wegen Verleumdung vor Gericht, als dass sie deine journalistische Karriere befördern.« Die Kellnerin serviert das Schnitzel samt einem kleinen Salat und Brotkorb und er ergreift das Besteck, säbelt am panierten Fleisch herum. »Wenn ich über all das schreiben würde, was ich weiß, wäre ich Schriftsteller geworden, nicht Journalist. Man muss schon unterscheiden und abwägen, wem man nützt, wem man schadet und wo man besser den Griffel stillhält.« Kauend legt er den Kopf schräg, mustert sie forschend. »Du hast doch etwas Bestimmtes im Sinn, oder täusche ich mich?« Er schneidet ein Stück Schnitzel ab, tunkt es in die rotbraune Sauce und hält es ihr dann vor die Nase. Sie schüttelt den Kopf, angewidert von der Vorstellung, diese Gabel im Mund zu haben, die eben noch seine Zunge berührt hat.

»Ich habe da etwas läuten hören. Es gibt einen Bauunternehmer in Wismar, der in den ersten Nachwendejahren mit Sanierungsvorhaben richtig groß wurde. Und nun, die historische Altstadt ist weitestgehend restauriert, neue Bauvorhaben sind an einer Hand abzuzählen, hält der seinen großen Mitarbeiterstamm, von seinem noblen Lebensstil ganz zu schweigen. Da kann doch etwas nicht stimmen.«

»Ach, den Oldenburg willst du aufs Korn nehmen? Na, dein Riecher ist richtig, aber davon rate ich trotzdem ab. Du stichst da in ein Wespennest. Über Oldenburg wird schon lange im Zusammenhang mit illegaler Auftragsvergabepraxis gemunkelt.« Er beugt sich über den Tisch und Sonja riecht den fettigen Fleischgeruch, der seinem Mund entströmt.

»Ich verrate dir was.« Er sieht sich theatralisch um, die beiden anderen Tische auf dem Balkon sind mit harmlosen Touristenpaaren mittleren Alters besetzt. Trotzdem raunt er nun. »Das muss aber unter uns bleiben. Sein Unternehmen überlebt nur, weil Oldenburg einen *guten Draht* zu den entscheidenden Behördenmitarbeitern pflegt.« Er grinst, spießt drei Pommes frites auf die Gabel und schiebt sie sich in den Mund. »Kennst du den Puff an der B 104?« Er deutet vage mit der Gabel in Richtung Westen.

Sonja verneint.

»Dorthin lädt Oldenburg die Herren aus den Schweriner und Wismarer Bauämtern in regelmäßigen Abständen ein.«

Aufgeregt tastet sie in ihrer Jackentasche nach dem Diktafon, hofft, dass es noch immer läuft, die Batterien durchhalten. Ihr Kollege beugt den blonden Lockenkopf, der sie immer an diesen Vorzeigequizmaster erinnert, über seinen Teller und hält ihr dann eine Gabel voller Pommes vor die Nase. Sonja kann sich vorstellen, wieso ihr Kollege von den Bordellbesuchen weiß und schüttelt sich bei dieser Vorstellung. Er bezieht dies auf das Essen und zuckt mit den Schultern. »Die sind wirklich gut, solltest du mal probieren.« Sie rührt höflichkeitshalber ein wenig in ihrem geschmolzenen Eis und legt einen Aufmerksame-Schülerin-Blick auf. »Lässt sich das beweisen?«

»Sonja, Sonja.« Er legt das Besteck auf den Tellerrand, wischt sich mit der Serviette über die fettglänzenden Lippen. »Keiner der Beteiligten, weder der spendable Herr O. noch die Herren Bauamtsleiter oder der – nennen wir ihn mal – Beherbergungsbetrieb hat ein gesteigertes Interesse an einer Veröffentlichung, respektive öffentlichem Anteil an ihren kleinen geschäftlichen Transaktionen. Die halten alle dicht, von denen bekommst du keine Informationen, sondern höchstens ein paar Russen auf den Hals gehetzt, wenn du Staub aufwirbelst.« Plötzlich schaut Volker wie ein beim Auf-den-Teppich-Pinkeln ertappter Pinscher. »Ich habe das Ganze auch nur durch Zufall erfahren und werde mich hüten, daraus eine Story zu machen. Dafür werde ich nicht bezahlt und außerdem – so läuft das nun mal. Schmieren und geschmiert werden. Das hat nicht erst der Kapitalismus erfunden.«

Sonja schüttelt verärgert den Kopf. »Aber das sind doch illegale Praktiken.«

»Na und? Solange die Häuser, die Herr O. baut, nicht zusammenkrachen, ist mir das völlig wurscht. Und das sollte es dir auch sein.« Er tunkt die letzten Pommes frites in die Saucenpfütze und verschlingt sie mit einem Bissen. »Noch einen?« Er deutet auf ihre Tasse und sie nickt. Während er versucht, die Aufmerksamkeit der Kellnerin auf sich zu lenken, spricht er weiter. »Und noch eins: Komm bloß nicht auf die Idee, in dem betreffenden Etablissement zu recherchieren. Der Gerdi – das ist dort der Geschäftsführer – versteht in der Hinsicht keinen Spaß. Der lässt auch Frauen zusammenschlagen, manchmal denke ich sogar, die besonders gerne.«

»Woher kennst du diesen Gerdi eigentlich?« Sie juckt es, ihn zu brüskieren, seine selbstgerechte Haltung ins Wanken zu bringen.

»Schon wieder nicht aufgepasst in der Journalistenschule?« Er grinst überheblich. »Schütze deine Quellen, heißt das Gebot. Und nun: Was machen wir beide mit dem angebrochenen Tag? Ich muss noch raus nach Schwaan, da startet heute so ein Westernreitturnier. Kommst du mit?«

Sein Dackelblick verursacht ihr eine Gänsehaut. Was für ein Trampel! Kein Vergleich zu Henry, dessen feine, zurückgenommene Art so wohltuend ist.

»Danke für das Angebot, Volker, aber ich habe eine Pferdeallergie«.

* * *

»Und das, das sind meine Großeltern.« Nicole tippt mit dem makellos manikürten Nagel ihres Zeigefingers auf die Schwarzweißaufnahme mit dem Sägezahnrand. »Oma und Opa Dresden.« Sie dreht sich auf den Rücken, kichert und meint: »Ich habe damals reichlich antizyklisch gelebt. Während andere Kinder im Sommer an die Ostsee geschickt wurden, habe ich die Schulferien in Sachsen verbracht. Hoch am Elbhang – du weißt, diese ganze Tellkamp-Mischpoke.«

Henry hat keine Ahnung, was sie meint. Sie liegen in Nicoles Wohnraum auf dem hochflorigen weißen Wollteppich vor dem Kamin, in dem die Scheite knistern. Er schnuppert an ihrem Blondhaar, riecht einen Hauch des Parfüms, das er ihr geschenkt hat, daneben eine Note Kirschholzrauch und etwas Herb-Salziges: das Relikt ihres gemeinsamen Sex.

»War's so schlimm?«, brummt er in ihr Ohr, bedeckt es mit Küssen. Er könnte stundenlang ihren Erzählungen lauschen, eingelullt in Familiengeschichten, die nicht seine sind, die er genießen kann wie einen Film oder die Handlung eines Romans. Die ihn wärmen, aber keine Konsequenzen für ihn haben. Draußen zerrt schon seit einigen Stunden ein ungewöhnlich heftiger Wind an den Ästen im Oldenburgschen Garten. Die metallenen Röhren des Windspiels, das unter dem Vordach des Gartenpavillons baumelt, klingeln ohne Pause, senden ihre leise Melodie durch das geschlossene Terrassenfenster herein. Seit dem Morgen droht es zu regnen, doch bisher ist kein Tropfen gefallen.

»Ach was, schön war's. Ich war die Prinzessin für meine Großeltern. Denen war egal, dass ihre einzige Tochter nur einen Handwerker geheiratet hatte. Da standen die drüber; die Ehe hat ja sowieso nicht lange gehalten. Als ich zehn war, ist meine Mutter, die Teilchenphysikerin ist, nach Dubna gegangen. Das ist eine Kleinstadt nordwestlich von Moskau. Da hat die DDR damals zehn Prozent des Budgets des *Vereinigten Institut für Kernforschung der sozialistischen Länder* finanziert. Dubna war für meine Mutter die Chance, vor ihrem Ehemann und der spießigen, unintellektuellen Familienfalle zu fliehen und beruflich weiterzukommen. Den Aufenthalt am *VIK Dubna* nannte man Delegierung. Dort wurde man wie die sowjetischen Wissenschaftler bezahlt, während zu Hause das halbe Gehalt weiterlief. Später erhielt sie eine Delegierung in den Westen, in die Schweiz. Es gab ein Gesetz, dass man bis zu einem Jahr ohne Familie und bei Aufenthalten über einem Jahr mit Familie zu fahren hatte. Da man aber nur Kinder bis zu zehn Jahren mitnehmen konnte, stellte sich die Frage überhaupt nicht, ob ich mit ihr gehen oder bei Papa bleiben würde. Sie ist noch heute dort. Ziemlich erfolgreich.« Sie rollt sich wieder auf den Bauch und blättert die nächste Seite des Albums auf. »Ha, hier, mein Hund Tolstoi.« Ein kleines wolliges Etwas, schwarz und weiß gefleckt, hockt unter einer an einem Obstbaum befestigten Schaukel, einen Ball zwischen den Vorderpfoten.

»Wieso Tolstoi?« Viel lieber würde er erfahren, wie es ihr gelungen ist, den Verlust der Mutter zu verkraften. Doch dieses Eis ist ihm zu dünn. Zu sehr ähnelt ihre Geschichte der seinen. Eine solche Parallelität gefährdet sein mühsam aufrechterhaltenes Gleichgewicht, rüttelt an der Maske des sturmerprobten Abenteurers, fordert eine größere Offenheit, als es für seinen Plan hilfreich ist. Vielleicht kommt einmal die Zeit der völligen Aufrichtigkeit zwischen ihnen – nein, das kann er nicht erträumen. Ihre Beziehung ist erfüllend, er genießt das Zusammensein mit ihr, spürt jedoch bei jedem Atemzug, dass der Grund für sein Hiersein ein anderer ist. Es tut ihm weh, sie auszunutzen; je länger er sie kennt, je näher sie ihn an sich heranlässt, sich ihm öffnet, desto mehr wünscht er, sie wäre nicht die Tochter ihres Vaters, sondern irgendeine Frau, die er in der Stadt, in einem Café oder Supermarkt kennen gelernt hat.

»Ach, das entstammt so einem Familienscherz. Warte mal, ja, das hatte irgendetwas mit seiner Fressgier zu tun.« Sie zieht die Stirn kraus, wirkt plötzlich wie ein junges Mädchen. »Ich hab's. Es gibt da so ein Tolstoizitat: Alles nimmt ein gutes Ende für den, der warten kann. Das hat meine Oma immer zitiert, wenn ihr der Köter um die Beine sprang, während sie in der Küche etwas zu essen zubereitete. Eigentlich hieß er Strolch.« Sie blickt ihn von der Seite her an. »Hattest du auch mal einen Hund? Oder ein anderes Haustier?«

»Nur einen Nachbarsdackel. Und selbst der wollte sich nicht von mir Gassi führen lassen.« Sie prustet vor Lachen.

»Ich habe wohl kein Talent für Haustiere. Aber ich füttere gerne Vögel, beobachte sie, spreche mit ihnen. Manche antworten sogar.« Er überzieht bewusst, kehrt es in Lächerliche, um sich gegen die Erinnerungen an seine treuen Besucher am Zellenfenster zu wappnen.

»Dann lass uns doch mal zusammen Tauben vergiften gehen.« Sie piekt ihn in die Rippen, kichert. Er starrt sie verständnislos an.

»Das ist so ein alter Schlager. Irgendetwas wie *Lass uns Tauben vergiften im Park*. Keine Ahnung.« Sie bricht ab, sieht, wie ernst er ist. »Das war nur Spaß, Henry. Glaubst du wirklich, ich würde einem Lebewesen etwas zuleide tun? Ich kann nicht einmal Spinnen töten, trage sie immer, wenn ich eine im Haus finde, nach draußen.«

Er dreht sich auf den Rücken, zieht ihren warmen, duftenden Körper über sich, verschließt ihren Mund mit seinen Lippen. An seinem Ohr raschelt das Seidenpapier der Albumtrennseite, als ihre Bewegungen wilder werden, sie ihn anfasst, er schließlich in ihr versinkt.

Henry wacht auf. Draußen dämmert es. Er ist allein, das Kaminfeuer ist zu einem grau überkrusteten, nur noch matt glimmenden Haufen heruntergebrannt. Regentropfen klickern an die Fensterscheibe, ihn fröstelt. Hinter der Tür zum Flur klirrt etwas und er richtet sich zum Sitzen auf, greift nach seinem Hemd, das über der Armlehne des Sofas hängt. Der alte Oldenburg hat zwar angekündigt, über Nacht bei einem Freund in Neubrandenburg zu bleiben, aber vielleicht hat er es sich ja anders überlegt. Die Tür öffnet sich und er entspannt sich, als er Nicoles delikates Hinterteil – in einem Nichts von Slip unter einem viel zu kurzen schwarzen Kimono mit Drachenmuster – sieht, mit dem voran sie das Zimmer betritt. Sie bugsiert einen silbernen Servierwagen über die Schwelle und dreht sich dann strahlend und mit weit aufklaffendem Kimono zu ihm um.

»Voilà!«

Sie sind für ihr Picknick – wie Nicole den luxuriösen Imbiss aus Kaviar, kleinen, noch warmen Gebäckteilchen, frischen Erdbeeren und Champagner nennt – auf das geräumige, rechtwinklige und mit goldfarbenem Stoff bezogene Sofa umgezogen, das Werbetexter sicher als Wohnlandschaft bezeichnen würden. Nun, nachdem der erste Hunger gestillt ist, lehnen sie in den beiden Sofaecken, die Füße verschränkt und zwischen den Fingern Sektkelche, als Nicole aufspringt und das Fotoalbum vom Teppich holt.

»Jetzt zeige ich dir den ersten Mann, in den ich verliebt war.« Sie setzt sich im Schneidersitz neben Henry, den großen, schweren Kunstlederband mit der Goldprägung auf dem

Schoß, schlägt ihn auf und findet die gesuchte Seite. »Hier, das ist er, Rolf Galinski, mein Cousin.« Sie deutet auf ein Schwarzweißfoto, auf dem vier junge Soldaten nebeneinander eine geteerte Straße vor einem Kasernengebäude entlanggehen und anscheinend angeregt miteinander reden, ohne den Fotografen wahrzunehmen. Sie tragen schwere Stiefel, graue Uniformen, Käppis und alberne weiße Halstücher, über der linken oberen Taschenklappe eine runde Medaille. Derjenige, auf den Nicole zeigt, ist der Einzige, dem durch die Kostümierung nicht seine persönliche Ausstrahlung abhanden gekommen ist. Aus seiner Haltung spricht so etwas wie lässige Eleganz. Er ist groß und augenscheinlich blond, deutlich schlanker als die anderen, beinahe schlaksig, hat das Halstuch – sicherlich unvorschriftsmäßig – nicht wie ein Kind um den Hals geknotet, sondern wie ein Handtuch beim Saunagang lässig über beide Schultern gelegt und mit einem winzigen, vorwitzigen Knoten an den Enden zusammengeknüpft. Sein Profil – er schaut gerade seinen Nebenmann mit einem nicht unfreundlichen, aber indifferenten Ausdruck an und gestikuliert mit der nach oben geöffneten rechten Hand – ist klar, die Koteletten schmal; seine Bewegungen erscheinen leger, nicht so verkrampft wie die seiner Kumpane. Anders gekleidet, könnte er heute als Model durchgehen.

»Der ist ja blond.«

»Ja und?«

»Hat sich dein Geschmack verändert oder bin ich ein Fehlgriff?« Er kneift ihr neckend in den großen Zeh und sie protestiert.

»Sei bloß nicht eifersüchtig auf den.« Sie wölbt die Unterlippe zu einer Schnute. »Er ist sieben Jahre älter als ich und ich habe ihn damals, seit ich zwölf war, angehimmelt. Allerdings meist aus der Ferne – er lebte ja in Dresden. Als ich dann 1985 wieder im Sommerurlaub dort war, hat er mir, im Hinterhof des Restaurants, in dem die ganze Familie Opas Pensionierung feierte, gesagt, dass er schwul sei. Einfach so, in mein blödes Teenagergesicht. Nachdem ich ihm meine Liebe gestanden habe! Du kannst dir vorstellen, ich habe mich gefühlt, als sei ich frontal gegen eine Wand gelaufen. Ich war doch erst fünfzehn und er meine große Liebe. Ich habe drei Tage lang im Bett gelegen, mir die Augen aus dem Kopf geheult und meine Oma dachte schon, mir hätte jemand was angetan. Na, hatte er ja auch. Aber nicht das, was sie befürchtete. Und weißt du, was das Bekloppteste war? Er ist gar nicht homosexuell. Das habe ich aber erst viel später begriffen.«

Sie schüttelt über ihre eigene Naivität den Kopf, blättert um, vertieft sich in die nächsten Bilder. »Und hier: mein erstes eigenes Auto. Stell dir das mal vor!« Henry beugt sich zu ihr und erkennt einen silbernen Audi 200.

»Wow. Lass mich raten: 5-Zylinder-Einspritzer mit 136 PS, Baujahr 1979 oder 80.«

Nicole sieht ihn erstaunt an. »Was du alles weißt. Aber es war sogar das 170-PS-Modell mit Turbolader. Mein lieber Papa wollte ihn mir eigentlich gar nicht überlassen, obwohl er sich gerade seinen ersten Mercedes zugelegt hatte. Immerhin war ich Fahranfängerin. Aber ich wusste schon immer, wie ich ihn umstimmen kann.« Sie lächelt in sich hinein. »Du glaubst nicht, was das für ein Gefühl war, mit 200 Sachen über die Autobahn zu brausen. Ich war eine Weile lang richtig autoverrückt. Ach, eigentlich bin ich das wohl noch immer. Damals bin ich auf den Geschmack an schnellen Wagen gekommen.«

Henry hört ihr nicht weiter zu, ist mit seinen Gedanken ganz bei dem gerade erwähnten Mercedes. Schnell rechnet er nach: Sie ist 1971 geboren, hat bestimmt so um die Wendejahre ihren Führerschein gemacht. Ihm wird plötzlich sehr warm und er stürzt den Champagner hinunter. Nicole plappert weiter.

»Von 0 auf 100 in 8,6 Sekunden. Alle wollten mitfahren. Ich kam mir eine Weile lang vor wie ein Taxi.«

»Hattest du keine Angst, als Führerscheinneuling gleich so ein hoch motorisiertes Fahrzeug zu lenken? Wie alt warst du denn, als du den Wagen geschenkt bekommen hast?«

»Ach was. Angst, einen Unfall zu bauen, hatte ich nie, bin gleich von Anfang an viel gefahren. Lass mich überlegen, ich war 21. Papa hat mir den Audi im Dezember zu Weihnachten und zum Geburtstag zugleich geschenkt, obwohl ihm sein neuer Mercedes damals gerade gestohlen worden war. Er war fuchsteufelswild deswegen, hat sich über die Polizei aufgeregt, die ihm wenig Chancen ausgerechnet hat, den Wagen wiederzubekommen. Ich habe zu der Zeit in Leipzig studiert und war über die Feiertage in Wismar. Als Papa an Silvester geschäftlich nach Berlin musste, habe ich ihm angeboten, ihn zu fahren. Aber davon wollte er nichts wissen. Ich sollte erst einmal ein wenig üben mit dem Audi, hat er gemeint. Also ist er mit dem Zug nach Berlin gefahren. Er, der passionierte Autofahrer! Warte, der Mercedes muss hier auch noch irgendwo zu sehen sein. Als ich das nächste Mal im Sommer darauf zurück nach Wismar kam, da war er nämlich wieder da. Papa hatte einen Detektiv engagiert, und der hat ihn tatsächlich wieder aufgetrieben. Verrückte Geschichte! Wir hatten den Mercedes dann noch bis vor einigen Jahren. Irgendwie konnte sich Papa nicht von dem Ding trennen.«

»Was war das für ein Modell?« Henry Sokop hört seine eigene Stimme, die völlig fremd klingt.

»Hier, das ist er.« Sie tippt auf ein Foto.

Henry merkt im letzten Moment, dass er das Sektglas zu fest umklammert hält. Bevor es zerspringt, stellt er es schnell ab und greift grob, ohne auf ihren erstaunten Blick zu achten, nach dem Album. Ja, das ist er, der goldfarbene Mercedes 500, für den sein Vater sterben musste.

* * *

»Henry?«

Er schreckt auf, stößt sich den Kopf an der Decke über dem Hochbett, sinkt zurück auf das Kissen und spürt dem Schmerz seiner Schädeldecke nach. Er lauscht. Stille. Es ist hell draußen. Von der Küche aus fällt ein Streifen Licht in das fensterlose Schlafzimmer. Auf dem Hinterhof streiten sich lautstark die Spatzen. Es klopft an der Wohnungstür.

»Henry, bist du da?

Er schließt die Augen wieder. Er verflucht den Tag, an dem ihm der Anstaltssozialpädagoge das Angebot gemacht hat, als Interviewpartner für diese Wahnsinnige zu fungieren.

»Henry, ich muss dir etwas Wichtiges sagen. Lass mich rein. Es ist wirklich wichtig.« Wieder Klopfen. Wenn er ihr nicht öffnet, wird sie den ganzen Tag lang die Haustür observieren, er wird keinen Schritt aus dem Haus machen, sich nicht am Fenster zeigen können. Zwecklos. Er hebt die Beine über die Bettkante, müde, als wäre er ein Greis. Verzweiflung nagt an ihm. Menschen, die ihn nicht erkennen, Menschen, an die er sich nicht erinnert, Menschen, die ihn verfolgen, Menschen, die er verfolgt, ein

Mensch, den er liebt und den er bald verlieren wird. Sein Leben ist zu einem Karussell der gescheiterten Begegnungen geworden.

Wenig später prasselt ihr Redestrom auf ihn nieder, sieht er, ohne etwas zu sehen, in ihre stumpfen Augen unter dem totgefärbten Haar, hört ihre farblose Stimme, begreift nicht, was sie von ihm will und begreift es doch so gut.

Er beherrscht seinen Fluchtreflex – am liebsten würde er sie hier, auf seinem billigen Plastikstuhl sitzen und plappern lassen. Hinaus, raus aus der Wohnung, der Stadt, diesem verkorksten Leben. Stattdessen kocht er Kaffee, mimt Interesse
an ihren Rechercheergebnisse, fragt nach und legt, als er ihr den Becher in die Hand drückt, eine Hand auf ihre Schulter.

»Beweise?« Sie sieht zu ihm auf. »Wenn ich herausfinde, wann er die Behördenleute das nächste Mal in das Bordell einlädt, könntest du auch dort sein. Als Kunde, meine ich.« Sie wird rot. »Ich kann da ja schlecht hin.« Sie pustet in ihren Becher, wirkt beinahe kindlich. Eine kleine pausbäckige Unruhestifterin. Selten hat er sich einem anderen Menschen gegenüber so hilflos gefühlt. Selbst mit den brenzligen Situationen in der JVA, mit Erpressungsversuchen und Drohungen der anderen Gefangenen, ist er leichter fertig geworden, dank der ihm eigenen Mischung aus taktischer Überlegung, klugem Gegeneinanderausspielen der Mithäftlinge, undurchschaubarem Beharren und notfalls drastischer Brutalität. Doch der Verfolgung durch diese gleichermaßen heimtückische wie naive Person hat er nichts entgegenzusetzen.

Wäre er der, für den ihn alle halten, würde er sie zu einem Ausflug mit dem Auto einladen, ihr in einem stillen Waldstück die *Sig Sauer* an den Kopf halten und das Hirn aus dem Schädel blasen. Einfach so.

Am Abend lässt Henry Sokop sich im *Schlauch* methodisch volllaufen. Er weiß, dass er nun eigentlich die Hinrichtung vorzubereiten hätte. Aber der Gedanke an diese hartnäckige Irre lähmt ihn. Es kommt ihm vor, als hätte ihre Existenz eine bestimmte Bedeutung für ihn, die er entschlüsseln muss, um mit seinem Plan nicht zu scheitern. Von ihr geht, weit über das normale Maß, eine Gefährdung aus, die er in den Griff bekommen muss. Nur wie? Und dann nagt da noch ein grundsätzlicher Zweifel.

An seinem Platz in der hinteren Hälfte der Kneipe, möglichst weit von der Bühne entfernt, auf der vier Musiker ihre Versionen alter Rockklassiker zersägen, wird er mit jedem Bier nachdenklicher.

Kann er sich je sicher sein, den Richtigen gefunden zu haben? Paetow scheidet tatsächlich aus – nicht nur wegen seiner Hautkrankheit. Vor ein paar Tagen hat der Wikinger ihn gebeten, ihn nach Hause zu fahren, weil sein Wagen in der Werkstatt war. Auf der Suche nach Zigaretten, hat er dann die *Sig Sauer* im Handschuhfach entdeckt.

»Alter, Wahnsinn Mann. Du hast 'ne Knarre?!« Völlig hingerissen hat er Henry zu gemeinsamen Schießübungen in einem Waldstück in der Nähe des Flugplatzes Müggenburg überredet. Henry ist sich inzwischen sicher, dass die erstaunliche Naivität, die der andere manchmal an den Tag legt, nicht gespielt ist, um sein Gegenüber in Sicherheit zu wiegen. Nein, Paetow ist – bei aller Abgebrühtheit – wirklich ein Kindskopf. Also hat er ihm dort, mitten im Wald, die Waffe überlassen und war sich nach wenigen Minuten sicher, dass der Wikinger noch niemals zuvor eine Pistole in der Hand gehalten hatte.

Nun deutet wirklich alles auf Oldenburg. Doch wie soll Henry sich sicher sein? Ein Restzweifel, Unsicherheit, eventuell den Falschen getötet zu haben, wird immer da sein. Mit einem Mal ist er sich der Notwendigkeit und Legitimität seiner Rache nicht mehr sicher. Während sich der *Schlauch* füllt, um ihn herum Stimmen und Gelächter branden, versucht er, diese fatale Indifferenz mit den Bildern seines toten Vaters und mit Erinnerungsfetzen aus seinem das Fleisch von den Knochen schälenden Haftalltag zu vertreiben.

Wo ist nur seine kalte Souveränität geblieben? Macht ihn seine Liebe zu Nicole zu einem unentschlossenen, durch sein drittes Leben trudelnden Versager? Zu dem, was er eigentlich schon immer war? Er kippt ein weiteres Bier in sich hinein, genießt die Blödigkeit, die sich durch den Alkohol in seinem Geist ausbreitet.

Soll er der kleinbürgerlichen Sehnsucht, die diese Frau in ihm nährt, nachgeben, das Ziel, auf das er fünfzehn Jahre lang hingearbeitet hat, durch sie verdrängen lassen? Ist er – nur weil er in Nicoles Gegenwart dahinschmilzt wie Butter in der Sonne – zu einem weichgespülten Hampelmann geworden? Im Raucherraum der Kneipe spürt er seinem Racheimpuls nach, erlebt im Geiste noch einmal, wieder einmal, Trauer, Erniedrigungen, Verlust und verhärtet sich.

Nein, Oldenburg muss sterben! Was er danach mit dessen Tochter anfängt, ist erst einmal belanglos.

Es ist fast zwölf, als er die Treppen des *Schlauchs* hinunter auf die Straße stolpert, dessen laute, pulsierende Dampfbadatmosphäre hinter sich lässt und in der Jackentasche nach seinem Tabak kramt. Auf der kleinen Bühne direkt vor dem großen Fenster geben sich die Musiker noch immer alle Mühe, das Publikum zum Kochen zu bringen. In seinen Ohren dröhnt es. Nur allmählich gewöhnt er sich an die Stille hier draußen. Der Alkohol tickt in seinen Ohren. Die Luft legt sich feucht und schwer auf seine Brust. Die Zigarette ist fertig – er dreht auch im benebelten Zustand noch wie im Schlaf – und er läuft los: in seine Wohnung oder in eine andere Kneipe, egal wohin. Er treibt durch die Nacht, wie er durch sein Leben treibt. Ein milder Hauch Seeluft fegt durch die Straßen. Vom Marktplatz her tönt das Scheppern einer Dose auf dem Pflaster, dazu Anfeuerungsrufe und Lachen.

Vor dem Karstadthaus stoppt er abrupt und hebt den Blick. Dieses meckernde Lachen kennt er.

»Henry Sokop.« Als wäre es eine Beschwörung, wiederholt die Gestalt auf der Straßenbank seinen Namen. »Henry Sokop.«

Der GEIST! Henry wirft die Zigarette fort. Das Haar des anderen wabert dünn und grau auf seine Schultern herab, Spinnwebfussel, die seinen Bleckbiss garnieren. Neben ihm auf der Bank eine fast leere Weinflasche.

»Henry, Henry.« Das Lachen schüttelt den aufgeblasen wirkenden Oberkörper.

Was findet der Kerl so komisch? Henry geht weiter, versucht, seine Schritte weniger trunken aussehen zu lassen, als er ist.

»Bleib hier, Henry.«

Der andere betont seinen Vornamen zugleich beschwörend und fragend. Henry beißt sich auf die Lippe. Er kennt den Grauhaarigen nicht, will ihn auch gar nicht kennen. Stur starrt er geradeaus, setzt einen Fuß vor den anderen.

»Grüß deinen Vater von mir.«

Er zuckt zusammen, beschleunigt seinen Schritt, lässt den GEIST, der haltlos kichert, hinter sich. Sein Nacken ist verspannt, als erwarte er jede Sekunde einen Schlag, das Eindringen einer Kugel im Rücken. Er biegt rechts in die Hegede, läuft hoch zur Dankwartstraße, links zum Markt. Egal wohin, nur fort. Noch lange durchstreift er die unbelebte Altstadt, benommen, ohne Ziel. Wismar kommt ihm vor wie ein massiger, gestrandeter Wal. Der mondhelle Himmel über der Stadt – das fahle Fischfleisch. Die Straßen – die gewaltigen Knochen, das Walskelett. Sein Gefängnis. Er hört nichts außer seinen eigenen Schritten, die von den Hauswänden, den toten Schaufenstern widerhallen, und dem Rauschen, das seine Gedanken füllt. Wismar, dieser zugleich moderne und museale Ort, wo alle Fäden seines Lebens zusammenlaufen. Wo es keine Extreme mehr gibt, keine Spannungen zwischen den Zeitaltern oder den Vertretern von politischen Systemen, die Stadt, in der es einen geheimen Plan zu geben scheint, der das Vielfältige als heilsbringendes Credo postuliert, aber in Wirklichkeit alles gleichzumachen strebt. Hier geht alles so weiter wie immer und ist doch ganz anders. Größerer Schrecken ist kaum vorstellbar.

* * *

»Ist er der Richtige?«

»Ach Papa!« Nicole Oldenburg lässt den Löffel, mit dem sie ihr Frühstücksei köpfen wollte, sinken und blickt ihren Vater über den im Wintergarten der Villa gedeckten Tisch hinweg tadelnd an.

»Nein, versteh bitte meine Sorge um dich. Wie ernst ist es dir mit diesem Henry Brandt?«

Nicole fühlt, wie die Röte ihre Wangen, ihren Hals erobert. Ihr Herz pocht, als hätte ihr Vater sie bei etwas Verbotenem ertappt. Sie versteht ihn ja, seine Besorgnis, weil sie mit 38 Jahren noch immer nicht in einer stabilen Beziehung lebt, versteht seinen Wunsch, sie möge einen treuen und zuverlässigen Partner finden und ihn vielleicht doch noch zum Großvater machen. Obwohl sie sich selbst gern als unabhängige, völlig in ihrer Karriere aufgehende Geschäftsfrau sieht, entspricht dies insgeheim ihren eigenen Lebensträumen.

»Ich mag ihn sehr. Nein, ich bin wirklich verliebt in ihn und meine zu spüren, dass er meine Gefühle ebenso stark erwidert.

Für alles andere …«, sie wirft ihrem Vater einen warnenden Blick zu, »… ist es definitiv noch zu früh.«

Bernhard Oldenburg rührt in seinem Kaffee, legt den Löffel, so behutsam es mit seinen dicken Fingern geht, zurück auf die Untertasse und wischt sich mit der flachen Hand ein paar Mal über Schnauz- und Kinnbart. Eine Geste, die ihr zeigt, wie unsicher er ist. In der Diele schlägt die alte Standuhr, in der Nicole als Kind ihre kleinen Schätze versteckt hat, acht Mal.

»Was meinst du: Ist er ehrlich zu dir, Kätzchen?«

Beide denken in diesem Moment an den Rostocker Architekten, der Nicole zwei Jahre lang Versprechungen für eine gemeinsame Zukunft gemacht hat, ohne ihr von seiner Ehefrau und ihren drei gemeinsamen Kindern zu berichten, von denen er keineswegs die Absicht hatte, sich zu trennen. Nicole brauchte, nachdem sie ihn schließlich aus ihrem Leben geworfen hatte, ein volles Jahr, um emotional wieder auf die Beine zu kommen, wieder so etwas wie Freude an Dingen und – später erst – an anderen Menschen zu empfinden.

»Ich glaube schon, Paps. Es fällt mir schwer, das zu beurteilen. Henry ist sehr zurückhaltend, erzählt wenig von sich. Ich will ihn auch nicht unter Druck setzen. Er öffnet sich mir eben in seinem Tempo.« Sie überlegt. »Eigentlich finde ich das sogar anziehend an ihm. Dass er so etwas leicht Geheimnisvolles ausstrahlt. Ich weiß zum Beispiel noch immer nicht, wo er in den letzten Jahren gelebt hat.«

Nun, dass lässt sich herausfinden, denkt ihr Vater und schüttelt versonnen den Kopf.

»Erst einmal macht er einen guten Eindruck auf mich. Klug, ruhig, interessiert. Und nicht so ein intellektueller Quatschkopf wie dein Letzter.« Er schnaubt verächtlich bei dem Gedanken an den aus dem Westen stammenden Politikerschnösel, der ihn von Anfang an spüren ließ, dass er ihn für einen ungebildeten Emporkömmling hielt. »Dieser Henry lässt es nicht so heraushängen, dass er einem kopfmäßig über ist. Das gefällt mir. Und von seinem Beruf her würde er gut bei uns hereinpassen.«

»Papa, so weit sind wir noch lange nicht. Wir verstehen uns erst einmal nur sehr gut.« Ihr Zwerchfell flattert vor Lust bei der Erinnerung daran, wie stark gerade ihre Körper harmonieren. »Alles Weitere wird sich zeigen.« Sie überlegt eine Weile. »Und bitte misch dich nicht ein. Dazu bin ich wirklich zu alt.«

Später, sie sitzt in ihrem Büro, ohne etwas von den Konstruktionszeichnungen auf dem Computerbildschirm vor ihr wahrzunehmen, wird ihr klar, dass sie vor allem der gut, aber nicht gut genug kaschierte Abenteurer in Henry lockt. Ihr ist, als gäbe er nur aus einem Grund nicht alles von sich preis, als geschehe dieses Aussparen gewisser seiner Lebensdetails, das Verrätseln seiner Persönlichkeit, einzig um ihretwillen. Er handelt nicht wie manch einer seiner Vorgänger, der sie aus Eigennutz im Unklaren ließ, ja dreist anlog. Nein, Henry will sie schützen, das spürt sie deutlich. Doch wovor? Oder will er ihr Nachfragen, ja Nachforschen herausfordern? Testet er, wie groß ihr Interesse an ihm ist? Nein, so egozentrisch ist er nicht. Während im Nebenzimmer ein Telefon summt, weitersummt und dann verstummt, als ihre Sekretärin das Gespräch annimmt, streicht sie mit den Fingerkuppen über ihren Hals, fährt im Blusenausschnitt hinunter zum Schlüsselbein, zum Brustansatz, träumt sich ihren Geliebten herbei, ganz so, als wären es seine Finger, die sie liebkosen.

Was hat ihr Vater vorhin über Henry gesagt? *Er ist mir ja nicht unsympathisch, aber ich werde das eigenartige Gefühl nicht los, ihm schon mal irgendwo begegnet zu sein.*

Erschrocken erinnert sie sich an die fehlenden Skrupel ihres Vaters, anderen Leuten Privatermittler hinterherzuschicken, wenn er mehr über sie herausfinden will. Geschäftspartner, Auftraggeber, Mitarbeiter des Bauamts hat er bereits ausspähen lassen. Sie wird gleich heute Abend mit ihm sprechen und ihm untersagen, einen Ermittler auf Henry anzusetzen. Wenn ihr Geliebter tatsächlich ein dunkles Geheimnis haben sollte, will sie ihm die Chance geben, es ihr selbst zu verraten. Sie will sich seines Vertrauens würdig erweisen. Stark und abgeklärt auch auf die scheußlichsten Wahrheiten aus seinem Leben reagieren. Das wird sie beide noch weiter zusammenschweißen. Denn sie wird ihn nicht verurteilen, sondern verstehen, egal was er möglicherweise vor ihr verbirgt. Davon ist sie überzeugt. Das wird ihr Vater ihr nicht kaputt machen.

In einer Ecke ihres Bewusstseins ahnt sie, wie blödsinnig bonny&clydehaft ihre Fantasien sind. Sie ist nicht naiv – doch mit der Möglichkeit, dass Henry ihr etwas wirklich unerträglich Schlimmes offenbaren könnte, mag sie sich nicht auseinandersetzen.

Dazu ist sie viel zu verliebt.

* * *

Ellen Weller zieht ihren Mann hinter sich her, ein menschlicher Eisbrecher, der die Massen der Vergnügungssuchenden auf dem Kai des Alten Hafens zerteilt. Die *Hafentage* locken nicht nur die Einheimischen an; Hunderte von Schaulustigen tummeln sich entlang der unter fast wolkenlosem Himmel liegenden Hafenbecken: Familien mit Kindern, Bikergangs in Motorradkluft, Touristengruppen mit umgehängten Miniaturschnapskrügen. Alles quält sich im Zeitlupentempo an den Buden, Bühnen und Fahrgeschäften vorbei, hält immer wieder Hüte, Mützen und Kleinkinder fest, wenn eine der stürmischen Böen, die den Sommertag auf herbstliche Temperaturen kühlt, über sie hinwegfegt. Auf dem Wasser tanzt ein buntes Gewimmel von Traditionsschiffen, Seglern, Fahrgastschiffen.

Die Wellers passieren das Riesenrad und gehen weiter, bis die unzähligen Fressbuden mit ihren nicht immer nur leckeren Gerüchen hinter ihnen liegen. Weller lässt sich vergnügt voranziehen, kennt die schnell schmelzende Toleranz seiner Frau jeglicher Stumpfsinnigkeit gegenüber. Vorn an der Wasserstraße, bei den Fischkuttern, sind sie beinahe im Laufschritt den unvermeidlichen Panflöte quälenden Südamerikanern in ihren Fantasiekostümen entronnen. Von der kleinen Bühne vor dem Baumhaus bläst ihnen nun eine Woge gut gemeinter, aber schlecht zu ertragender Shantys aus den Kehlen eines vielstimmigen Chores entgegen. Am *Baumhaus* biegen sie nach rechts. Im Vorbeigehen tätschelt Weller einen der beiden überlebensgroßen *Schwedenköpfe* – Wismars Wahrzeichen – am Eingang, dankt so für das Geschenk, diese wunderbare Frau an diesem Ort gefunden zu haben. Sie bemerkt seine Geste, lächelt über seinen Aberglauben, ist aber doch geschmeichelt. Sie spazieren Hand in Hand an den Marineschiffen vorbei, die im Überseehafen angelegt haben und heute besichtigt werden können, philosophieren müßig über die Anziehungskraft, ja Erotik von martialischem Militärgehabe speziell auf chan-

cenlose, ihre eigene Machtlosigkeit spürende Naturen. Dann beobachten sie eine Weile lang das Drachenbootrennen, amüsieren sich über das Geschrei der im Bug der Boote hockenden Trommler, die ihre wild paddelnden Mannschaften zusätzlich mit allen erdenklichen Rufen anfeuern. Nach einem Bier an einem der Stände beschließen sie, dass sie nun ihren Wismarer Bürgerpflichten mit dem Besuch der *Hafentage* Genüge getan haben. Zum Glück für seine Frau käme es Weller nie in den Sinn, sich wie so manche andere Freizeitskipper an Bord seines Bootes all den *Sehleuten* zu präsentieren. Sein diesbezüglicher Exhibitionismus hält sich in engen Grenzen.

»Mir ist kalt, Weller. Lass uns nach Hause fahren. Wir werfen den Grill an, futtern etwas und genießen die Ruhe bei uns in Fischkaten.« Sie sieht ihn an und merkt, dass er keines ihrer Worte gehört hat. Die Stirn gekräuselt, starrt er hinüber zu den großen Yachten, die am Anlegesteg beim Hafenamt liegen.

»Ach, schau an. Die *Ellen* ist dir wohl nicht mehr gut genug. Du schaust dich nach Ersatz um?« Er hat sein Boot nach ihr benannt, was sie gleichermaßen ein wenig albern findet und freut. Irritiert wendet er ihr seinen Blick zu.

»Was hast du gesagt?«

»Gaff ruhig weiter. Es ist ja heute der allgemeine Gafftag hier am Hafen. Aber vielleicht setzt du mich mal darüber ins Bild, was dich da so brennend interessiert.«

Er lacht und drückt sie an sich.

»Immer nur du, mein Schatz. Das weißt du doch.« Er wird ernst. »Aber das da hinten, auf der großen Slup, das ist der liebe H., mein Vatermörder.«

Sie schaut ebenfalls hinüber, weiß sofort, obwohl sie keine Ahnung davon hat, was eine Slup ist, welches Boot er meint. Auf dem Deck am Ende eines der drei dort vertäuten großen Segler steht, unübersehbar auch aus dieser Entfernung, ein weiß gekleidetes Paar in enger, selbstvergessener Umarmung. Ellen meint, die Funken, die zwischen den beiden fliegen, zu spüren. Er, ein hagerer Grauhaariger mit schwarz gerahmter Brille, sie, eine große langhaarige Blonde. Ein eindrucksvolles Paar. Sie meint, etwas an den beiden käme ihr bekannt vor.

»Na los, wir müssen sowieso dort entlang, wenn wir zu unseren Rädern wollen.« Sie zieht Weller am Ärmel.

»Warte.« Er kommt sich vor wie ein Spanner, doch dies ist seine Chance, etwas über die große Liebe, von der Henry ihm andeutungsweise und voll von grüblerischem Pessimismus erzählt hat, zu erfahren, vielleicht einen Zugang zu Henry Sokops Gefühlswelt zu bekommen. Er fasst seine Frau um die Taille, küsst sie auf den Mund und streichelt ihren Nacken unter den hochgesteckten Haaren. »Frau Weller, ganz der Ihre, wenn Sie mir noch eine Sekunde der Observation lassen.«

Ellen schmiegt sich an ihn und er dreht sich, mit ihr in den Armen so, dass er seinen Klienten unauffällig im Blick hat. Sie stehen, wie ein Spiegelbild des anderen Paares dort drüben, am Rand des Hafenbeckens. Der Passantenstrom zieht schnatternd und lachend an ihnen vorbei und der Wind zaust Wellers Pferdeschwanz.

»Weller, ich kenne die Frau.«

Er dreht sich mit ihr im Arm abrupt herum, so dass nun sie die Yacht im Blick hat. »Wer ist sie?«

»Das ist Nicole Oldenburg, die Architektin. Sie ist im Trägerverein der *Galerie Hinter dem Rathaus.*« Sie schaut ihrem Mann über die Schulter, prüft ihr Urteil, nickt. »Klar, das ist sie. Sag mal, waren die beiden nicht neulich in der *Galerie Kunststoff*? Na klar, mit ihm hab ich mich doch über Rauchverbote unterhalten. Das ist ja ein Ding.«

»Wieso?«

»Na, die Frau da drüben ist bestimmt ’ne Million schwer. Ihr Vater ist der Bauunternehmer Oldenburg. Weshalb gibt die sich mit einem von deinen Knackis ab?«

Einen Moment lang schwankt Weller, will am liebsten ein zufälliges Zusammentreffen mit den beiden da drüben fingieren, ihnen über den Steg entgegengehen, ganz der schlendernde Hafentagsbesucher. Dann besinnt er sich, widersteht diesem Impuls. *Der Klient bestimmt das Tempo.* Wenn Henry ihn nicht einweiht in das, was ihn beschäftigt, ist das völlig in Ordnung. Weller ist nicht sein Therapeut und auch nicht sein Freund, selbst wenn er das möglicherweise gerne wäre. Er kämpft gegen das irrationale Gefühl der Enttäuschung an. Doch er wird das Privatleben Henrys respektieren.

Während sie ihre Fahrräder die schier unendlich lange Poeler Straße entlanglenken, dabei gegen die steife Brise aus Nordwest anstrampeln, kehren seine Gedanken immer wieder zu seinem Klienten zurück. Welchen Grund kann es für Henry geben, seine Verliebtheit, die ja anscheinend auf Gegenliebe stößt, nicht zu genießen, sondern unter ihr zu leiden? Zumal die Frau für ihn in finanzieller Hinsicht so etwas wie einen Sechser im Lotto darstellt. Er tritt schneller in die Pedale, schließt zu Ellen auf.

»Sag mal, ist diese Oldenburg eigentlich verheiratet?«

Sie lacht herzhaft, legt den Kopf für einen Moment in den Nacken und sieht mit ihren von der Anstrengung geröteten Wangen jung wie ein Teenager aus.

»Wusste ich es doch, dass dich der Knabe noch immer beschäftigt. Wenn du so weitermachst, werde ich eifersüchtig.« Sie weicht einem Schlagloch auf dem nicht eben breiten Fahrradweg aus und ihre Lenker kommen sich bedrohlich nahe. »So weit ich weiß, ist sie eine richtige High-Society-Tussi. Schön, reich, anspruchsvoll. Und ledig, um deine Frage zu beantworten. Es gab da mal ein Gerücht, sie sei mit einem unserer Lokalpolitiker liiert. Aber sie kommt zu offiziellen Anlässen immer allein. Der Politiker, so weit ich es mitbekommen habe, übrigens auch. Ich habe schon vermutet, sie wäre lesbisch. Aber das hat sich ja vorhin als falsch erwiesen. Vielleicht ist sie für Männer ihres Kalibers zu eigenständig, zu wenig Weibchen – zumindest vom Wesen her. Äußerlich ist sie ja durchaus ein Playmate.« Sie wirft ihm einen Blick zu. »Wie fandest du sie denn?«

Er grunzt. »Mach dich nicht lächerlich, Ellen. Wenn etwas nicht mein Typ ist, dann sind das verwöhnte blonde Gazellen. Das solltest du nun wirklich kapiert haben. Obwohl – ihre Yacht, die könnte mir schon gefallen.«

Seine Frau ignoriert die Stichelei. »Glaubst du, dein Klient benutzt die Oldenburg als Geldquelle? Die sahen beide so ernsthaft verliebt aus, ihre Umarmung so echt. Ach, ich weiß nicht. Aufgrund eines so kurzen Eindrucks kann man das wohl nicht wirklich beurteilen.« Sie überlegt eine Weile. »Doch mein Bauchgefühl sagt mir, dass er es ehrlich mit ihr meint.«

Weller nimmt sich vor, Henry in ihrer nächsten gemeinsamen Stunde auf den Zahn zu fühlen, ihn mit seinem Wissen um die Identität seiner großen Liebe zu konfrontieren. Er ist gespannt auf die Reaktion. Möglicherweise ist Henry gerade die Tatsache, dass sie vermögend ist, unangenehm, da er sich nicht dem Vorwurf der Protektion oder des Schnorrertums aussetzen will.

»Und was sagt dein Bauchgefühl noch so?«

Sie überlegt lange; sie sind schon vom Kreisverkehr in den Hohen Damm eingebogen, als sie, von der Fahrt leicht atemlos, antwortet. »Ich finde ihn attraktiv. Es strahlt etwas Kluges aus, die Fähigkeit zur Selbstkontrolle; und es geht auch etwas Gehetztes, Getriebenes von ihm aus. Das lässt Beschützerinstinkte ihm gegenüber erwachen. Dann scheint er vorsichtig, zartfühlend zu sein. Wie er sie da einfach umarmt hielt, ihr nicht die Pobacken knetete oder mit den Händen unter den Pullover fuhr – das wirkte echt und nicht nur der Etikette geschuldet.« Sie lässt das Rad rollen, als es ein wenig bergab geht. »Ich kann gut nachvollziehen, was dich an ihm interessiert. Er wirkt, als wäre am Grund des tiefen Brunnens seines Bewusstseins ein Schatz versteckt. Wahrscheinlich empfindet die Oldenburg es ähnlich. Denn einen generellen Hang zum Prekariat und gesellschaftlichen Außenseitern würde ich ihr nicht nachsagen.«

»Nun, vielleicht gibt es ja in diesem Fall ein Happy End. Zumal die Rückfallprognose bei Mord ja in der Regel gut ist.«

Sie wirft ihm einen fragenden Blick zu. Er grinst.

»Na, das Objekt ist ja nicht mehr vorhanden.«

* * *

»Henry.«

»Herr Oldenburg.«

Nicoles Vater streckt ihm die Hand entgegen, als Henry Sokop an Bord der *Niobe* klettert. Er stellt die Leinentasche mit der in ein Handtuch gewickelten *Sig Sauer* an Deck ab, lässt sich von Oldenburg umarmen, atmet *Fahrenheit* und versucht, ruhig zu bleiben.

Das Morgengrauen lässt die Dunkelheit zerfließen. Wismar wischt sich den Schlaf aus den Augen. Auf den anderen Booten am Brunkowkai rührt sich noch kaum etwas; nur wenige Skipper machen bereits zum Auslaufen klar. Auf einer Yacht frühstückt ein älteres Paar – trotz des frischen Windes – an Deck, an einem der Stege in der Mitte des Hafenbeckens schrubbt jemand die Decksplanken seines Bootes. Die *Niobe* liegt an ihrem Stammplatz am vorletzten Landsteg, gleich neben den am letzten Steg vertäuten Polizeibooten. Bernhard Oldenburg hat den bestbewachtesten Liegeplatz der Stadt. Die Sonne steht knapp über dem Horizont; Henry blinzelt über das krisselige Hafenwasser. Es ist wolkig, aber nicht kalt. Die Stunde seiner Rache ist da. Als Oldenburg ihn vor drei Tagen zu sich ins heimische Arbeitszimmer rief, hat er es entschieden.

»Wir müssen einmal miteinander reden – von Mann zu Mann«, hat der andere gemeint. »Sie sind nun schon eine Weile mit Nicole zusammen und sie hält große Stücke auf Sie. Ich hoffe, Sie wissen das.«

Er hat genickt und einen zugleich bescheidenen und stolzen Ausdruck auf sein Gesicht gezaubert.

»Aber nicht jetzt, ich habe zu tun.« Oldenburg hat wichtigtuerisch in seinem Tischkalender geblättert. »Sie kommen am

Sonntagmorgen auf die *Niobe*, dann machen wir einen schönen Törn zusammen. Sagen wir, so um sechs.« Das war weder Frage noch Aufforderung, sondern ein Befehl. Natürlich hat Henry zugestimmt.

Jetzt fabriziert der Mörder seines Vaters eine Reihe von Geräuschen, sein Brustkorb erbebt unter diesen Glucksern, die Vergnügen signalisieren mögen oder eine Fehlfunktion des Zwerchfells. Henry widersteht dem Bedürfnis, sich zu schütteln, sich von dem Gefühl, das Oldenburgs Hände auf seinen Oberarmen hinterlassen haben, zu befreien.

»Willkommen an Bord.« Ein paar Sekunden lang mustern sich die beiden Männer, als sähen sie sich zum ersten Mal. Neugier, Konkurrenz, Misstrauen schwingen zwischen ihnen wie straff gespannte Stahlseile. Der Moment geht vorbei und Oldenburg ergreift das Wort.

»An Bord sagt man du. Und da du ja nun quasi zur Familie gehörst – Bernhard.«

»Henry.«

Eine Weile stehen sie unbeholfen herum, der Wind zerrt an ihrer Kleidung, bis Oldenburg einen Rundgang über das Schiff ankündigt. »Stell die Tasche unter Deck. Sag bloß nicht, du hast etwas zu essen mitgebracht? Das haben wir nämlich alles an Bord.« Er steigt vor Henry die Stufen hinab und stolziert in die erstaunlich geräumige Kabine. Henry hält die blaue Leinentasche unter dem Arm geklemmt, spürt durch den Stoff hindurch die Waffe.

»Nein, nein. Nur ein wenig Lesestoff und Klamotten, falls ich nass werde.« Er denkt an seine Tolstoilektüre. *Alles verstehen heißt alles verzeihen*, schreibt der in *Krieg und Frieden*. Warum fällt ihm das gerade jetzt ein?

Zwanzig Minuten später verlassen sie das Hafenbecken. Der Motor der *Niobe* brummt, Oldenburg steht mit weißer Kapitänsmütze am Steuerruder. Henry verstaut die Fender, wie der andere ihn angewiesen hat, in den Kästen im Achterdeck. Sie fahren am schwarzen Rumpf eines Containerschiffes vorbei, hinter dem die blau-gelben Kräne auf dem Kai aufragen, und passieren die hochhausgroßen Backsteinsilos. Als sie den Überseehafen verlassen, liegt das Meer leicht dunstig vor ihnen, doch nach Regen sieht es nicht aus. Die Wismarbucht ist zu so früher Sonntagsstunde noch kaum befahren. Henry hockt auf einer der Bänke im Heck, beobachtet seinen Feind, dessen rot geädertes, bärtiges Gesicht, die fleischigen Hände, die das schmale Aluminiumsteuerrad umfassen, seinen plumpen Körper. *Kaum zu glauben, dass dieser Kerl eine Schönheit wie Nicole gezeugt hat.* Henry konzentriert sich auf das, was er vorhat. Ein wirres Gefühl aus Hass, Ungeduld und Verzweiflung schwillt in ihm an, macht ihm das Atmen schwer. Er wird Oldenburg töten. Seit drei Tagen hat er über das Wie nachgedacht. Der Bauunternehmer ist ein schlechter Schwimmer, hat er von Nicole erfahren. Dieser Segeltörn bietet die Chance, alles wie einen Unfall aussehen zu lassen. Das Wasser der Ostsee hat jetzt im Juni um die zehn Grad. Selbst ein trainierter Schwimmer überlebt diese Temperatur keine halbe Stunde, hat ihm die Wundermaschine Internet verraten. Er denkt an die Waffe in seiner Tasche unter Deck. Die Pistole wird er nur im Notfall benutzen, sie Oldenburg über den Schädel schlagen, vielleicht. Schießen wird er nur, wenn es nicht anders geht. Denn es ist ihm längst nicht mehr gleichgültig, ob er nach der Rache stirbt, wieder ins Gefängnis kommt oder ein freier Mann bleibt. Er will Nicole nicht verlieren, will auch nach dem Tod ihres Vaters ihr Vertrauen genießen, ihre Zuneigung. Die *Sig Sauer* dient ihm eher als Erinnerung daran, wie ernst es ihm ist.

»Wendorf.« Oldenburg deutet auf die baumbestandene Silhouette des Seebads. Henry nickt. Noch sind sie nicht weit genug vom Land entfernt. Ihm wird heiß unter seinen Kleidern und auf seiner Stirn spürt er kalten Schweiß. Er denkt daran, die *Niobe* allein in den Hafen zurückbringen zu müssen. Er hat Angst – davor und vor Oldenburg. Ihm ist klar, dass es vielleicht schiefgehen, alles vorbei sein kann. Er ballt die Fäuste, bis

seine Fingernägel rote Kerben in die Handflächen schneiden. Sie setzen Segel, er befolgt Oldenburgs Kommandos, bemüht sich, seine Aufregung zu verbergen. Sie segeln hart am Wind. Oldenburg ist zufrieden mit ihm; inzwischen kennt er die gängigen Kommandos und Manöver.

Nach einer Stunde sind sie so weit draußen, dass jemand, der über Bord geht, keinerlei Chance hat, schwimmend das Land zu erreichen. Und niemand kann auf diese Entfernung sehen, was sie hier tun. Henry starrt hinüber zur Küste. Ein dunkelgrüner Strich, mal breiter, mal schmaler. Nur ab und zu ein heller Streifen, dort, wo sich eine Steilküste über dem Strand erhebt. Einen Augenblick lang spürt Henry Ermattung. Oldenburg dreht sich zu ihm um.

»So, dann nimm mal das Ruder, mein Junge. Ich hole uns etwas zu trinken.« Er verschwindet unter Deck. Henry hört es rumoren, eine Schranktür fällt zu, dann kehrt der andere mit zwei Thermosbechern aus Edelstahl zurück, drückt ihm einen davon in die Hand. »Oldenburgs Spezialkaffee. Was für richtige Seebären.«

Henry nimmt durch das Trinkloch im Deckel einen vorsichtigen Schluck. Starker Kaffee, mit reichlich Whisky auf angenehme Trinktemperatur herabgekühlt. Er lächelt zu Oldenburg hinüber. »Guter Kaffee.«

Während der nächsten halben Stunde holt Oldenburg noch zwei Mal *Nachschub*, wie er es nennt. Henry schafft es beide Male, den Inhalt seines Bechers über die Reling zu schütten, ohne ertappt zu werden. Oldenburg ist nun deutlich angetrunken, lallt hörbar und überlässt Henry das Fieren und Anholen der Leinen. Wieder an Deck, kippt er den Whisky pur in seinen Becher und stellt die Flasche in eine Halterung im Steuerstand. Henry lehnt eine weitere Becherfüllung ab.

»Wie du willst.« Oldenburg übernimmt das Ruder, wirft Henry einen undefinierbaren Blick zu und ruft ihm, über das Zischen des durch die Wellen pflügenden Bootsrumpfs und das Leinengeklimper hinweg zu: »Und? Was hast du mit meiner Tochter vor? Oder seid ihr noch nicht so weit, um über die Bettkante hinaus zu schauen?« Sein Brustkorb hüpft vor Lachen. »Mann, Junge, das Mädel ist voll auf dich abgefahren. Das kannst du mir glauben. Ha, dich kann ich ja verstehen. Wenn Nicole nicht meine Tochter wäre, wüsste ich schon, was ich mit ihr anfangen wollte. Bin ja kein Kostverächter.«

Henry schluckt den Würgereiz hinunter, der ihn überfällt. Nicoles Vater widert ihn an.

»Ihre Mutter war auch so ein heißer Feger. Solche Glocken, sage ich dir.« Er hält sich die flache Hand auf Armlänge vor den Brustkorb, kichert. Wie bei allen Betrunkenen kreist Oldenburgs Denken in einer Endlosschleife. Henry unterbricht seine libidinösen Ergüsse.

»Tatsächlich planen Nicole und ich nichts. Wir mögen uns sehr gern, möglicherweise wird mehr daraus. Doch wir kennen uns erst kurz, Bernhard.« Es kostet ihn Überwindung, den Mörder beim Vornamen zu nennen.

»Na und? Nicoles Mutter und ich haben geheiratet, als wir gerade mal sieben Monate zusammen gewesen sind. Na, damals waren es andere Zeiten. Und außerdem war da schon Nicole im Anflug.« Er leert seine Becher mit wenigen Schlucken. Nach einer Pause spricht er weiter. »Weißt du, was mir an dir gut gefällt? Du redest nicht viel. Nicoles Letzter war so eine Quatschtüte, wusste zu allem alles besser. Politiker eben.«

Henry grinst verkniffen. Die Sonne hat sich nun völlig hinter die immer dichter werdenden Wolkenbänke verkrochen. Der frische Wind trägt die *Niobe* über das unruhige Wasser voran. Vor einer Weile sind sie einer Motoryacht mit Kurs auf die Küste begegnet. Jetzt ist die bleigraue See um sie herum wieder wie leergefegt. Ganz weit hinten am Horizont zieht langsam ein dunkler Fleck dahin: ein Frachtschiff oder eine Fähre.

»Nun erzähl mal etwas über dich. Ich komme mir hier ja wie ein Alleinunterhalter vor.«

Henry überlegt, was er antworten soll, da stöhnt Oldenburg theatralisch.

»Warte, zuerst muss ich mal Wasser ablassen.« Er übergibt ihm das Ruder und stellt sich am Heck an die Steuerbordreling. Henry ist wie elektrisiert. Das ist die Gelegenheit. Oldenburg nestelt an seinem Reißverschluss, schwankt dabei gefährlich hin und her. Henry rekapituliert innerhalb von Sekundenbruchteilen, was er über Segelmanöver gelernt hat. Der Wind kommt von achtern. Er steuert die *Niobe* mit heftig klopfendem Herzen nach backbord. Die Fock beginnt laut zu flattern.

»Ey, halt Kurs.« Der andere wendet den Kopf, sieht was gleich passieren wird, reißt die Augen weit auf. »Mehr steuerbord, gib hart steuerbord.« Da schwingt das Großsegel mitsamt dem Baum schon mit hoher Geschwindigkeit von einer Schiffseite auf die andere. Der Baum trifft Oldenburg mit Wucht ins Kreuz und stößt ihn über Bord. Das alles dauert keine drei Sekunden.

Das Rad in den Händen, dreht Henry sich um und starrt hinab auf das Kielwasser. Er ringt nach Luft, als hätte er einen Sprint hinter sich. Mehrere Meter hinter der *Niobe* verschwindet der Kopf seines Feindes zwischen den Wellenkämmen. Die Fock knattert noch immer haltlos im Wind. Jetzt taucht die weiße Skippermütze, die unverständlicherweise an Oldenburgs Kopf zu kleben scheint, wieder auf. Aus dessen weit aufgerissenem Mund dringt ein Schrei, rau und unartikuliert. Henry blickt sich um. Nichts, nur der winzige dunkle Fleck des Frachters und, weiter in Richtung Lübecker Bucht, ein kleiner heller Fleck, der von links nach rechts kriecht, ein Motorboot, das in Richtung Wismar unterwegs ist.

Eigentlich müsste er von einem Schwall der Erleichterung überwältigt sein. Doch der Triumph bleibt aus; sein Kopf ist leer. Alles, was er wahrnimmt, ist seine eigene Erschütterung. Seine Gedanken beginnen zu arbeiten. Innerhalb der letzten Sekunden hat er geschafft, worauf er jahrelang hingearbeitet hat. Es ist zu Ende. Das einzige Ziel, das er in seinem Leben noch gehabt, das er mit erbitterter Ausschließlichkeit verfolgt hat, ist erreicht. Seine Bestimmung hat sich in Luft aufgelöst. Die furchtbare Wucht der Erkenntnis, dass nun alles, wirklich alles vorbei ist, lähmt ihn. Und noch etwas ist da im Hintergrund, zerrt an ihm, will sich in sein Bewusstsein drängen. Er beobachtet Oldenburgs auf den Wellen tanzenden, beinahe unmerklich kleiner werdenden Kopf, über dem wieder und wieder das Wasser zusammenschlägt. Etwas, das stärker ist, als der ganze gelbe Hass, den er in den letzten fünfzehn Jahren gehegt und genährt hat, drängt an die Oberfläche von Henrys Bewusstsein. Er starrt auf den Ertrinkenden, sieht dessen Tochter vor sich und sich selbst, wie er sie tröstend in den Armen hält, und weiß plötzlich mit völliger, traumwandlerischer Sicherheit, dass er es nicht schafft. Die unumstößliche Wahrheit brennt wie eine Leuchtschrift vor seinem inneren Auge, ein Satz, der all das beschreibt, was ist: *Du kannst das nicht.* Er glaubt, in tiefes dunkles Blau gezogen zu werden. Die Rache

verlangt von ihm, etwas zu tun, das er nicht verantworten kann. So abgebrüht und kaltblütig, wie er es sich so lange eingeredet hat, ist er nicht. Selbstverleugnung ist nicht das Problem. Er hat sein Selbst fünfzehn Jahre lang verleugnet, um zu überleben. Doch hat er nicht damit gerechnet, dass ihn Skrupel belasten könnten. Skrupel, diesen Menschen dort im Wasser um sein Leben zu bringen. Skrupel, dessen Tochter danach schamlos ins Gesicht zu lügen. Er hat den Boden unter den Füßen verloren, trudelt im Strom seiner sich überschlagenden Gedanken dahin. Nur eins erkennt er in diesem Moment: Er ist kein Mörder und wird es nie sein.

»Bernhard, halt durch! Ich komme zurück!« Seine eigene Stimme schrillt fremd in seinen Ohren.

Der wie ein Ball auf den Wellen tanzende Kopf, auf dem noch immer die Mütze klebt, ruft mit erstaunlicher Kraft: »Backbord, backbord, du musst wenden.«

Henry hält den Kurs, seine Hände umklammern das Steuerruder. Wenn er die *Niobe* so laufen lässt, müsste sie eine einigermaßen perfekte Wende hinlegen, ohne dass er etwas tun muss. Die flatternde Fock ignoriert er, überlegt stattdessen, wo die Rettungswesten sind. Hoffentlich hält Oldenburg durch, betrunken wie er ist. Und tatsächlich: Die *Niobe* gleitet in einer weiten Kurve zum Unglücksort zurück. Henry schwitzt, überlegt fieberhaft, wie er die Yacht zum Stoppen bringen kann, um den Verunglückten an Bord zu holen. Denn das ist Oldenburg: durch einen Steuerfehler über Bord gefallen. An dieser Version wird er festhalten und Oldenburg wird nichts anderes behaupten können. Letztlich lässt er, unsicher, ob dies den gewünschten Effekt haben wird, das Steuer los und die *Niobe* stellt sich in den Wind, wird langsamer und langsamer. Es kommt ihm ewig vor, bis er ungefähr dort anlangt, wo Oldenburg mit hochrotem Gesicht, nach Luft schnappend und prustend, versucht, an der Oberfläche zu bleiben, immer wieder Wasser schluckt, untergeht, nach bangen Sekunden wieder auftaucht.

In rasendem Tempo klappt Henry Deckel um Deckel auf dem Achterdeck hoch, bis er in einem Kasten das Gesuchte findet. Die orangefarbene Weste klatscht neben Oldenburg auf das Wasser. Bevor der sie greifen kann, sinkt er, zieht einen blasigen Strudel hinter sich her. Henry beißt sich auf die Lippen. *Komm schon, komm schon. Komm wieder hoch.* Er umklammert die Reling mit kältesteifen Fingern. Nach zäh fließenden Sekunden taucht der andere wieder auf. Die Schwimmweste treibt bereits mehrere Armlängen von ihm entfernt. Ihm steigt das Wasser erneut über die Augen, er spuckt, keucht. Die nächste Welle schlägt über seinem Kopf zusammen, mit verhängnisvoller, tödlicher Langsamkeit. Henry greift sich eine zweite Weste, wirft sie dem Ertrinkenden zu. Endlich taucht der wieder auf, erreicht die Weste und hält sich an ihr fest. Erleichterung flutet durch Henrys Körper. Doch nun muss er Oldenburg noch an Bord holen. Der schreit jetzt um Hilfe, bekommt den Mund voll Meerwasser.

»Halt aus, Bernhard. Ich zieh dich hoch.« Seine Gedanken springen hin und her. Es würde nichts nützen, selbst hineinzuspringen. Dann muss er nicht nur Oldenburg, sondern auch sich selbst die Bordwand hinaufbefördern. Trotzdem schlüpft er in eine der Westen, denkt kurz daran, dass Weller, im Gegensatz zu Oldenburg, auf dem offenen Wasser das permanente Tragen dieses Schutzes verlangt. In einem der Kästen hat er zusammengelegte Leinen und Taue gesehen. Er reißt eine Leine, die ihm lang genug erscheint, heraus und läuft zurück zur hinteren Backbordreling. Die *Niobe* steht auf der Stelle, schaukelt sacht in der Dünung. Oldenburg starrt ihn an, den Blick voll ängstlicher Hoffnung. Henry wirft die Leine über Bord, versucht, den Treibenden zu treffen, verfehlt ihn um Längen. Er holt die Leine wieder ein, zwingt sich zur Konzentration. Ein weiterer Wurf und Oldenburg erreicht das Ende.

»Halt dich fest, Bernhard!«

Henry zerrt und zieht, die dünne Leine gräbt sich in die Haut seiner Handflächen. Oldenburg treibt nun direkt unter ihm, umklammert mit einem Arm die Rettungsweste, mit der anderen Hand das Leinenende, doch gelingt es nicht, den schweren Körper, der an der Bordwand zu kleben scheint, nach oben zu hieven. Außer Atem befiehlt Henry dem anderen, die Weste überzuziehen und dann mit beiden Händen die Leine festzuhalten. Sein eigenes Ende schlingt er um die Edelstahlreling. Dann versucht er zu Atem zu kommen, konzentriert sich und packt noch einmal zu. Mit ungeheurer Anstrengung – woher nimmt er bloß die Kraft? – zieht er Oldenburg so weit nach oben, dass dieser selbst die Reling packen und sich weiter hocharbeiten kann. Henry bekommt ihn am Oberkörper zu fassen, zerrt an der Weste, am Hemdkragen, an den Armen, an allem, was er erreicht. Es vergehen qualvolle Minuten, doch gemeinsam schaffen sie es. Oldenburg lehnt tropfnass an der Bordwand, keucht, hustet, versucht zu sprechen, wird wieder vom Husten geschüttelt.

Das Deck dehnt sich und schwankt unter Henrys Füßen. In ihm ist nichts als Erleichterung, ungläubige Erleichterung, bis er das Brennen in seinen Handflächen spürt, den stechenden Schmerz in der Brust bei jedem Atemzug. Er sinkt auf eine Bank, ruht sich aus, zwei, drei, vielleicht auch zehn Minuten. Er denkt an nichts, nur daran, dass er Kraft sammeln muss, genügend Kraft, um die Rückfahrt zu überstehen. Allmählich verlangsamt sich sein Herzschlag; er gewinnt seinen kühlen Kopf zurück, beginnt, methodisch zu überlegen. Die Unfallversion ist nicht widerlegbar. Er sieht zu dem auf den Decksplanken zusammengesunkenen, halbtot wirkenden Unternehmer hinüber. Gleich wird er ihm eine Decke bringen, etwas Heißes zu trinken. Gleich, wenn er selbst sich wieder rühren kann. Ein Hustenanfall schüttelt ihn und Tränen trüben seinen Blick. Er ist der Retter dieses Mannes, auch wenn der, wieder zu Kräften gekommen, erst einmal fuchsteufelswild auf ihn und sein Unvermögen als Segler sein wird. Später wird Henry sich als Lebensretter feiern lassen, möglicherweise springt für ihn sogar irgendetwas dabei heraus. Und dann … Dann wird er sich verabschieden von diesem Kerl, von seiner Tochter und von Wismar, dieser Stadt, die ihm zu klein geworden sein wird. Ihm graut davor, Nicole nachher Rede und Antwort stehen zu müssen. Alles in ihm schreit nach Flucht.

Als sie im Hafen einlaufen – Oldenburg, halbwegs wieder hergestellt, in einem trockenen Jogginganzug und in eine Decke gehüllt, und Henry, starr und vollkommen verfroren, am

Ruder der *Niobe* – ist es bereits Nachmittag. Der graue Himmel hängt tief über der Stadtsilhouette, der Anlegesteg liegt wie ausgestorben da. Nur auf dem Kai wandern die unvermeidlichen, regenfest verpackten Touristen, die auch kalter Wind nicht schreckt. Niemand bemerkt das unrühmliche Ende des Törns und Henrys Sokops persönlichen Bankrott.

»Henry, du alter Pirat. Trink!«

Bernhard Oldenburg hebt seinen Whiskybecher. Im Raum herrschen mindestens 24 Grad. Henry ist schwindlig, er schwitzt und friert abwechselnd. Sie sitzen im sogenannten Salon, einem düsteren Raum mit bordeauxroter Samttapete, Kristalllüster und dunklen alten Möbeln. Auch hier gibt es natürlich einen Kamin, in dem Henry nach ihrer Ankunft ein Feuer entzündet hat. Oldenburg leidet unter Schüttelfrost, sitzt, die Beine unter einer Decke, in einem der beiden gewaltigen Ohrensessel und hat kategorisch abgelehnt, sich ins Bett zu begeben. Sie sind allein im Haus. Zu Henrys Erleichterung ist Nicole – das hatte er völlig vergessen – zu einem Reitturnier in Brandenburg unterwegs und wird erst morgen Nachmittag zurückkommen. Das verschafft ihm Zeit, um sich auf die Begegnung mit ihr vorzubereiten. Oder um rechtzeitig zu verschwinden. Ihm ist weder klar, was er selbst will, noch wie er auch nur die nächste halbe Stunde der Konversation mit Oldenburg überstehen soll.

»Zum Wohl, Bernhard.« Er legt den Kopf in den Nacken und lässt den Alkohol die Kehle hinabätzen. Sie haben wenig gesprochen bisher. Noch wartet er auf den Moment, in dem Oldenburg begreift, was passiert ist, sich seine Erschütterung in Zorn wandeln wird. Er weiß selbst nicht, warum er noch hier ist, dem alten Mann gegenübersitzt, mit einem ängstlichen Wühlen in der Magengrube darauf wartet, dass irgendetwas passiert. Ganz so, als wäre er nicht in der Lage, das Gespinst ihrer aus der gemeinsam erlebten Extremsituation resultierenden Zweisamkeit zu durchbrechen. Die Aversion gegen den Mörder ist noch da; irgendwo im Hintergrund nagt sie am Gerippe seiner Fluchtphantasien.

»Henry. Mein Gott, was habe ich nur für ein Glück gehabt.« Oldenburg wirkt verstört, die gewohnte Arroganz ist von ihm abgefallen. Kleinlaut sucht er nach Worten.

»Schon gut, Bernhard. Ich weiß, was du sagen willst. Ich kann mich nur tausendfach entschuldigen. Und weiß, dass das niemals ausreichen wird, meine Schuld zu tilgen. Es tut mir alles so furchtbar leid.«

»Blödsinn. Das meine ich doch nicht. Einen Fehler kann jeder machen. Geschenkt. Aber du … du hast das doch … Ich meine, du hast mich gerettet. Das ist das, was zählt.« Seine Augen schwimmen voller Tränen, er wischt sich über das Gesicht, zieht geräuschvoll den Naseninhalt in die Höhe. »Ich verdanke dir mein Leben, Junge.« Er beugt sich vor, legt Henry seine Hand auf das Knie. »Lass uns beide vergessen, wie ich ins Wasser gekommen bin. Wichtig ist, dass du mich da ’rausgezogen hast.«

Henry bewegt seine Beine, unfähig, seinen Ekel ganz zu verbergen. Doch es ist nicht nur der Ekel vor der Berührung des anderen. Es ist vor allem der Selbstekel, der ihn erstarren lässt. Was ist er nur für ein feiger Waschlappen. Er hat sich fünfzehn Jahre lang für einen kaltblütigen, konsequenten Rächer gehalten, willensstark und bedenkenlos von seiner Bestimmung vorangetrieben. Um dann, von einem Moment auf den anderen, alles aufzugeben: seinen Racheplan, seine Selbstachtung, sein Leben. Er ist so erbärmlich.

Oldenburg schenkt ihre Gläser voll und Henry will plötzlich nichts, als im Alkoholglimmer vergessen, sich betrinken, bis das alles keinerlei Bedeutung mehr hat – doch er weiß, dass dies niemals funktionieren wird. Sie sitzen beieinander, als wären sie Vertraute, starren in die Flammen, leeren ihre Gläser. Ab und zu gibt Oldenburg etwas von sich – eine knappe Bemerkung oder auch nur ein Grunzen, doch die meiste Zeit hängen beide stumm ihren Gedanken nach, sind sich der Anwesenheit des anderen nur undeutlich bewusst. Minuten werden zu Stunden; ihre Erschöpfung geht in Trunkenheit über; als die Dunkelheit vor den Fenstern steht, sind beide nicht mehr in der Lage, gerade zu stehen. Sie stolpern in die Küche der Villa, plündern den Kühlschrank, benehmen sich wie übermütige, ausgehungerte Kinder: essen mit den Händen, stopfen sich alles durcheinander in den Mund und spritzen sich Ketchup direkt aus der Flasche hinterher.

Oldenburg rülpst lautstark. Sein Blick ist glasig, in seinem Bart hängt etwas von dem Krautsalat, den er in sich hineingeschaufelt hat – doch er scheint ein wenig nüchterner geworden zu sein. »Gehen wir in mein Arbeitszimmer.«

Da ist er wieder, dieser herrische Tonfall. Oldenburg sinkt auf den wuchtigen Ledersessel hinter seinem Schreibtisch. Henry nimmt auf dem Besucherstuhl Platz, bekämpft seinen Rausch mit einer Flasche Wasser, die er aus der Küche mitgenommen hat.

»Ich will gar nicht wissen, woher du kommst, was du gemacht hast, bevor du nach Wismar gekommen bist. Was zählt ist das, was du heute getan hast.« Oldenburg wischt sich über sein gerötetes, fiebrig glänzendes Gesicht. »Nicht das Missgeschick, sondern, dass du mich gerettet hast.« Er hält inne, überlegt, schüttelt den Kopf, als begreife er erst jetzt. »Ohne dich wäre ich jetzt tot.«

Henry fühlt sich wie in einer Endlosschleife. Oldenburg beginnt, zu erzählen. Wahllos berichtet er von seiner gescheiterten Ehe, den Anfängen seiner Firma, dem Wachsen des Unternehmens. Dann springt er in der Zeit zurück, schwärmt davon, was seine Tochter schon als kleines Mädchen alles konnte, wie verständig sie schon immer war, sein Einundalles, sein Kätzchen.

Henry lauscht wie erstarrt dem Strom der Worte, meint auseinanderzufallen, wenn er sich nur einen Moment lang nicht auf sein Gegenüber, sondern auf sich selbst konzentriert. Er ist ein Niemand, ohne Sinn und Ziel. Nur seine Reaktionen auf den anderen, sein Nicken, das einsilbige Zustimmen, halten die Reste seiner Persönlichkeit zusammen. Wie sonst könnte er mit dem Mörder seines Vaters trinken? Wo ist sein Rachebedürfnis hin? Er will doch noch immer, dass die Tat von damals gesühnt wird, oder etwa nicht? Er kennt keine Antwort, weiß nicht, was ihn noch antreibt, weshalb er hier sitzt, wie es weitergehen wird. Zu weit hat er sich von dem Bild entfernt, das er bis vor wenigen Stunden von sich selbst hatte. Er blickt dem Mörder in die Augen und fühlt … nichts.

» Ich schulde dir etwas.«

Henry hebt abwehrend die Hand.

»Keinen Widerspruch. Du hast mir das Leben gerettet, basta. Und ich werde mich dafür erkenntlich zeigen.«

Henry nippt an seinem Wasser, wartet ergeben auf das, was Oldenburg ihm anbieten wird.

»Ich bin froh, dass Nicole nicht hier ist. Sie meint immer, ich mische mich zu stark in ihr Leben ein. Natürlich ist sie eine erwachsene Frau. Andererseits – wozu hat man denn Familie, wenn nicht dafür, dass man füreinander sorgt.« Er räuspert sich. »Ich möchte dir ein Angebot machen, Henry. Nicole hat Andeutungen gemacht, dass du ein wenig beengt wohnst. Also: Was hältst du davon, mit uns hier im Haus zu leben? Es gibt oben eine separate Wohnung, nichts Großartiges, aber sicher angenehmer als das, was du da am Spiegelberg hast. Natürlich brauchst du keine Miete zu zahlen. Ich gehe davon aus, dass du vielleicht bald ganz zur Familie gehören wirst. Na, was meinst du dazu?« Als Henry schweigt, verzieht er das Gesicht. »Keine Bange, ich bin nüchtern genug, um zu wissen, was ich tue.«

Henry dreht die Wasserflasche in seinen Händen, sucht nach Worten.

»Glaub mir, Nicole wird nichts dagegen haben. Sie hat sogar unlängst selbst die Idee gehabt und ich habe ihr geraten, ein wenig abzuwarten, wie sich das zwischen euch entwickelt. Und ich will nicht vorgreifen, aber möglicherweise können wir dich auch in der Firma gebrauchen. Da lass uns später in Ruhe drüber reden.« Er strahlt Henry an. »Na, was sagst du?«

Ein trockenes Lachen quält sich, ohne dass er etwas dagegen tun kann, Henrys Kehle hinauf. Für ihn klingt das alles wie ein zweites Lebenslänglich, mit umgekehrten Vorzeichen. Unmöglich auszuhalten. Und doch fällt ihm nichts anderes ein, als zuzustimmen.

Die beiden Männer – einer grobschlächtig und laut, der andere hager und still – sitzen bis weit nach Mitternacht beisammen, leeren eine weitere Flasche Whisky miteinander. Jeder hat seinen ureigenen Grund, sich besinnungslos zu trinken.

»Mir ist das völlig gleichgültig – ob deine Geschichte stimmt.« Henry schaut erschrocken auf.

»Die Sache mit deinem Auslandsaufenthalt, meine ich. Es gibt eine Menge Gründe, eine Weile gar nichts zu tun. Und du hast ja angedeutet, dass damals etwas Gravierendes in deinem Leben passiert war, das dich wahrscheinlich aus der Bahn geworfen hat.« Oldenburgs Aussprache ist verwaschen, doch sein Hirn funktioniert noch, das merkt Henry deutlich. Der Alte ist das Trinken gewöhnt.

»Ich habe nämlich ein paar Nachforschungen angestellt, mein Junge. Man will ja wissen, mit wem die eigene Tochter es zu tun hat.«

Henrys Magen krampft sich zusammen. Blitzschnell versucht er, die Situation abzuschätzen. Weiß der andere, wer er ist? War sein Verhalten ihm gegenüber, das Angebot von Wohnung, Job und Tochter Theater? Aber weshalb? Was hat er vor? Einen verrückten Moment lang ist ihm, als hätte der andere denselben Plan verfolgt, wie er selbst, den Widersacher von der *Niobe* aus ins Wasser zu werfen. Oldenburgs lautes Lachen kappt seinen Gedankenstrom.

»Ich habe nicht herausbekommen, wer du bist, aber dass Brandt nicht dein richtiger Name ist, steht fest.«

Beinahe so etwas wie Erleichterung überschwemmt Henry. *Tarnung aufgeflogen, Rückzug angesagt.* Kein Grund, zu bleiben. Es ist also entschieden. Er achtet nicht auf Oldenburgs Worte, versucht nur, für sich den richtigen Zeitpunkt zum Gehen zu finden, hofft, ohne zu torkeln, ohne irgendetwas umzureißen, erst den Raum und dann dieses Haus verlassen zu können.

»Jeder hat seine Leichen im Keller liegen. Du kannst mir glauben, ich weiß, wovon ich rede.« Oldenburg lacht bitter. »Ich werde dir jetzt etwas erzählen, das ich noch nie jemandem erzählt habe.« Er wirft Henry einen prüfenden Blick aus seinen dunkelrot unterlaufenen Augen zu. Ein Speichelfaden zittert in seinem Kinnbart. Er ist schwer betrunken und scheint trotzdem von einer seltsamen Klarheit durchdrungen. Henry nimmt seine Brille ab, streicht sich mit der Hand über das Gesicht, über die Haare, versucht, seine eigene Trunkenheit zu

überwinden. Er will nichts hören, sich nicht als Beichtvater missbrauchen lassen. Doch wie festgenagelt bleibt er sitzen, energielos, schwach und hilflos.

»Weißt Du, ich hatte gleich nach der Wende einen tollen Wagen. Mein erster Mercedes! Ein 500er. Es lief geschäftlich zwar schon gut bei mir, damals, aber der Kauf dieses teuren Autos war wirtschaftlich völlig unvernünftig und für mich etwas ganz Besonderes. Und nach keinem halben Jahr wurde er mir geklaut. Die Polizisten haben nur mit der Schulter gezuckt. Da habe ich einen Detektiv beauftragt, herauszufinden, wohin der Mercedes geschafft worden war. War ja recht auffällig: metallic-gold lackiert, weißes Leder innen. Der Detektiv hat mir den Tipp gegeben, mich bei dem Händler umzusehen, bei dem ich ihn gekauft hatte. Nun stell es dir vor: Ich komme bei dem auf den Hof und mein Wagen steht da! Ich stelle den Herrn zur Rede, ein Wort gibt das andere und dann hat der plötzlich eine Pistole in der Hand. Das lasse ich mir doch nicht bieten, erst beklaut der mich, dann bedroht er mich auch noch. Ich werde fuchsteufelswild, habe in dem Moment die Pistole gar nicht ernst genommen. Wir rangeln, ich will ihm die Waffe wegnehmen und …« Oldenburg, der bis hierhin beinahe atemlos erzählt hat, so als berichte er von einem spannenden Film, den er gesehen hat oder von einer Wildschweinhatz mit Jägerkollegen, stockt und sucht nach Worten.

Henry Sokop umkrampft mit eiskalten Fingern die Armlehnen des Stuhls, auf dem er sitzt. Seine Abneigung, der Widerwillen gegen sein Gegenüber sind zu einem traurigen Klumpen Unwillen geschmolzen. Sein Herz pocht ängstlich. Ein Teil von ihm will nicht hören, was nun folgt. Der andere Teil von ihm schreit nach Gewissheit.

»Es hat sich plötzlich ein Schuss gelöst.« Oldenburgs Stimme klingt verzagt wie die eines Kindes. »Der Mann war tot, das sah ich sofort. Es hätte nichts genützt, einen Krankenwagen zu rufen, verstehst du? Ich stand da, wie erschlagen. Den Knall des Schusses noch in den Ohren, in der Luft Pulvergestank. Ich war benommen, meine Gedanken überschlugen sich.« Er verbirgt das Gesicht in den Händen und spricht mit gedämpfter Stimme weiter. »Es war ein Unfall, verstehst du? Doch keiner hätte mir das geglaubt. Ich musste an Nicole denken, an unsere Firma. Es hätte niemandem genützt, wenn ich meine Schuld gestanden hätte. Der Mann war tot.« Er nimmt die Hände vom Gesicht, blinzelt Henry mit feuchten Augen an. »Verstehst du das? Verstehst du, wie schwer ich daran trage, nie die Verantwortung für diesen tragischen Unfall übernommen zu haben?«

Das Messer, das seit heute Nachmittag in Henrys Herz steckt, wird noch einmal herumgedreht. Er begreift, dass das, was auf dem Boot geschehen ist, sein Versagen, nicht das Schlimmste ist. Er hat fünfzehn Jahre seines Lebens verloren, ist als Mörder gebrandmarkt worden für etwas, das ein Unglücksfall gewesen ist. Doch soll er darüber etwa froh sein? Macht es denn einen

Unterschied? Es ist absurd. Er sitzt dem Mann gegenüber, der aus blankem Eigennutz sein Leben zerstört hat, nachdem er ihm den Vater genommen hat. Den Umstand, dass Oldenburg gerade über seine tatsächliche Schuld kein Wort verliert, dass er einen anderen – ihn – zum Sündenbock gemacht hat, registriert Henry Sokop beinahe emotionslos.

Warum nur lässt ihn das alles so entsetzlich kalt? Was ist Schuld, was Rache? Das alles ist so lächerlich, so grotesk; diese sinnentleerten Kategorien menschlicher Moralvorstellungen, die nicht das Geringste mit ihm selbst zu tun haben. Ihn würgt der Selbstekel. Bald darauf täuscht er vor, noch betrunkener zu sein, als er es ist, und lässt sich vom Hausherrn an die Tür bringen. Die Nacht ist grabeskalt, er zittert in seiner dünnen Jacke, hält die Tasche mit der nun nutzloser als je zuvor gewordenen Waffe in der Hand. Oldenburg sieht ihn erwartungsvoll an, hat ihn anscheinend etwas gefragt. Er antwortet aufs Geratewohl.

»Gib mir ein paar Tage Bedenkzeit, Bernhard. Ich muss mir das alles durch den Kopf gehen lassen.«

Henry läuft die Doktor-Leber-Straße entlang. Betrunken und seltsam nüchtern zugleich. Es ist eine sehr stille Nacht, Mensch und Natur schweigen. Kein Wind weht, niemand ist auf einer späten Kneipentour unterwegs, kein Auto brummt über den schwarz glänzenden Asphalt. Die pseudo-historischen Straßenlaternen an den Fassaden tauchen ihre Umgebung in unnatürlich orangefarbenes Licht. Die schmiedeiserne Wasserkunst auf dem Markt ist ungewöhnlich illuminiert, innen rotiert ein Scheinwerfer. Irgendein Kunstprojekt. Es ist, als hätte jemand einen stumpfgrauen Samtvorhang über den großen Platz geworfen. Nichts Tröstliches ist an dieser Stille. Wenn er doch nur mit jemandem reden, sich austauschen könnte. Über alles, darüber, was er nun tun, wie er sich verhalten soll. Doch es gibt niemandem, der wissen darf, was in den letzten vierundzwanzig Stunden wirklich passiert ist. Er klappt den Kragen seiner Jacke hoch, als ihm eine Bö aus der Altwismarstraße ihren kalten Hauch entgegenbläst. Die Journalistin und Weller, die einzigen, die seine Geschichte kennen, kommen nicht infrage. Sie schon deshalb nicht, weil sie ein elendes Mördergroupie ist, ihn aussaugen will, um ihr eigenes Leben aufzuwerten, sich lebendig zu fühlen. Hätte er das nur früher bemerkt, die Alarmzeichen schon in Waldeck erkannt. Die tiefen Blicke aus ihren Kuhaugen, die ganze Gefühlsduseligkeit, kleine Geschenke, Weihnachtskärtchen. Für ihn ist sie damals nur eine irgendwie weltfremde Journalistin mit einem naiven Faible für Kriminelle gewesen. Unschädlich, vielleicht sogar nützlich. Wie sehr er sich getäuscht hat!

Und Weller? Dieser eigenartig gelassene Menschenfreund ruft in ihm eine Sehnsucht hervor, wie er sie nie gekannt hat. Sehnsucht nach einem großen Bruder, einem Gefährten, einem Freund, mit dem er alles teilen kann. Freude, Schmerz, Trauer, Angst. Er weiß, dass Weller so jemand für ihn sein könnte – wäre da nicht der Anlass ihres Kennenlernens.

Bewährungshelfern traut man nicht, my darling, summt er auf die Melodie von *Liebeskummer* … Meine Güte, ist er besoffen! Das ist wohl Galgenhumor. Seine Schritte hallen in der verlassenen ABC-Straße. Eine Katze miaut, schnürt zielstrebig in eine dunkle Einfahrt und ist verschwunden. Dann ist wieder alles still. Fast fürchtet er, wieder dem GEIST in die Arme zu laufen, den er da vorne, kurz vor der Schweinsbrücke, das erste Mal gesehen hat. Zu all seiner schluchtentiefen Verzweiflung würde der jetzt passen, dieser Alp, unvermutet aufgetaucht, scheinbar unmöglich abzuschütteln.

* * *

»So, du hast also etwas Besseres gefunden als meine kleine *Ellen.*« Weller verschränkt die Arme hinter dem Kopf und lehnt sich so weit zurück, dass Henry fürchtet, der andere kippe mit dem Stuhl hintenüber.

»Wie meinst du das?« Er hat die furchtbare Nacht von Oldenburgs Geständnis irgendwie überstanden, den darauffolgenden Montag mit einer Flasche Hochprozentigem im Bett verbracht, eine Zigarette nach anderen geraucht, Nicoles Anrufe, das Klingeln an der Wohnungstür ignoriert und das erste Mal seit seiner Entlassung den Fernseher vermisst. Am heutigen Dienstag ist er zwar einigermaßen nüchtern und frisch rasiert zum Termin hier erschienen, doch das Denken fällt ihm schwer. *Worauf will Weller hinaus?* Er versucht, sich zu konzentrieren. Dabei hat er die sechzig Minuten bei seinem Bewährungshelfer herbeigesehnt: als Rettungsinsel, Ruhepol inmitten des Aufruhrs seiner Gedanken.

Weller unterdrückt ein Lachen. »Nun, du scheinst mit der *Niobe* eine dauerhafte Verbindung eingegangen zu sein. Oder besser: mit der Eignerin.«

Der Satz steht zwischen ihnen in der Luft, schwingt im winzigen, mit dem Verkehrslärm von draußen angefüllten Büro – gültig, wahr und doch so falsch. Henry streicht sich mit der Handfläche über die Haare, hält den Blick gesenkt.

»Ich gehe mal davon aus, dass es sich bei der Dame um jene handelt, der deine Gefühle gelten.«

»Ja, schon.«

»Hör mal, ich will von dir hier keine Geständnisse hören. Deine Libido geht mich erst einmal nicht mehr an als dein Kontostand. Ich hatte nur angenommen, dass unser Verhältnis inzwischen auch Gespräche über intimere Details aushält.«

Ich habe versucht jemanden umzubringen. Dann gemerkt, dass mein Leben in den letzten fünfzehn Jahren auf einem Fundament von Irrtümern stand. Ich weiß nicht mehr, wer ich bin, wohin mit mir und weshalb noch irgendetwas wichtig für mich sein sollte. Natürlich sagt er nichts dergleichen, nimmt stattdessen die Brille ab, wischt sich mit dem Handrücken über die Augen.

»Willst du wissen, welchen Eindruck du auf meine Angetraute gemacht hast? Wir haben euch nämlich während der *Hafentage* an Deck der *Niobe* gesehen. Und in der Galerie neulich habt ihr ja wohl auch ein paar Worte gewechselt.«

Henry sinkt in sich zusammen, erinnert sich an die große Squaw mit dem bissigen Humor und sehnt sich nach einer Zigarette; doch hier ist das Rauchen verboten. »Was denkt sie von mir, deine Frau?«

»Sie sieht dich als einen Brunnen, auf dessen tiefem Grund ein Schatz versteckt ist.« Weller mustert ihn. »Was hältst du davon?

Irgendetwas schnürt ihm die Kehle zu. »Ich … Ich bin nicht sicher, was sie damit meint. Irgendwelche Geheimnisse haben wir doch alle, oder? Dinge, von denen wir anderen nicht gerne erzählen; besonders wenn sie Bewährungshelfer sind.« Er hofft, dass sein Grinsen nicht so verzweifelt wirkt, wie er sich fühlt.

»Interessant, wie du den Begriff Schatz als Geheimnis interpretierst, als etwas eher Negatives, das du vor anderen verbergen möchtest. Wenn ich Ellen richtig verstanden habe, hat sie gefunden, dass da etwas Wertvolles in dir zu schlummern scheint.«

»Sie kennt mich nicht.«

»O je, entweder bist du heute extrem deprimiert oder dir sind gleich mehrere Läuse über die Leber gelaufen, wenn ein solches Kompliment an dir abprallt.« Weller wackelt mit dem Kopf wie ein schlitzohriges Marktweib und Henry lächelt unwillkürlich.

»Und du wüsstest nun natürlich nichts lieber als die Ursache dafür.«

»Henry, Henry. Du weißt, du brauchst mir überhaupt nichts zu erzählen, wenn du nicht möchtest. Du weißt aber auch, wie entlastend es sein kann, über Dinge, die einen bewegen, mit jemandem zu reden. Ich biete mich nur an, mehr nicht.«

Eine Weile sitzen sie stumm da, Henry starrt auf die Wand hinter Weller, auf das Plakat der Familiennothilfe, das er schon gefühlte tausend Male angesehen hat. Weller schiebt den Stapel Informationsfaltblätter, der vor ihm auf dem Tisch liegt, auf Stoß. Wer sie so miteinander an dem runden Tisch sitzen sähe, hätte Schwierigkeiten, zu entscheiden, wer von ihnen der professionelle Helfer, wer der Klient ist. Beide können scheinbar nicht recht aus ihrer Haut.

»Sie ist die große Liebe, die dich so verzweifeln lässt.«

Henry nickt.

»Sie weiß nichts von deiner Vergangenheit.«

Wieder ein Nicken.

»Du meinst, ihr die Wahrheit nicht zumuten zu können.«

Henry kommt sich vor wie einer dieser Wackeldackel auf der Hutablage eines Autos, kann sich ihrem einstimmigen Dialog jedoch nicht entziehen. Wellers Bemerkungen zielen treffsicher ins Schwarze.

»Du hast Angst, sie zu verlieren.«

Henry hört, wie seine eigene Stimme zittert. »Anfangs wollte ich sie einfach benutzen, ihre Sympathie mir gegenüber ausnutzen.«

»Doch dann hast du begonnen, ihr gegenüber mehr zu fühlen.«

»Ja.«

»Und beruht das auf Gegenseitigkeit?«

»Schon.«

»Das ist doch die Hauptsache. Der erste Schritt sozusagen. Nun solltest du natürlich über den zweiten nachdenken, überlegen, ob es klug ist, ihr deine Vergangenheit zu verschweigen; beziehungsweise überlegen, was du ihr zu welchem Zeitpunkt erzählen wirst, damit eure Beziehung eine Zukunft haben kann.«

Amen, denkt Henry. Selten hat sich Weller so altväterlich, fast pastoral angehört. »Ich werde wohl fortgehen.«

Weller schaut ihn erstaunt an. »Weshalb?«

»Es hat keinen Sinn. Es wird nicht funktionieren.«

»Du glaubst, sie würde die Wahrheit über dich nicht aushalten?«

Henry springt auf, fährt sich über die Haare. »Was soll ich ihr denn erzählen? Als Vatermörder verurteilt, fünfzehn Jahre im Knast gesessen, vorher Kleinkrimineller.« *Der gerade versucht hat, ihren Vater umzubringen*, setzt er im Geist dazu. »Glaubst du etwa, dass sie danach noch ein Wort mit mir reden wird? Das hat doch alles keinen Sinn.« Er dreht sich zum Fenster und sieht, ohne etwas wahrzunehmen, hinunter auf den Strom der

Fahrzeuge, der sich drüben am *Zeughaus* vorbeischiebt. Unten auf den Parkstreifen rangiert ein Polo, das Modell, das auch das Mördergroupie fährt. Er fühlt sich als Spielball seines Schicksals. Ihm hängt seine Knastvergangenheit wie ein Mühlstein am Hals, seine falsche, beziehungsweise seine richtige Identität macht ihm die Fortsetzung der Beziehung mit Nicole unmöglich. Undenkbar, ihr, ihrem Vater jemals seinen wahren Namen zu nennen. Er seufzt, ohne es zu merken. All diese Überlegungen sind müßig. Es besteht keine Chance, Nicole nicht zu verlieren.

»Es hält mich hier nichts. Die Stadt kennt mich nicht mehr, ich habe keine Arbeit, kaum Geld. Und mit Nicole wird das nichts, kann es einfach nichts werden.«

* * *

Es ist zum Aus-der-Haut-fahren. Uwe Weller fixiert die hochgezogenen Schultern seines Klienten und fühlt sich plötzlich zurück in jene bangen Tage und Wochen versetzt, nachdem er seiner Ellen das erste Mal begegnet war. Auch er hat anfangs gezögert, ihr von sich zu erzählen – in der irrigen Annahme, dass sie, als Künstlerin, kein Interesse oder auch nur Verständnis für seinen Beruf, seine Leidenschaft für Gerechtigkeit, sein Faible anderen zu helfen, aufbringen würde. Nur zu gut kennt er das Phänomen, von anderen Menschen mit seiner Klientel in einen Topf geworfen zu werden, genauso wenig gesellschaftliches Ansehen zu genießen wie die verurteilten Straftäter. Dass Ellen ebenso wenig eine elitäre, abgehobene Kunstprimadonna ist, wie er unter einem Helfersyndrom leidet, hat sich erst erwiesen, als sie ihn bat, mit der elenden Geheimniskrämerei um sich selbst aufzuhören, wie sie es damals formulierte. *Ich nehme dir diese verschlossene Macho-Nummer keine Sekunde länger ab*, hatte sie ihn, über den Tisch im *Brauhaus*, an dem sie während ihres dritten Treffens gesessen hatten, angefaucht.

Henry hat Recht; wenn er sich seiner Nicole offenbart, hat ihre Beziehung kaum Chancen auf eine Zukunft. Auch wenn seine große Liebe wie ein Playmate aussieht, sie ist nicht dumm. Seine Bürokraft Frau Sänger hat ihn, ihrem Ruf als *Zeitung auf zwei Beinen* gerecht werdend, über die Oldenburgs ins Bild gesetzt. Er räuspert sich, richtet seine Worte an den Rücken seines Klienten, der noch immer am Fenster steht, als genösse er die Aussicht.

»Was hast du also vor? Glaubst du ernsthaft, wegzulaufen wäre eine Lösung? Vor dir selbst kannst du nicht fliehen; das sollte dir klar sein. Wohin du auch kommst, du wirst immer entscheiden müssen, wem du wie viel über deine Vergangenheit anvertrauen willst. Warum also nicht hier in Wismar damit anfangen?«

Henry strafft die Schultern, nimmt wieder Platz, rückt die Brille die Nase hinauf.

»So, wie du das sagst, klingt es so einfach. Ein wenig Mathematik, eine simple Kosten-Nutzen-Rechnung – und schon weiß ich, wie ich mich verhalten soll. Aber die Gleichung hat ein paar zu viele Unbekannte.«

Weller erinnert sich an Frau Sängers Bericht: »Den können sie mir übrigens schenken, den Bernhard Oldenburg. Der war zwei Klassen über mir und schon damals nicht ganz sauber, viel zu sehr von sich überzeugt, nur auf seinen eigenen Vorteil aus. Nee, der ist kein angenehmer Zeitgenosse.« Er übertönt seine eigene Hilflosigkeit mit einem recht müden Scherz. »Na, Algebra ist doch für dich als Betriebswirt keine Herausforderung. Was hast du zu verlieren, wenn du ihr von deiner Vergangenheit erzählst – wo du ohnehin bereit bist alles aufzugeben? Selbst wenn da nur ein Hauch einer Chance ist, dass sie dich trotzdem akzeptiert, warum probierst du es nicht? So gesehen, kannst du nur gewinnen.« Er merkt selbst, dass dieser Optimismus aufgesetzt wirkt. »Oder scheust du den Vorwurf des Schnorrertums? Meinst du, sie oder andere werden denken, du hättest dich vorsätzlich an sie herangemacht?«

Henry schüttelt unwillig den Kopf. »Ach was, es ist mir völlig

gleichgültig, was andere denken. Aber ich sehe keine Zukunft für Nicole und mich. Warum soll ich mich also bewusst einer so demütigenden Situation aussetzen?«

Weller fühlt sich machtlos, unfähig, etwas gegen diese nachvollziehbare, desillusionierte Sicht seines Klienten einzuwenden. Henry hat ja Recht. Doch irgendetwas ist da im Hintergrund, das Weller nicht zu fassen bekommt. Etwas, das der ganzen vertrackten Konstellation vielleicht einen neuen Dreh geben könnte, wenn er nur darauf käme, um was es sich handelt. Henry verschweigt ihm ein wichtiges Detail, da ist er sich sicher.

»Was hast du ihr denn bisher über deine Vergangenheit erzählt?«

»Das wahrscheinlich Übliche: Mehrjähriger Auslandsaufenthalt.« Henry zuckt mit den Schultern.

»Hat ihr Vater etwas gegen eure Verbindung einzuwenden?«

»Nein, im Gegenteil. Er hat mir sogar einen Job angeboten.«

Weller spürt Ärger in sich aufkeimen. Das spricht doch für eine gewisse Toleranz des alten Oldenburgs. Weshalb nur sieht Henry aus, als hätte er gerade sein Todesurteil verlesen bekommen?

* * *

Die Plattenbewohner feiern – wie immer. Aus dem weit geöffneten Fenster drüben auf der fiesen Seite der Straße quillt Schlagermusik hinaus in den Sonntagvormittag. Sonja steht an ihrem Schreibtisch, packt Block, Diktafon und Kamera in ihre Tasche und schaut unverwandt hinüber zu den dort drüben am vermüllten Couchtisch hockenden, fahrig gestikulierenden Gestalten. Irgendwer – es ist nicht auszumachen, ob Mann oder Frau – kommt ins Zimmer und lässt sich zwischen die auf dem Sofa Sitzenden fallen, als wären diese gar nicht da. Rudernde Arme und Beine und vom Tisch gekickte Bierflaschen – wie immer.

Es ist kühl; Sonja schließt das Fenster, gibt ihrer Topfpflanze – ein Geschenk der Redaktion zu ihrem letzten Geburtstag – Wasser und verlässt die Wohnung. Im Wagen startet sie ohne darüber nachzudenken den CD-Player, taucht während der Fahrt ab in Henrys wohlklingende Stimme. Er schildert den Alltag in der Haftanstalt, spricht von endlosem Schrecken und peinigender Monotonie. Seine Worte sind gewählt; manches Mal zögert er, als wolle er ihr nicht zu viel zumuten. Er berichtet von Ritualen, Brutalitäten, Rangkämpfen. Und doch ist seine Stimme so weich, so einfühlsam. Wie hat er es dort drinnen nur ausgehalten! Sie kennt die Aufnahme beinahe auswendig, spricht manche Passagen im Geist mit. Sie ist ihm so nah und fühlt sich trotzdem so fern von ihm.

Sie kennt mittlerweile seinen Wagen und seine Adresse, war in seiner herzergreifend trostlosen Wohnung. Und sie hat seine Handynummer – sicher hat er vergessen, sie zu unterdrücken, als er sie anrief oder weiß noch gar nicht, dass man anonym anrufen kann. Und doch ist sie ihm keinen Deut nähergekommen. Umsonst hat sie gehofft, dass der kostbare Moment auf der Reriker Aussichtsplattform sich wiederholen würde. Er ist ihr gegenüber kalt wie ein Fisch. Selbst ihre Informationen über seinen Widersacher hat er ungerührt zur Kenntnis genommen, schien mit seinen Gedanken weit fort zu sein. Ihr armer Schatz, wie kann sie ihm bloß helfen? Bevor er sich auf sein Liebesleben – auf sie – konzentrieren kann, muss er vermutlich diese Sache, diese Abrechnung mit dem Bauunternehmer erledigen. Sein Denken scheint davon besessen, nichts anderes hat zurzeit eine Bedeutung für ihn. Da kann sie nicht erwarten, dass er sich zu ihrer Liebe bekennt.

Sie findet einen Parkplatz gegenüber der Stadtbibliothek und läuft unter den tief hängenden Wolken zum Alten Hafen. Kühler Wind bläst ihr vom Meer her entgegen. Heute ist der letzte Tag des jährlichen internationalen Folklorefestivals, über das sie berichten soll. Eigentlich hätte sie bereits an mindestens einem der vorigen Tage hier sein, das eine oder andere möglichst farbenfrohe Foto schießen, Teilnehmer und Publikum interviewen sollen. Doch sie hat sich zu nichts aufraffen können. Die Zeit seit ihrem Treffen mit Henry in seiner Wohnung zerdehnt sich in ihrer Wahrnehmung zu trüb-grauer Waschlauge, in der sie versinkt, nur ab und zu auftaucht, um eine weitere Weinflasche zu öffnen, die nächste Henryaufnahme zu starten oder sich für ein paar Stunden komatösen Schlafs aufs Bett fallen zu lassen. Sie weiß, dass sie ihre Tabletten nicht zusammen mit Alkohol nehmen sollte, doch anders will und will der Schlaf nicht kommen.

Bevor sie sich zum Festzelt aufmacht, in dem die Abschlussgala stattfinden wird, kehrt sie in der *Bar am Kai* ein, setzt sich an einen der drei langen Tische draußen und schaut über das Hafenbecken mit den Fischverkaufskuttern hinweg auf die gepflasterte Uferpromenade gegenüber. Es ist derselbe Tisch, an dem sie Henry ihre Liebe gestanden hat. Wie lange ist das nun her? Es erscheint ihr wie eine Begebenheit aus einem anderen, früheren Leben, ein Leben, das dennoch auf eine verschlungene, schicksalhafte Weise mit ihrem jetzigen verkettet ist. Werden sich die zersplitterten Fragmente dieser beiden Leben jemals zu einer Einheit zusammenfügen? Fast wünscht sie, Henry wäre noch immer inhaftiert, stünde ihr, und nur ihr, ungeteilt zur Verfügung.

Die Sonne will sich heute nicht zeigen, düstere Wolken hängen schwer über der Stadt, trotzdem zieht sie sich die große Sonnenbrille vor die Augen, bevor die Kellnerin sie nach ihren Wünschen fragt. Sie weiß, dass sie aufgedunsen aussieht. Nicht einmal die Haare hat sie sich gewaschen, nur schnell ihre grünsamtene Ballonmütze aufgesetzt. Sie bestellt Kaffee-Cognac und überprüft ihre Geräte. Ein paar Besucher-O-Töne, ein, zwei Statements von Mitwirkenden und ein paar folkloristische Fotos – möglichst von dunkelhäutigen Tänzern – den Rest wird sie in einer Nachtschicht zusammenkloppen, damit sich Wismar wieder als weltoffen und auf gar keinen Fall fremdenfeindlich feiern lassen kann. Wie es während des restlichen Jahres, wenn diese Alibiveranstaltung vorbei ist, hier auf den Straßen zugeht, wie viele Besucher der Stadt angepöbelt, bedroht oder verprügelt werden, weil sie nicht über die vermeintlich richtige Hautfarbe oder Muttersprache verfügen, das scheint vielen bestenfalls egal zu sein. Öffentlich macht solche Vorfälle hier niemand, denn das schadet dem Tourismus. Manchmal kotzt ihr Job Sonja an. Ihre Vorstellungen von Journalismus sind einmal ganz andere gewesen. Genau diese Missstände, diese gesellschaftlichen Morastlöcher hat sie helfen wollen auszutrocknen. Ihr *Lebenslänglich*-Projekt kommt ihr nun wie ein milder Abklatsch ihrer einstigen politischen Ambitionen vor. Und selbst dieses Projekt ruht schon seit mehreren Wochen, ja, wenn sie ehrlich ist, Monaten, so verstrickt hat sie sich in ihre und Henrys Geschichte. Das muss anders werden!

Nach einem weiteren Kaffee-Cognac fühlt sie sich weit genug hergestellt, um mit der Arbeit beginnen zu können. Als sie sich dem Festzelt nähert, schlagen ihr Blasmusikklänge entgegen. *Auch das noch! Kann es nicht wenigstens Salsa sein oder afrikanisches Trommeln?* Sie beschließt, zunächst entlang des Hafenbeckens Passanten zum Festival zu befragen. Trotz des ungemütlichen Wetters sind am Wasser die gewohnten Mengen Touristen unterwegs, interessieren sich für die Ausflugsschiffe und historischen Segler. Kaum einer ist wegen des Folklorefestivals hier. Die meisten Spaziergänger, die sie befragt, haben noch nicht einmal Notiz von ihm genommen. Auf der Rückseite des riesigen roten Backsteinsilos sind deutlich weniger Menschen unterwegs. Der Überseehafen liegt wie ausgestorben da, die großen Kräne stehen still, nur an einem der Stege des Seglerhafens legt soeben ein großes weißes Schiff an. Sonja verstaut Aufnahmegerät und Kamera in ihrer Umhängetasche und macht sich auf den Weg zurück zum Festzelt. Auf der Höhe des letzten Anlegestegs zieht etwas diffus Ungewöhnliches ihre Aufmerksamkeit auf sich. Sie bleibt stehen und schaut genauer zu der gerade hereingekommenen Yacht. Zwei Männer gehen von Bord, einer von ihnen hat kurzes graues Haar. *Henry!* Ihr Herz hüpft vor Aufregung. Der zweite, deutlich älter und mit ungesund rotem, bärtigem Gesicht, hat eine Decke um die Schultern gelegt und bewegt sich zögernd, als kämpfe er um sein Gleichgewicht. Henry reicht ihm seine

Hand, die dieser mit einer unwirschen Geste zurückweist. Sonja weiß sofort, wer das ist: der Bauunternehmer Oldenburg. Sie zieht sich den Mützenschirm tiefer ins Gesicht und beobachtet im Schutz eines an der Kaikante vertäuten Polizeischiffes, wie Henry, mit der Miene eines geprügelten Hundes, den Älteren, kraftlos Schwankenden zum Parkplatz begleitet. Sie beißt sich auf die Lippe.

Später, während des Interviews mit der Leiterin einer hiesigen Volkstanzgruppe, die langatmig über die Dreharbeiten eines Kinofilms berichtet, bei denen ihre Gruppe unlängst mitgewirkt hat, begreift Sonja bestürzt, mit einer Art von hohlem Schmerz, dass Henry es nicht geschafft hat.

* * *

Stille.

Nur der Regen auf dem Autodach. Er tippt auf den kleinen schwarzen Knopf, lässt das Radio die Stille fressen.

Kabul/Afghanistan: Bei der Explosion eines Sprengsatzes sind 21 Menschen ums Leben gekommen; sechs weitere wurden verletzt. Die Bombe war … Er wechselt den Sender. Popmusik.

Ein niedriger zerrissener Himmel zieht über die Wismarbucht hinweg. Die Kirchtürme der Stadt stoßen an die graue Wolkendecke. Er parkt auf dem Gelände des Yachtclubs in Wendorf, starrt eine Weile einfach nur auf das Wasser, die Schiffe und die hellen Rauchfahnen aus den Schloten der Holzindustrie am Haffeld. Nachdem er Wellers Büro verlassen hat, ist er lange planlos durch die Gegend gefahren, mit dem einzigen Ziel, endlich Klarheit zu gewinnen über seine Situation. Wenn er nicht schon seit mehr als fünfzehn Jahren tot ist, nun ist er es. Da hilft kein Sozialpädagogengefasel. Sympathie: verschenkt. Liebe: verraten. Lebensziel: verfehlt. Er wird diese Geisterstadt verlassen, wohin: egal.

Hier ist kein Platz mehr für ihn, seine Enttäuschung, den Selbstekel und die Trauer. Sein Zorn auf sich selbst, seine Schwäche, ist nicht groß genug, um ganz Schluss zu machen. Die Pistole liegt kühl und schwer in seiner Hand. Er wird sie nicht benutzen. Alles, sein ganzes Leben, gleitet unter ihm hinweg, lässt ihn straucheln, fallen, hinab ins Bodenlose. Nichts bedeutet ihm mehr etwas; eine universelle Sinnlosigkeit hat ihn erfasst. Vielleicht wird es besser, wenn er Wismar erst verlassen hat. Er legt die Waffe zurück ins Handschuhfach und startet den Motor. Kapitulation, alles was er tut. Ihm fehlt die Kraft, weiterzumachen. Er fährt in den Spiegelberg, beginnt, seine wenigen Sachen zu packen. Obwohl er auch alles einfach hier lassen könnte, so wenig verbindet ihn mit den nach seiner Entlassung angeschafften Dingen. Das Telefon, das er noch immer so nennt, obwohl alle nur noch von *Handys* sprechen, zirpt. *Nicole*, zeigt das Display. Sie hat seit dem Wochenanfang bestimmt zwanzig Mal versucht, ihn zu erreichen. Er weiß nicht, was er ihr sagen soll und kommt sich schäbig vor, feige. Er wirft seinen Waschbeutel in die Reisetasche, in der schon die in ein Unterhemd gewickelte Pistole und seine Schuhe liegen. Vielleicht sollte er das Telefon einfach hier in der Wohnung lassen. Er nimmt seine Handtücher aus dem Regal über der Badewanne, geht zurück ins Zimmer. Das Zirpen hört auf. Der Reißverschluss der Tasche klemmt; er braucht seine ganze Konzentration, um ruhig zu bleiben und den Stoff aus den Metallzähnen zu befreien. Als er es geschafft hat, blickt er sich schwer atmend in dem Zimmer um, das für ihn einige Monate lang so etwas Ähnliches wie ein Zuhause war. Sein Blick fällt auf die Aktenordner mit den Gerichtsunterlagen. Die wird er nicht mitnehmen. In der Küche kippt er den Karton, in dem er Altpapier sammelt, auf den Boden aus. Er nimmt die Ordner und legt sie hinein. Auch wenn es ihm eine Spur zu melodramatisch vorkommt, wie etwas, das eher einem Pubertierenden zu Gesicht stünde, nicht einem erwachsenen Mann, nimmt er sich vor, sie zu verbrennen. Er wird diese Dokumente des Scheiterns, diese Erinnerungen an seine früheren Niederlagen vernichten, sich auf diese Weise symbolisch von seinen früheren Leben trennen.

Denn auch sein drittes Leben ist nun vorbei.

* * *

Am Zierower Strand wendet er sich nach rechts, stapft, mit dem schweren Karton beladen, durch den Sand auf die Steilküste zu. Der Regen hat vor einiger Zeit aufgehört. Die Luft ist schwer, wie vor einem Gewitter. Es sind nur wenige Badegäste und Spaziergänger hier. Sein kleines Feuer wird kaum Aufsehen erregen. Er lässt den Campingplatz hinter sich und findet ein paar hundert Meter weiter Schutz in einer Einbuchtung der Steilküste. Nun ist er nur vom Meer aus erkennbar oder von oben, vom Rand der über ihm aufragenden Lehmwand. Nach rechts und links schützen ihn knorrige Sanddornbüsche. Er setzt den Karton ab und dreht sich eine Zigarette, versucht, während er raucht, abzuschätzen, ob es hier einsam genug ist oder ob sich jemand aufregen, vielleicht sogar die Polizei verständigen wird. Er sucht herumliegendes Holz und baut mit dem Karton als Windschutz eine improvisierte Feuerstelle. Seine Finger zittern leicht, als er die ersten Seiten aus einem der Ordner löst, sich zwingt, sie ohne zu lesen zusammenzuknüllen. Wenig später kräuselt sich eine dünne Rauchfahne in die Luft, die Flammen fressen ein Blatt nach dem anderen. Der erste Ordner ist leer, wird ebenfalls verbrannt. Nichts soll zurückbleiben. Ein kleiner braun-weißer Hund kommt herangetrabt, schnüffelt einmal um Henry und sein Feuer herum, verschwindet wieder. Eine Minute darauf taucht eine ältere Frau am linken Rand von Henrys Gesichtsfeld auf, wandert ungerührt an der Wasserlinie entlang, nimmt scheinbar keine Notiz von ihm. Der Hund springt vor ihr hin und her, kläfft. Mechanisch lösen Henrys Hände die Schriftstücke aus dem nächsten Ordner, legen sie in die Flammen. Früher, in seine Zelle, hat er sich vorgestellt, was dort bei einem Brand mit ihm passieren würde. Tod durch Ersticken, der Körper bis zur Unkenntlichkeit verkohlt. Der vorletzte Ordner ist fast leer, da meldet sich sein Telefon. *Anrufer unterdrückt.* Wenn es Nicole ist, wird er auflegen.

»Ja.«

»Henry?«

»Ja.«

»Ich bin's, Sonja.«

»Sonja.«

»Pass auf, Henry, ich weiß, was am Sonntag passiert ist. Besser: was nicht passiert ist.«

Er schweigt, nimmt mit der freien Hand die nächsten Blätter mit amtlichen Briefköpfen und füttert das Feuer.

»Henry? Ich weiß nicht, was du jetzt vorhast, aber gib mir eine Chance. Du willst es doch noch immer, oder?«

Er hört etwas Hartes an ihr Telefon stoßen, gefolgt von Trinkgeräuschen.

»Ich löse unser Problem. Vertrau mir.« Eine Autotür fällt ins Schloss, Schritte, der Schrei einer Möwe. »Henry …«

Er sollte auflegen, sich um das Feuer kümmern. Eine Zigarette rauchen. Irgendetwas. »Ja?«

»Ich liebe dich. Ich werde dir helfen. Du brauchst dir keine Sorgen zu machen. Ich schaffe das schon, habe mir alles genau überlegt. Und dann sind wir frei. Wünsch mir Glück, Liebster. Nein, besser Mast- und Schotbruch. Oder beides.« Ihr Lachen klingt hysterisch.

Das Gespräch ist unterbrochen. Henry fragt sich, was ihn diese Frau, ihre wahnhafte Beharrlichkeit, mit der sie ihn bedrängt, noch angehen. Er ist so gut wie fort. Das Feuer droht zu verlöschen. Der Ordner ist leer und er schlägt den letzten auf, öffnet den Mechanismus. Das Briefpapier seines Anwalts. Während er hastig die Seiten auf die verglimmenden Blätter im Feuer schichtet, sickert langsam die Bedeutung dessen, was Sonja gesagt hat, in sein Bewusstsein.

Sie ist irrsinnig genug, etwas Drastisches zu tun. Sie scheint zu allem fähig. Er fährt sich mehrmals mit der Handfläche über die Haare, merkt nicht, wie rußig sie ist, denkt nach. Er kann nicht zulassen, dass diese Verrückte andere ins Unglück stürzt. Sie selbst ist ihm herzlich gleichgültig, aber Nicole hat es nicht verdient, von dieser Irren angegriffen zu werden. Als eine Möwe kreischend vorbeifliegt, versteht er plötzlich. Wie ein Wilder reißt er das noch verbliebene Papier aus dem Ordner. Das Feuer lodert hoch auf, qualmt stark, während Henry Sokop atemlos zu seinem Wagen rennt.

* * *

»Lass ihm einfach ein wenig Zeit. Es scheint, dass er eine Weile braucht, um alles zu verdauen. Ich war ja auch bis gestern noch irgendwie weggetreten.«

»Und da hast du dich auf dieses Interview eingelassen?« Nicole legt ihr Handy beiseite, schiebt sich mit der Sonnenbrille die Haare zurück und lehnt sich an die Achterreling der *Niobe*. »Oder ist das so eine Art Konfrontationstherapie? Nach dem Beinahe-Ertrinken sofort wieder aufs Schiff?« Sie ist noch immer wütend, weil er sie nicht sofort am Sonntag, nach seinem

Unfall, angerufen hat. Ihr Vater steht, mit dem Rücken ans Steuerruder gelehnt, im blauen Blazer mit den Goldknöpfen und einer weißen Hose und betrachtet sich in seinem Taschenspiegel. Nur die weiße Skippermütze fehlt; die ist in der Ostsee geblieben. Er holt einen Kamm aus der Gesäßtasche und zieht den Scheitel seines am Hinterkopf schütter werdenden Haares nach. Dann kämmt er seinen Schnauzer und den Kinnbart. Dabei spricht er weiter.

»Papperlapapp. Wenn die Lokalpresse ein Unternehmerportrait von mir machen will, dann sage ich doch nicht nein. Warum auch immer die Dame es so eilig hat.« Er blickt sinnend auf Nicoles weiße kurzärmlige Bluse. »Du könntest gerne einen Knopf mehr aufmachen. Du hast doch nichts zu verstecken.«

»Papa!«

»Ich mein ja nur. Wir wollen auf den Fotos doch so vorteilhaft wie möglich rüberkommen.«

»Kennst du die Journalistin?«

»Nein, aber ich habe mich bei Schubert, dem Chefredakteur erkundigt. Die ist wohl ganz rührig, hat früher für das JOURNAL gearbeitet und so weiter.«

Nicole sieht auf ihre Armbanduhr.

»Hoffentlich ist sie pünktlich. Ich habe um sechs einen Termin mit dem Tierarzt abgemacht. Er soll sich Aviras Sprunggelenke noch einmal ansehen. Und vorher wollte ich noch ins Büro.« Sie steigt unter Deck, füllt die Thermoskanne mit Kaffee und legt Gebäck in die Silberschale. Noch immer ist sie völlig durcheinander, weiß nicht, wie sie Henrys Schweigen deuten soll. Hinterherlaufen wird sie ihm nicht; das hat sie nicht nötig. Aber sie wüsste zu gern, weshalb er in dieser Weise auf das Angebot, zu ihnen in die Villa zu ziehen, reagiert. Dass er es mit ihr nicht ernst meinen könnte, zieht sie keinen Moment lang in Erwägung. So, wie sie sich ihrer Gefühle für ihn völlig sicher ist, so zweifelt sie nicht im Geringsten an seiner Liebe zu ihr. Irgendetwas muss ihn aus dem Tritt gebracht haben. Vielleicht scheut er die Abhängigkeit, will lieber eigenständig bleiben. Aber so ohne Vorwarnung abzutauchen ist kindisch. Womöglich ist ihm etwas zugestoßen? Daran mag sie gar nicht denken, ist so froh, dass ihrem Vater nichts Ernsthaftes passiert ist.

Von oben hört sie, wie er jemanden mit polterndem Lachen begrüßt. Er ist ein alter Blödmann, aber sie hat ihn sehr lieb. Als sie mit dem Tablett nach oben kommt, ist sie überrascht, wie klein die Journalistin ist. Sie reicht ihrem Interviewpartner kaum bis zur Brust. Sie machen sich miteinander bekannt, Nicole schenkt Kaffee ein, ihr Vater bietet, trotz der frühen Nachmittagsstunde, Hochprozentiges an.

»Ach, ein Kleiner wird wohl nichts schaden«, erwidert ihr Gast. »Es spricht sich dann leichter.«

Nicole hat die Frau, die gerade ihren Whisky mit einem affektierten Kichern in ihre Tasse kippt, sofort erkannt. Das merkwürdige Verhalten dieser Journalistin in der Bar, beim ersten Rendezvous mit Henry, hat sie nicht vergessen. Henry hat von einer Reportage erzählt, für die sie ihn interviewt hat. Nicole folgt ihrem Instinkt, auf ihre erste Begegnung nicht zu sprechen zu kommen. Zwischen ihnen auf dem Tisch liegt das Aufnahmegerät und ihr Vater beantwortet, mit einer Mischung aus Schalkhaftigkeit und Altmännercharme, erste Fragen nach seinem Werdegang. Dann tönt unten in der Kabine Nicoles Handymelodie und sie springt die Stufen hinunter – voller Hoffnung, dass er es ist. Doch es ist nur ihre Sekretärin, die etwas zu einem aktuellen Vorhaben wissen will.

Als sie wieder an den Tisch auf dem Achterdeck tritt, schenkt ihr Vater gerade die zweite Runde Whisky ein. Sie hält es nicht für klug, jetzt zu trinken, hat bereits den ersten abgelehnt. Die orangehaarige Journalistin ist gehörig in Fahrt. Der Alkohol glänzt in ihren Augen. »Ach, können wir nicht ein wenig hinausfahren, Herr Oldenburg? Ich habe mir das so gedacht: Der wettergegerbte Kapitän, das Steuer fest in der Hand, schaut hinaus auf das offene Meer, im Hintergrund die Küstenlinie oder, noch besser, die Silhouette von Wismar.« Sie nestelt eine größere Digitalkamera aus ihrem ledernen Beutel. Nicole sieht demonstrativ auf ihre Uhr, aber ihr Vater ist begeistert, wischt mögliche Einwände beiseite.

»Du kommst schon rechtzeitig zu deinem Gaul, Nicole. Wir können doch unserem Gast das Erlebnis einer Fahrt auf der *Niobe* nicht vorenthalten.« Er wendet sich der Journalistin zu. »Sagen Sie selbst, waren Sie jemals auf einer so schönen Yacht?«

Peinlich berührt von dieser Protzerei fügt sich Nicole der fröhlich-alkoholisierten Übereinkunft, einen kurzen Törn in der Wismarbucht zu unternehmen.

* * *

Jede verfluchte Ampel ist heute rot. Henry schlägt mit der Handfläche auf das Lenkrad ein. Der Fahrer vor ihm ist auf die Bremse gestiegen, als das Signal gerade eben gelb geworden ist. Sie hätten es locker noch beide über die Kreuzung am *Burgwallcenter* geschafft. Schon damals, in seiner ersten Wismarer Zeit, hat ihn das trödelige Temperament vieler Mecklenburger Autofahrer zur Weißglut gebracht. Als würden sie noch immer Trabbi fahren und hinter jeder Straßenecke VoPos lauern.

Rentner, Studenten, junge Mütter überqueren die Straße. Auch sie scheinen keine Eile zu haben. Dann bekommt der Verkehr von rechts freie Fahrt. Henry schaltet in den ersten Gang, schätzt die Chance ab, mit einem schnellen Schlenker auf die linke Abbiegespur und über den Schiffbauerdamm Zeit zu sparen. Er entscheidet sich dagegen, folgt der Schnecke vor ihm die Lübsche Straße entlang. Er stöhnt auf, als die Druckknopfampel beim *MTC* auf gelb umspringt und er wieder halten muss, denn auch dieses Mal hat sein Vordermann unnötig früh gebremst.

Autoritätshöriger Mistkerl!

Endlich hat er den Hafen erreicht, fährt direkt zum Liegeplatz der *Niobe* am Brunkowkai. Während er zwischen den abgestellten Wagen auf dem Sandplatz einparkt, fahndet er mit einem Auge nach der Yacht. Sie ist nicht an ihrem Platz. Er steigt aus, rennt zum Anlegesteg, sucht das Wasser ab. Da, dort hinten, das könnte sie sein. Ein großer weißer Segler hat das Ende des Hafenbeckens fast erreicht. Er blickt sich um, entdeckt ein älteres Paar auf der Kaimauer, hetzt zu ihnen, deutet atemlos auf den Feldstecher, der dem Mann vor der Brust baumelt. »Darf ich mir den für einen Moment ausleihen? Es ist ein Notfall.«

Die beiden sehen ihn mit großen Augen an, der Mann reicht ihm das Fernglas, zögernd, doch augenscheinlich um Hilfsbereitschaft bemüht.

»Keine Sorge, ich laufe nicht weg.« Henry hebt das Glas an die Augen. Gerade wird dort hinten die Fock gesetzt. Er fühlt sein Herz gegen die Rippen schlagen, Schweiß steht ihm auf der Stirn. Drei Personen erkennt er an Deck. Sie sind es. Nicoles Haar leuchtet hell, ihr Vater steht am Ruder. Die dritte Person trägt eine Mütze, doch die Größe stimmt. Er muss diese Irre aufhalten.

Anrufen!

Er tastet die Jackentaschen ab. *Wo ist das Telefon?* Hastig drückt er dem Mann den Feldstecher in die Hand, murmelt einen Dank und rennt zum Auto. Mit zitternden Fingern durchsucht er den Innenraum, blickt hektisch auf den Boden unter den Sitzen. Nichts. Voller Verzweiflung läuft er zurück ans Hafenbecken. Er muss da raus.

Zwei Stege weiter steht ein Mann mit rotem Vollbart in einem kleinen offenen Boot und reißt am Anlasser des Außenborders. Henry denkt nicht nach, folgt einfach seinen Impulsen. *Keine Zeit, zu diskutieren.* Schon ist er bei dem Rotbart auf dem Steg, löst die Leine, mit der das Boot festgemacht ist und wirft sie ihm zu.

»Oh, danke«, ruft der und schaut perplex zu ihm herauf. Mit einem Satz ist Henry bei ihm im Boot, das unter dem neuen Gewicht bedenklich schaukelt. Sein Gegenüber fuchtelt mit den Armen, versucht, das Gleichgewicht zu halten und kreischt vor Überraschung auf. »So war das aber nicht gemeint. Raus aus meinem Boot.«

Henry packt ihn an den Schultern und stößt ihn ohne ein Wort über Bord. Der andere schreit, das Wasser spritzt hoch auf. Henry gibt Vollgas und das Boot schießt mit laut aufjaulendem Motor ins Hafenbecken hinaus.

* * *

»Tschüß, Frau Sänger.«

»Schönen Feierabend, Herr Weller. «

Er schultert seinen Rucksack, läuft die Treppen hinunter, schließt sein Rennrad vom Zaun und fährt zum Alten Hafen. Heute morgen hat er seiner Frau versprochen, Räucherfisch mitzubringen. Ihre Schwester kommt zu Besuch und Ellen will ihre legendären Bratkartoffeln zubereiten.

Die Schlange an seinem Lieblingskutter ist nicht lang; nach wenigen Minuten hat er seinen Einkauf im Rucksack verstaut und beschließt, bevor er nach Hause fährt, am Kai eine Runde um das *Baumhaus* zu drehen. Der Himmel hängt tief, aber nach dem Schauer am Vormittag ist es trocken geblieben. Er hat einen harten Tag hinter sich, braucht noch ein wenig gedanklichen Auslauf, bevor er wieder der Privatmensch Weller ist.

Da war der Termin mit Henry, der ihn unzufrieden hinterlassen, ihm seine eigene Hilflosigkeit bewusst gemacht hat. Danach musste er mit größter Mühe einen anderen seiner Jungs davon abhalten, den Sachbearbeiter der Arbeitsagentur mit Fäusten zu überzeugen, dass er in seiner Beschäftigungsmaßnahme nur deshalb so viele Fehlzeiten hat, weil das Kind seiner Freundin häufig krank ist und sie ihren Job einfach nicht verlieren darf. Dann zurück ins Büro, Aktenarbeit: Berichte ans Gericht, Telefonate, anschließend Vorbereitung der nächsten Gruppenstunde seines Anti-Gewalt-Trainings. Am Nachmittag drei Gesprächstermine: Ein Ersttäter – gemeinschaftlicher Tankstellenüberfall mittels einer Gaspistole. Zwei Intensivtäter – einer davon bereut immerhin halbherzig, seine Freundin, die ihn bis aufs Blut gereizt hat, verprügelt zu haben. Der andere – Wiederholungstäter mit einer im Lebensbild verfestigten Delinquenz, wie das Amtsdeutsch es ausdrückt, sprich: unbelehrbar – war nicht erschienen, also hat Weller eine Stunde früher als geplant die Akten für seine morgige Außensprechstunde in Warin zurechtgelegt und noch kurz mit der Kollegin aus dem Schwerpunkt *Sexualstraftäter* einen Fall besprochen. Ein ganz normaler Arbeitstag also. Die übliche, Kräfte verzehrende Mischung. Jetzt will er eine Weile lang so tun, als sei er Tourist, unbeschwert von allen Alltäglichkeiten den Blick über die historischen Schiffe und die dicken Pötte im Seehafen wandern und sich die Meeresbrise um die Nase wehen lassen. Und beim *Baumhaus* seinen kleinen geheimen Schwedenkopfzauber für sich und Ellen ausüben. Bevor er zurückkehrt in die wohlgeordnete Welt der Wohlanständigen, der überwiegend wohlmeinenden und weitgehend sorgenfreien Eigenheim-Wohlstandsbürger seines Wohnviertels, in dem er sich manchmal ebenso fremd und beklommen fühlt, wie seine Klienten sich in seiner Sprechstunde fühlen müssen. Ellen hat das Haus – eine kleine, liebevoll restaurierte Fachwerkscheune inmitten von Neubauten – schon bewohnt, bevor sie sich kennen lernten. Und meistens ist er dort in Fischkaten, dicht an der Küste und doch recht nah an der Wismarer Altstadt, auch gern. Alles eine Frage der Perspektive. Die verschiebt sich durch den Kontakt mit seinen Jungs und Mädels, die Beschäftigung mit ihren oft kummervollen und bedrückenden Lebensrealitäten oftmals und muss zum Feierabend hin wieder ein wenig gerade gerückt werden.

Er hält vor dem *Baumhaus* und tätschelt dem linken Schwedenkopf das Haupt, denkt dabei an Ellen, ihren Duft, ihr herbes Lachen, und ist sofort, ganz so, als habe er einer Buddhastatue über den Bauch gerieben, glücklich. Er umrundet das Gebäude, rollt bis zum Rand des Kais, wo er das Rad stoppt und hinaus auf das vom Wind gekräuselte Wasser der Wismarbucht blickt, das die Wolken grau färben. Eine weiße Yacht läuft gerade aus. Er kneift die Augen zusammen. Oldenburgs *Niobe* – welch ein Zufall. Er schaut, ob er Henrys Schopf erkennt, auch wenn seine Anwesenheit dort unwahrscheinlich ist, nach dem, was er ihm heute Morgen offenbart hat. Henry war heute in einer dermaßen defätistischen Verfassung, dass es an ein Wunder grenzen würde, ginge er nun mit seiner Liebsten und anderen auf einen Segeltörn. Nein, nur ein älterer Mann und zwei Frauen sind an Bord. Allerdings wirken die drei dort drüben auch nicht gerade unbeschwert, erwecken einen eher steifen, gezwungenen Eindruck. Weller zuckt mit den Schultern. Was geht es ihn an.

Am Wochenende will er wieder hinaus, mit der *Ellen* in Richtung Lübecker Bucht segeln. Soll er Henry anbieten, mitzukommen? Er tritt wieder in die Pedale, lenkt das Rad an den Backsteinsilos vorbei zum Brunkowkai. *Ob Henry seine Andeutungen in die Tat umsetzen und wirklich die Stadt verlassen wird?* Weller würde es bedauern. Er nimmt sich vor, morgen die Dreitageswetterprognose abzuwarten und Henry, wenn sie Segelwetter verspricht, anzurufen. Noch nie hat er einen seiner Klienten aufgegeben. Und diesen hier, den will er besonders ungern verlieren. Ihm ist nicht ganz klar, weshalb das so ist, welche Gefühlsebenen Henry Sokop in ihm zum Schwingen bringt, welcher Art seine eigene Resonanz auf den stillen, grauhaarigen Einzelgänger ist.

Sein Gedankenfluss wird durch einen Tumult dort vorn am Ende des Hafenbeckens gestört. Er fährt näher heran. Eine kleine Menschenmenge steht oben an der Kaikante, einige Leute gestikulieren unten auf einem der Anlegestege. Als er näherkommt, sieht er einen im Wasser um sich schlagenden Mann. Zwei andere halten ihm einen Bootshaken hin, ein dritter wirft ihm einen Rettungsring zu. Weller steigt vom Rad, schiebt es näher an die erregt diskutierenden Menschen heran.

»Frechheit, so was. Wirft den Mann ins Wasser und stiehlt ihm das Boot.«

»Unglaublich.«

»Mein Mann holt schon die Polizei.«

»Wahrscheinlich haben die beiden gestritten.«

»Nee, der eine kam einfach vorbei, springt bei dem ins Boot, ohne ein Wort.«

»Nicht zu glauben.«

»Ich hab es genau gesehen. Da, da hinten fährt er!«

Weller blickt den ausgestreckten Arm entlang und für einen Moment stockt ihm der Atem. Er hat Augen wie ein Luchs, wie Ellen behauptet, und was er mit ihnen sieht, ist alles andere als erfreulich. Die kurzen grauen Haare, die schwarze Windjacke mit dem auffälligen Emblem dieser bayrischen Modemarke auf der Rückseite, die er heute Morgen schon getragen hat – das ist unverkennbar Henry.

Sein Lieblingsklient steuert mit Vollgas in einem geraubten Boot hinaus in die Wismarbucht. Dorthin, wo vor ein paar Minuten die Yacht Oldenburgs das Hafenbecken verlassen hat. Egal, ob er das Boot aus romantischen oder ganz anderen Beweggründen gekapert hat, ihre gemeinsame Segeltour am Wochenende dürfte hiermit geplatzt sein.

* * *

Nicole bedient die Leinen. Sie haben erst das Groß und dann die Fock gesetzt. Die *Niobe* läuft wie am Schnürchen am Wind. Ihr Vater steht – ganz Captain Cook – steuernd an Deck, schaut grimmig und genießt die Aufmerksamkeit der Journalistin. Die schnüffelt wie ein Spürhund herum, fragt sie beide Löcher in den Bauch, scheint dabei unangemessen aufgeregt zu sein. Nur fotografiert hat sie noch nicht. Vielleicht spart sie sich das auf, bis sie und ihr Vater ganz natürlich, in ihrer Haltung durch die Gewöhnung an die Anwesenheit der Fremden weniger förmlich geworden sind. Nicole sitzt achtern, genießt die entspannende Wirkung der fast schwerelosen Bewegung über das Wasser, die gewohnten Handgriffe, die stets gleichen Kommandos. Hier draußen sieht sie alles aus einem anderen Blickwinkel, erscheint ihr vieles erheblich bedeutungsloser als an Land.

»Ich mache uns noch einen Kaffee. Das ist doch in Ordnung, oder?« Die Journalistin steht am Niedergang, ihren Beutel umgehängt. »Ich muss nämlich auch mal wohin.« Sie grinst verlegen. Nicole nickt. Die andere weiß, wo die Toilette ist. Ihr Vater hat ihr die *Niobe* vor dem Auslaufen von der Bilgenpumpe bis zum Verklicker vorgeführt.

»Zeit zum Umkehren, was meinst du, Kätzchen?«

Normalerweise ärgert sie der alberne Kosename, den ihr Vater seit mehr als drei Jahrzehnten unverdrossen benutzt. Heute stimmt er sie wehmütig. Klingt er doch so viel zärtlicher als das coole Nic, das Henry benutzt. Doch auch das würde sie nur zu gern wieder hören. *Wo ist er nur? Warum meldet er sich nicht?*

»Ja, es ist genug für heute. Lass uns wenden.« Ihr Vater scheint erleichtert. Auch er ist nur hier, weil es dem Geschäft dient, nicht, weil er ernsthaft Lust auf einen Segeltörn hätte.

»Klar zur Wende.«

Sie nimmt die Vorschot aus der Winsch. »Ist klar.«

»Ree.«

Sie holt die Fock dicht, freut sich an der Effektivität ihrer während vieler Jahre trainierten Kommunikation und Handgriffe. Sie fahren eine Q-Wende, gehen auf Heimatkurs Wismar. Wie ein Pferd, das seinen Stall wittert, nimmt die *Niobe* tüchtig Fahrt auf, zerschneidet die grauen Wellenkämme, dass es spritzt.

Nicole fällt auf, wie lange die Journalistin schon unter Deck ist und mit ahnungsvollen Gedanken an ihre eigene Tasche mit Geld, Handy und Autoschlüsseln steigt sie den Niedergang hinunter.

* * *

Sonja ist euphorisch und zugleich völlig gelassen. Sie denkt lächelnd daran, dass schwangere Frauen in den Stunden vor der Entbindung eine solche überirdische Gemütsruhe überkommen soll. Sie steckt den Halbliterflachmann aus Edelstahl zurück in ihren Beutel, gießt heißen Kaffee aus der Glaskanne in die drei Becher, von denen zwei präpariert sind. Wie immer hat ihr Arzt ihr, nachdem sie ihm etwas von stärker werdenden Schlafstörungen vorgejammert hat, das Gewünschte verschrieben. Sie hat alle zwanzig Tabletten im Mörser zerkleinert und in Wasser aufgelöst. Das milchige, dickflüssige Gemisch wird selbst den großen, beleibten Oldenburg umhauen. Sie kennt die

Wirkung der Benzodiazepine aus eigener Erfahrung. Zusammen mit Alkohol sind sie wahre K.O.-Mittel. Der extra starke Kaffee, den sie gekocht hat, wird den bitteren Geschmack erklären, dazu kippt sie Whisky in alle drei Becher. Für den Fall, dass keine Kaffeemaschine an Bord gewesen wäre, hat sie sogar eine Flasche bitteren Kräuterlikör in ihrem Beutel mitgebracht. Schritte tappen auf den Stufen zum Deck. Hastig dreht sie sich um, die Whiskyflasche noch in der Hand.

»Ich habe Ihnen auch einen kleinen Schluck eingeschenkt. Das ist doch in Ordnung, oder? Sie haben bisher ja noch gar nichts getrunken. Ich weiß, wenn man noch Auto fahren muss, sollte man vorsichtig sein.« Sie plappert und kichert. Über Nicole Oldenburgs Miene huscht für einen Sekundenbruchteil Unwillen, dann hat sie sich wieder unter Kontrolle und lächelt.

»Na, einen Kleinen darf ich wohl.« Sie zieht fröstelnd die Schultern hoch. »Mir ist tatsächlich ein wenig kalt geworden, da kommt so ein Gebräu gerade recht.« Sie lässt ihren Blick forschend durch die Kabine gleiten. Sonja hält ihr einen Becher hin.

»Na, dann zum Wohl. Auf Mast- und Schotbruch.« Wieder muss sie kichern, trinkt schnell einen Schluck aus ihrem eigenen Becher.

Oldenburg nimmt den Kaffeepott im Steuerstand entgegen, setzt ihn sofort an die Lippen und nimmt mehrere Schlucke.

»Na, min Deern. Kaffeekochen kannst du.« Er zwinkert ihr zu. »Nun lass mal sehen, ob du auch ein Boot führen kannst.« Er tritt ein wenig beiseite, überlässt Sonja das schmale Aluminiumsteuerrad. Sie fühlt sich beschwingt, tut so, als lausche sie interessiert seinen Erklärungen zum Halten des Kurses und horcht mit einem Ohr hinunter in die Kabine. Doch von dort kommt kein Ton.

* * *

Es ist zum Aus-der-Haut-fahren. Henry wischt mit dem Jackenärmel Gischttropfen von den Brillengläsern. Seit er die *Niobe* auf Höhe des Wendorfer Yachthafens ausfindig gemacht hat, hat sich der Abstand zwischen ihnen nicht um einen Deut verkürzt. Die Yacht hat Fahrt aufgenommen, entfernt sich unter vollen Segeln immer schneller. Er kommt einfach nicht so nah, dass er Nicole und ihren Vater mit Rufen auf sich aufmerksam machen könnte. Seine Hand umkrampft den Gasgriff, hält ihn bis zum Anschlag aufgedreht. Der kleine Motor jault hell, gibt sein Bestes, aber es reicht nicht. Der Abstand wächst. Verbissen hält Henry Kurs, hofft, dass ihm der Sprit nicht ausgeht. Die kleine Nussschale tanzt über die Wellenkämme; er wird durchgeschüttelt, hopst auf der schmalen Bank auf und nieder. Feuchter Wind peitscht ihm ins Gesicht. Ihm ist wie in einem Alptraum, in dem sich die Zeit dehnt und er ein Ziel erreichen muss, das sich immer weiter von ihm entfernt. Linkerhand kommt die Marina von Hohen Wieschendorf in Sicht, die hellen Masten der vertäuten Segler. Der Fahrtwind zerrt an seiner Jacke, drückt ihm die Brille fest ans Gesicht. Er schaut suchend auf den Boden des Bootes, doch dort ist nichts als der nackte Rumpf. Wie kann er Nicole auf sich aufmerksam machen?

Da, jetzt machen sie dort vorne ein Manöver. Die Yacht legt sich in den Wind, bremst. Sie wenden! Henry beißt die Zähne zusammen. Jetzt kann es sich nur noch um Minuten handeln, bis er sie erreicht hat. Und dann? Was soll er eigentlich sagen? Macht er sich nicht völlig lächerlich? War er bis eben noch völlig sicher, dass die Oldenburgs in Lebensgefahr schweben, so kommen ihm seine Befürchtungen nun übertrieben und unrealistisch vor. Doch jetzt kann er nicht mehr zurück.

* * *

»Bl... bleib am Ruder. M... mir is nich gut.« Oldenburg schwankt, obwohl die *Niobe* schnurgerade auf dem Wasser liegt, wendet sich nach links, stützt sich auf die Reling. Sonjas Herz tut einen Sprung. Es ist so weit. Unter Deck ist noch immer alles still. Um die blonde Kuh wird sie sich später kümmern. Mit einem schrillen Schrei nimmt sie Anlauf und wird zu einem menschlichen Rammbock.

* * *

Ihm gefriert das Blut, als dort vorn, hundert Meter entfernt, ein Körper über Bord geht. Oldenburg! Welch ein elendes Déjà vu! Nein, viel schlimmer. Dies ist Realität. Verzweifelt umkrampft er den Gasgriff. *Komm schon, komm schon!* Die *Niobe* wird größer. Er drosselt den Motor. Seltsam, Oldenburg rührt sich überhaupt nicht. Treibt nur mit vom Wasser aufgeblähter Kleidung auf den Wellen. *Ist er etwa …?* An Bord der Yacht verschwindet Sonjas Gestalt wie ein unheilvoller böser Zwerg unter Deck. Scheinbar hat sie ihn, das kleine Boot nicht bemerkt. *Wo ist Nicole?* Die Yacht gleitet, einen Steinwurf entfernt, lautlos an ihm vorbei. Ein Gespensterschiff, niemand steht am Steuer. Er erreicht den mit dem Gesicht nach unten auf dem Wasser Treibenden. Mit einer Hand reißt er an dessen Kragen, versucht ihn herumzudrehen, ohne mit dem Boot zu kentern und achtet gleichzeitig darauf, ob der andere irgendwo verletzt ist. *Kein Blut zu sehen.* Erleichterung schießt wie eine Droge durch seinen Körper, als Oldenburg mit geschlossenen Augen erst schnauft, dann hustet. Wasser läuft ihm aus Nase und Mund. Henrys Arm beginnt zu schmerzen. Vorsichtig das Gleichgewicht haltend, packt er auch mit der anderen Hand zu, zieht den Bewusstlosen zu sich heran. Das Boot neigt sich gefährlich zur Seite. Seine Hände wechseln den Griff. Nun hat er Oldenburg unter den Achseln gepackt, schnappt nach Luft und hievt ihn höher, versucht gleichzeitig, sein eigenes Gewicht zu verlagern, um das Boot am Kentern zu hindern. Wenn er ihn nur mit dem Oberkörper ins Boot bekäme! Es ist ein zähes Ringen um jeden Millimeter, seine Sehnen schmerzen, er atmet pfeifend, doch dann hat er den tropfnassen Mann so weit herausgezogen, dass dessen Körper über der Bordwand hängen bleibt. Mit dem Gesicht auf dem Bootsboden, einen Arm unter dem Brustkorb eingeklemmt, die Beine im Wasser, liegt er wie ein nasser Sack da. Henry lehnt sich weit zur anderen Bootsseite, blickt mit zusammengebissenen Zähnen über seine Schulter. Außer der *Niobe*, die sich stetig weiter entfernt, ist kein anderes Schiff unterwegs. Das Meer ist leer. Er lacht laut auf, als ihm der Reim bewusst wird. *Jetzt nur nicht hysterisch werden.* Er muss einen klaren Kopf behalten; Nicole braucht seine Hilfe.

Er zerrt erst das eine, dann das andere Bein Oldenburgs ins Boot, hockt sich an die Pinne und dreht am Gasgriff. Plötzlich merkt er, wie stark er zittert. Er wendet und hält auf die Yacht zu. Das kleine Boot durchschneidet mit kräftigem Tempo das Wasser. *Lass mich rechtzeitig kommen!* Er wirft einen Blick auf den Reglosen. Sonja muss ihn betäubt haben, vermutlich ist auch Nicole bewusstlos. Das weiße Heck kommt näher, der Schriftzug des Schiffsnamens wird lesbar. Noch immer ist niemand an Deck. Er drosselt das Gas, steuert parallel zur Bordwand der Yacht und stellt sich hin. Nun kann er die Reling packen. In letzter Sekunde denkt er an Oldenburg, schnappt sich die Festmacherleine und vertäut sie an der *Niobe*.

Dann ist er an Deck. Vorsichtig macht er einen Schritt vor den anderen, bewegt sich lauernd auf den Niedergang zu. Von unten hört er einen hohen, nervtötenden Singsang. Er atmet flach, lässt die Treppenöffnung nicht aus den Augen. Da taucht erst der Kopf mit den orangegefärbten Haaren, dann ein gebeugter Rücken auf den Stufen auf. Sonjas kleiner gedrungener Körper bewegt sich rückwärts und seltsam ruckartig aufwärts.

Im Bruchteil einer Sekunde überwindet er den Schock, sie so nah vor sich zu sehen und macht einen schnellen Schritt auf sie zu. Sie zerrt an etwas Schwerem, redet unablässig vor sich hin. Unter ihr, auf den Stufen erkennt er einen blonden Schopf. *Nicole!*

Dann ist mit einem Mal alles tot, blass, pulverisiert unter der gigantischen Lautstärke, die ihn umspült.

»Achtung, Achtung, hier spricht die Polizei! Drosseln Sie die Geschwindigkeit und drehen sie längsseits!« Das Küstenstreifenboot *Hoben*, das Henry aus dem Wismarer Hafen kennt, steuert auf sie zu, an Deck steht ein Uniformierter mit Megafon, dahinter – mit wildem Blick und gestikulierend – der Rotbärtige, dessen Boot er entwendet hat. Sonja lässt sich nicht beirren, scheinbar hört sie nichts außer ihrem eigenen Geplapper. Er versteht einzelne Wörter: *aus dem Weg geschafft … frei … liebst ihn nicht … kein Recht …*

»Sonja!« Sein Ruf hängt zwischen ihnen in der Luft, scheint die Zeit einzufrieren. Sie versteift sich, dreht sich aber nicht um, sondern zerrt weiter an dem schlaffen Körper.

»Sonja!« Verzweifelt sucht Henry nach Worten, sie aus ihrer Raserei zu wecken, dem Wahnsinn Einhalt zu gebieten. »Diese Frau da bedeutet mir doch gar nichts, zwischen uns ist es aus. Lass sie einfach liegen und komm.« Mit einem Sprung überwindet er die letzte Distanz zwischen ihnen, packt sie an den Schultern, reißt sie von Nicole fort, dreht sie zu sich um. Ihr Blick, der ihn trifft, ist furchtbar: fanatisch, seelenlos, jenseitig. Dazu lächelt ihr Mund mit dem absurd orangefarbenen Lippenstift, als wären sie bei einem Rendezvous. Seine Hände umschließen ihre Schultern mit hartem Griff. Er muss sich zurückhalten, sie nicht um ihren Hals zu legen und zuzudrücken. Aber er will sehen, wie es Nicole geht, was mit ihr ist. Er schiebt die Irre von sich fort. Ihr Körper wird schlaff, das runde Gesicht lächelt unbewegt, wie eingefroren.

Da ziehen ihn grobe Hände zurück. Er protestiert. Jemand biegt seine Arme nach hinten

»Machen Sie keinen Unsinn!«

Handschellen schließen sich um seine Gelenke.

* * *

In Wismar ist der Kai jahrmarktsbunt. Blau-silberne Streifenwagen, ein grüner Polizeitransporter, leuchtendes Ambulanzorange, Schaulustige in gelben, roten und grünen Jacken, zu Fuß, auf Skateboards, auf blauen, roten, silbernen Fahrrädern, Erwachsene, Kinder, Hunde, blaue Mützen, weiße Mützen, helle Haare, dunkle Haare, Kinderkarren, Luftballons, silberne Kameras, die auf sie gerichtet werden – Henry Sokop wird schwindlig. Selbst der Himmel über der Stadt ist in Rot getaucht, wie ein zynischer Kommentar zu den Geschehnissen dieses Tages.

Man führt ihn vom Deck der *Hoben* auf den Landungssteg, hinüber zu einem Streifenwagen, dessen ausgeschaltetes Blaulicht in der schräg stehenden Sonne funkelt. Auf dem Rücksitz, die Hände nun vor dem Bauch gefesselt, sitzt er allein, die Türen sind verschlossen, er sieht auf das bunte Getümmel draußen und sieht doch nichts. Bis zwei weiße Männer mit einer Trage auf Rollen über den Kai kommen, darauf, unter einer metallisch glänzenden Folie, ein Körper. Nur der Kopf schaut heraus. Bernhard Oldenburg. Sie schieben ihn in den Ambulanzwagen, einer hält eine Tropfflasche über ihn, ein zweiter springt neben der Trage in den Innenraum. Die Türen schließen sich noch nicht. Henry merkt nicht, wie sich seine Fingernägel in den Handrücken graben, als Nicole, gestützt von zwei Sanitätern, das Polizeiboot verlässt. Sie ist fahl im Gesicht, hat ihre Augen hinter einer dunklen Brille verborgen, die er noch nie an ihr gesehen hat. Vorhin, während der Rückfahrt ist sie noch kaum bei Bewusstsein gewesen, er hat kein Wort mit ihr wechseln können. Jetzt setzt sie langsam einen Fuß vor den anderen, ihre Schritte sind unsicher. Er sieht sie so deutlich, dass er sogar die roten Striemen und Kratzer wahrnimmt, die ihre nackten Arme überziehen. Die drei erreichen die Tür des Krankentransporters. Nicole antwortet einem der Sanitäter etwas, schüttelt den Kopf, setzt die Brille ab. Eine Hand schon am Wagen, wendet sie ihren Kopf und sieht ihn plötzlich direkt an. Er gefriert unter diesem Blick, der alles zugleich auszudrücken scheint. All das, was er selbst in ihr hervorgerufen hat: Liebe, Kummer, Verlustschmerz, Zorn, Unverständnis.

Er wendet seine Augen ab.

Sein Scheitern schmerzt wie nichts, was er kennt. Er hat sie tatsächlich endgültig verloren. Und sich selbst dazu. Nichts bleibt. Welch Ironie, ihrem Vater ein zweites Mal das Leben gerettet zu haben. Doch wenn er nicht gewesen wäre, wäre der, wären sie beide gar nicht erst in Lebensgefahr geraten. Ein feiner Lebensretter ist er! Die Türen der Ambulanz schließen sich. Henry legt sein Gesicht in die Handflächen.

Als die Fahrertür geöffnet wird, hebt er den Kopf.

»So, Herr Sokop, wir bringen Sie jetzt gleich nach Schwerin. Mein Kollege nimmt die Aussage des Bootseigners auf, danach kann es losgehen.« Der Uniformierte dreht sich zu ihm um, grinst jovial. »Noch alles bequem?« Er deutet auf die gefesselten Hände.

Henry antwortet nicht. Durch das Fenster sieht er Sonja, die gerade von einem Mann und einer Frau in Zivil vom Polizeiboot heruntergeführt und in den Polizeitransporter gebracht wird. Sie wehrt sich wie ein bockiges Kind gegen die Berührungen, versucht, die Hände an ihren gefesselten Armen abzuschütteln, verzieht ihr Gesicht zu einer hässlichen Maske des Trotzes. Die Gewissheit, dieser Person, der er liebend gern niemals kennen gelernt hätte, nun wohl nie wieder begegnen zu müssen, flackert in seinem Bewusstsein auf und verlischt wieder, wie ein Streichholz im Wind.

Im Lauf seines einundvierzigjährigen Lebens ist ihm eine unnatürlich geringe Anzahl Menschen begegnet, fällt ihm auf. Ihm fehlen ganze fünfzehn Jahre, in denen andere durch die Welt ziehen, Freunde finden, Kollegen haben, Nachbarn, Urlaubsbekanntschaften, Supermarktkassiererinnen, bei denen sie einkaufen, Hausärzte, die ihren Schnupfen behandeln. Und all die Menschen, die man einmal trifft und danach nie wieder. Sämtliche Begegnungen, die er in den letzten Monaten gehabt hat, waren infiziert von Lügen und Täuschung, von Tod und Wahnsinn. Er starrt auf die Mauer der Menschen, die sich hinter der provisorischen Absperrung drängen. Einheimische, mit denen er nichts gemein hat, Touristen, die ihm fremd sind. Diese Gaffer, die ihn nicht kennen, die er nie kennen wird. Der zweite Polizist steigt ein und der Streifenwagen rollt langsam an der Menge entlang. Da sieht er für einen Moment, der sofort wieder vorüber ist, den GEIST in der Menge, jenen grauhaarigen, betrunkenen Zausel, der ihn so hartnäckig verfolgt hat. Und plötzlich fällt es ihm ein, wer der ist, aus welchem Gestern er stammt.

Es ist wie eine Erinnerung eines Fremden, so als sei dieses Gestern das Gestern eines anderen. Natürlich kennt er ihn, hat mit ihm in seiner ersten Zeit im Strafvollzug zusammen auf derselben Station eingesessen. Ein Wiedergänger aus seinem zweiten, längst abgeschlossen geglaubten Leben. Doch auch dies ist nun, durch die Geschehnisse des heutigen Tages, der letzten, alles unter sich begrabenden Erschütterung, belanglos geworden, eine völlig unwichtige Einzelheit.

* * *

Das Wasser unter ihm schwappt, als würde es dafür bezahlt. Henry ist eine Stunde zu früh auf der menschenleeren Wendorfer Seebrücke. Die Sonne steht in zornigem Orangerot knapp über dem Horizont am diesigen Himmel. Er marschiert bis zum Ende, zieht dort die *Sig Sauer* aus seiner Tasche und wirft sie in weitem Bogen hinaus in die Ostsee. Dieses nutzlose Gerät, das ihm am Ende nicht einmal geholfen hat, das verrückte

Mördergroupie zu stoppen, da er es im Wagen vergessen hatte. Es wird ihm auch in Zukunft bei nichts helfen.

Der Morgen ist kühl, Möwen und Enten schwimmen auf den Wellen, vom Hafen her nähert sich wie in Zeitlupe ein rotweißes Frachtschiff. Zwei Meter unter ihm das Meer: unruhig, braungrün. Darin Quallen, unzählig viele, deren Anblick ihn in eine bewundernd-nachdenkliche, beinahe philosophische Stimmung versetzt. Ihre rhythmischen Bewegungen, von denen er nicht einmal sagen kann, ob sie der Fortbewegung dienen oder eine andere Funktion haben, lassen Hunderte sternförmige, filigrane Ornamente dicht unter der Wasseroberfläche entstehen, welche ihn eigenartig berühren. *Diese absichtslose Schönheit! Denn selbst werden diese Tiere nicht sehen können, ja nicht einmal wissen, welch wunderbaren Sternenhimmel sie mit ihren Bewegungen über dem Meeresgrund erschaffen. Sind es überhaupt Tiere? Ohne Weiteres wäre denkbar, dass es außerirdische Wesen sind. Beziehungsweise liegt es nahe – mit der menschlich-begrenzten Phantasie – Außerirdische genau so, als Quallen, darzustellen. Ein frommer Wunsch, dass irgendeine göttliche Instanz, von ihrer Warte aus, das menschliche Wesen und Wirken als ebenso faszinierend empfinden mag.* Quallen. Es gibt wenige Lebewesen, von denen er so wenig weiß. *Wovon ernähren sie sich? Schlafen sie jemals? Wie verständigen sie sich untereinander?* Das Unterwasseruniversum erscheint ihm mindestens so komplex und fremd wie seine eigene Welt, die er seit seiner Entlassung aus Waldeck mit dem ungerührten Blick eines extraterrestrischen Beobachters betrachtet.

»Schön, nicht?«

Weller ist neben ihn getreten. Eine halbe Stunde vor der Zeit. *Hat auch er etwas, das er hier in den Fluten loswerden will?* Henry blickt kurz auf, nickt, sieht dann weiter dem Quallenballett zu und dreht nebenbei eine Zigarette. Der Wind lässt seine Regenjacke rascheln.

Aufgrund von Wellers Intervention – sein Wort gilt etwas bei der Staatsanwaltschaft – und Nicoles Aussage, dass er sie und ihren Vater vor der Attacke der psychisch gestörten Journalistin gerettet hat, haben sie ihn nicht in Haft behalten. Der Rotbart hat seine Anzeige zurückgezogen. Das Kapern des Bootes, den unsanften Umgang mit dessen Eigner hat man als zwar unnötig rabiate, aber seiner Panik geschuldete Notfallmaßnahme gewertet. Er ist also nach wie vor ein freier Mann.

»Der Schriftsteller Helmut Krausser hat in Bezug auf Quallen gesagt: *Tiere, die man nicht essen kann, vor denen man sogar Angst haben muss, stellen die Zivilisation in Frage.*« Weller kichert albern. »Was meinst du, Henry?«

»Ich meine, dass dieser Krausser ein eitler Schwätzer ist und die Bemerkung eine hohle Phrase.« Er schnippt den Rest der Zigarette über die Brüstung. »Lass es uns kurz machen. Was hast du erreicht?«

Sein Bewährungshelfer streicht sich über den Seehundsbart, als wolle er Zeit gewinnen. Sein Pferdeschwanz weht ihm vor das Gesicht; er macht eine leichte Drehung, steht nun frontal vor Henry.

»Also gut. Wir haben die Zustimmung der Staatsanwaltschaft. Du kannst umsiedeln. Ich habe deine Akte an die Hamburger Bewährungshilfe weitergeleitet. Dort hast du am Freitag einen Termin bei einem Kollegen namens Marx. Ich kenne ihn nicht, aber vermutlich wird er nicht mit dir segeln.« Er sieht ihm das erste Mal direkt in die Augen. »Und du hast dir das wirklich lange genug überlegt? Ich vermute, nein, ich bin mir sicher, nicht nur ich werde dich vermissen.«

»Lass gut sein, Weller. Mein Entschluss steht. Hier gibt es keine Zukunft für mich.« Sein Empfinden, das er seit mehr als fünfzehn Jahren dicht verpackt hat wie in einem Taucheranzug, ist aufgebrochen, spült Gefühle an die Oberfläche, die er nur schwer erträgt. »Sie wird mir das niemals verzeihen, da kann ich ihr und ihrem Vater noch dreißig Mal das Leben retten.«

»Vielleicht kennst du sie doch nicht so gut, wie du meinst.«

Aber ihr Vater wird mich kennen, wenn er erfährt, wer ich wirklich bin, antwortet Henry in Gedanken. Wie oft hat er sich in den letzten achtundvierzig Stunden die Szene vorgestellt, wenn Oldenburg – milde gestimmt durch seine wiederholte Rettung durch Henry – Nicole von dem Tod des Autoverkäufers in Berlin erzählt. *Das damals war ein Unfall, Kätzchen. Und dies ist der Sohn des Toten, der arme Kerl. Lass ihn uns trotzdem in die Familie aufnehmen, auch wenn er wohl anfangs nicht ganz redliche Absichten gehabt hat.*

Undenkbar! Er spuckt hinunter ins Wasser. »Es hat keinen Sinn. Anfangs habe ich sie benutzt, es ging mir nicht um sie. Und diese Verrückte, die sie beide umbringen wollte, geht auch auf mein Konto. Ohne mich wären die Oldenburgs ihr niemals begegnet.« Er unterdrückt das Bedürfnis, nun, da sie sich das letzte Mal treffen, dem anderen die ganze verkorkste Geschichte zu offenbaren. Weller brummt in seinen Bart, kneift die Augen zusammen und fixiert die vom Dunst verschleierte Küstenlinie der Insel Poel.

»Schade.«

»Ja … schade.«

Sie stehen stumm nebeneinander. Henry rollt noch eine Zigarette, zündet sie an.

Es ist ein sentimentaler Moment und beide wissen, dass sie dieser Sentimentalität nicht nachgeben dürfen. Sie werden sich mit allergrößter Wahrscheinlichkeit niemals wieder sehen. Henry ist derjenige, der das Schweigen bricht.

»Möglicherweise ist die menschliche Zivilisation nichts gegen die dieser Quallen. Sie machen jedenfalls eine deutlich bessere Figur als wir alle.«

Foto: Stephan Cremer

Birgit Lohmeyer, Jahrgang 1958, studierte Erziehungswissenschaft, Devianzpädagogik und Kriminologie. Seit 1998 arbeitet die bekennende Patricia-Highsmith-Verehrerin als freie Autorin, erhielt 2000 den Krimipreis Marlowe und 2005 den Deutschen Kurzkrimi-Preis. Seit 2004 lebt sie an der Mecklenburger Ostseeküste und setzt sich zusammen mit ihrem Mann aktiv für Demokratie und Toleranz ein. Dafür erhielt sie u. a. den Paul-Spiegel-Preis des Zentralrats der Juden in Deutschland.
www.birgitlohmeyer.de

Wenngleich die Spielorte und viele der genannten Institutionen tatsächlich existieren, so sind doch die Handlung und die in ihr vorkommenden Personen frei erfunden.

Die Deutsche Nationalbibliothek verzeichnet diese Publikation in der Deutschen Nationalbibliografie; detaillierte bibliografische Daten sind im Internet über http://dnb.ddb.de abrufbar.

1. Auflage 2012
Herstellung: Hinstorff Verlag GmbH
Lektorat: Dr. Florian Ostrop
Titelbild: ©Heidi Schneekloth, Worte auf S. 4 nach Thomas Hobbes
Druck: GGP Media GmbH, Pößneck
Printed in Germany
ISBN 978-3-356-01484-6

FSC MIX Papier aus verantwortungsvollen Quellen FSC® C014496